经 典 文 集

季献林经典文集

季羡林品生活

季羡林 著

北方联合出版传媒（集团）股份有限公司
万卷出版公司
2017年·沈阳

ⓒ 季羡林 2015

图书在版编目（ＣＩＰ）数据

季羡林品生活 / 季羡林著 . — 沈阳：万卷出版公司，2015.3（2017.7 重印）
（季羡林经典文集 / 巫晓燕主编）
ISBN 978-7-5470-3394-4

Ⅰ . ①季… Ⅱ . ①季… Ⅲ . ①散文集—中国—当代 Ⅳ . ① I267

中国版本图书馆 CIP 数据核字 (2014) 第 249503 号

出版发行：	北方联合出版传媒（集团）股份有限公司
	万卷出版公司
	（地址：沈阳市和平区十一纬路 25 号　邮编：110003）
印 刷 者：	沈阳海世达印务有限公司
经 销 者：	全国新华书店
幅面尺寸：	145mm×210mm
字　　数：	250 千字
印　　张：	11
出版时间：	2015 年 3 月第 1 版
印刷时间：	2017 年 7 月第 2 次印刷
责任编辑：	高　爽
封面设计：	任展志
版式设计：	任展志
责任校对：	侯俊华

ISBN 978-7-5470-3394-4
定　　价：34.80 元

联系电话：024-23284090
邮购热线：024-23284050
传　　真：024-23284521
E－mail：vpc_tougao@163.com
腾讯微博：http://t.qq.com/wjcbgs

常年法律顾问：李　福　版权所有　侵权必究　举报电话：024-23284090
如有质量问题，请与印刷厂联系。联系电话：024-86205766

目录

第一辑　昔人旧事

母与子　003
老　人　015
夜来香开花的时候　025
Wala　037
塔什干的一个男孩子　045
西谛先生　054
迈耶一家　063
园花寂寞红　067
人间自有真情在　070
两个乞丐　073
我的女房东　078
赋得永久的悔　087
奇石馆　094
三个小女孩　099
两行写在泥土地上的字　107

第二辑　动物情怀

兔　子　113
加德满都的狗　121
乌鸦和鸽子　124
神　牛　128
咪　咪　132
老　猫　138
咪咪二世　150
喜鹊窝　153
一只小猴　160
鳄鱼湖　163

第三辑　草木寄情

枸杞树　173
马缨花　178
夹竹桃　183
槐　花　187
怀念西府海棠　190
神奇的丝瓜　195
幽径悲剧　199
二月兰　206
清塘荷韵　214

从南极带来的植物　220
　　　　石榴花　226

第四辑　北京回忆

　　清华颂　233
　　梦萦未名湖　236
　　梦萦水木清华　242
　　我爱北京　246
　　我爱北京的小胡同　252
　　清华梦忆　255

第五辑　花开花落

　　黄　昏　261
　　回　忆　267
　　寂　寞　273
　　寻　梦　277
　　爽朗的笑声　280
　　重返哥廷根　286
　　星光的海洋　295
　　　　雾　300
　　晨　趣　305
　　月是故乡明　309

逛鬼城　　312
我的书斋　320
新年抒怀　323
听雨（一）331
听雨（二）335
时　间　　337
笑着走　　342

第一辑　昔人旧事

我在一条路上接触到种种的面影，熟悉的，不熟悉的。这一切的一切都在我走着的时候，蓦地成轻烟，成细雾，成淡淡的影子，储在我的回忆里。

母与子

　　一想到故乡，就想到一个老妇人。我自己也觉得奇怪：干皱的面纹，霜白的乱发，眼睛因为流泪多了镶着红肿的边，嘴瘪了进去。这样一张面孔，看了不是很该令人不适意的吗？为什么它总霸占住我的心呢？但是再一想到，我是在怎样的一个环境里遇到了这老妇人，便立刻知道，她不但现在霸占住我的心，而且要永远地霸占住了。

　　现在回忆起来，还恍如眼前的事。——去年的初秋，因为母亲的死，我在火车里闷了一天，在长途汽车里又颠荡了一天以后，又回到八年没曾回过的故乡去。现在已经不能确切地记得是什么时候，只记得才到故乡的时候，树丛里还残留着一点儿浮翠；当我离开的时候就只有淡远的长天下一片凄凉的黄雾了。就在这浮翠里，我踏上印着自己童年游踪的土地。当我从远处看到自己的在烟云笼罩下的小村的时候，想到死去的母亲就躺在这烟云里的某一个角落里,我不能描写我的心情。像一团烈焰在心里烧着,又像严冬的厚冰积在心头。我迷惘地撞进了自己的家。在泪光里看着一切都在浮动。我更不能描写当我看到母亲的棺材时的心情。几次在梦里接受了母亲的微笑,现在微笑的人却已经睡在这木匣子里了。有谁有过同我一样的境遇的吗?他大概知道我的心是怎样地绞痛了。我哭,我哭到一直不知道自己是在哭。渐渐地听到四周有嘈杂的人声围绕着我,似乎都在劝解我。都叫着我的乳名,自己听了,在冰冷的心里也似乎得到了点儿温热。又经过了许久,我才睁开眼。看到了许多以前熟悉现在都变了但也还能认得出来的面孔。除了自己家里的大娘婶子以外,我就看到了这个老妇人:干皱的面纹,霜白的乱发,眼睛因为流泪多了镶着红肿的边,嘴瘪了进去……

她就用这瘪了进去的嘴,一凹一凹地似乎对我说着什么话。我只听到絮絮地扯不断拉不断仿佛念咒似的低声,并没有听清她对我说的什么。等到阴影渐渐地从窗外爬进来,我从窗棂里看出去,小院里也织上了一层朦胧的暗色。我似乎比以前清楚了点儿。看到眼前仍然挤着许多人。在阴影里,每个人摆着一张阴暗苍白的面孔,却看不到这一凹一凹的嘴了。一打听,才知道,她就是同村的算起来比我长一辈的,应该叫作大娘之流的,我小时候也曾抱我玩过的一个老妇人。

以后,我过的是一个极端痛苦的日子。母亲的死使我对一切都灰心。以前也曾自己吹起过幻影:怎样在十几年的漂泊生活以后,回到故乡来,听到母亲的一声含有温热的呼唤,仿佛饮一杯甘露似的，给疲惫的心加一点儿生气，然后再冲到人世里去。现在这幻影终于证实了是个幻影，我现在是处在怎样一个环境里呢？——寂寞冷落的屋里，墙上满布着灰尘和蛛网。正中放着一个大而黑的木匣子。这匣子装走了我的母亲，也装走了我的希望和幻影。屋外是一个用黄土堆成的墙围绕着的天井。墙上已经有了几处倾地的缺口，上面长着乱草。从缺口里看出去是另一片黄土的墙，黄土的屋顶，黄土的街道，接连着枣树林里的一片淡淡的还残留着点儿绿色的黄雾，枣林的上面是初秋阴沉的也有点儿黄色的长天。我的心也像这许多黄的东西一样地黄，也一样地阴沉。一个丢掉希望和幻影的人，不也正该丢掉生趣吗？

我的心，虽然像黄土一样地黄，却不能像黄土一样地安定。我被圈在这样一个小的天井里：天井的四周都栽满了树。榆树最多，也有桃树和梨树。每棵树上都有母亲亲自砍伐的痕迹。在给烟熏黑了的小厨房里，还有母亲没死前吃剩的半个茄子，半棵葱。吃饭用的碗筷，随时用的手巾，都印有母亲的手泽和口泽。在地上的每一块砖上，每一块土上，母亲在活着的时候每天不知道要踏过多少次。这活着，并不邈远，一点儿都不；只不过是十天前。十天算是怎样短的一个时间呢？然而不管怎样短，就在十天后的现在，我却只看到母亲躺在这黑匣子里。看不到，永远也看不到，母亲的身影再在榆树和桃树中间，在这砖上，在黄的墙，黄的枣林，黄的长天下游动了。

虽然白天和夜仍然交替着来，我却只觉到有夜。在白天，我有颗夜的心。在夜里，夜长，也黑，长得莫名其妙，黑得更莫名其妙；更黑的还是我的心。我枕着母亲枕过的枕头，想到母亲在这枕头上想到她儿子的时候不知道流过多少泪，现在却轮到我枕着这枕头流泪了。凄凉零乱的梦萦绕在我的四周，我睡不熟。在蒙眬里睁开眼睛，看到淡淡的月光从门缝里流进来，反射在黑漆的棺材上的清光。在黑影里，又浮起了母亲的凄冷的微笑。我的心在战栗，我渴望着天明。但夜更长，也更黑，这漫漫的长夜什么时候过去呢？我什么时候才能看到天光呢？

时间终于慢慢地走过去。——白天里悲痛袭击着我，夜间里黑暗压住了我的心。想到故都学校里的校舍和朋友，恍如回望云天里的仙阙，又像捉住了一个荒诞的古代的梦。眼前仍然是一片黄土色。每天接触到的仍然是一张张阴暗灰白的面孔。他们虽然都用天真又单纯的话和举动来对我表示亲热，但他们哪能了解我这一腔的苦水呢？我感觉到寂寞。

就在这时候，这老妇人每天总到我家里来看我。仍然是干皱的面纹，霜白的乱发，眼睛镶着红肿的边，嘴瘪了进去。就用瘪了进去的嘴一凹一凹地絮絮地说着话，以前我总以为她说的不过是同别人一样的劝解我的话，因为我并没曾听清她说的什么。现在听清了，才知道从这一凹一凹的嘴里发出的并不是我想的那些话。她老向我问着外面的事情，尤其很关心地问着军队的事情。对于我母亲的死却一句也不提。我很觉到奇怪。我不明了她的用意。我在当时那种心情之下，有什么心绪同她闲扯呢？当她絮絮地扯不断拉不断地仿佛念咒似的说着话的时候,我仍然看到母亲的面影在各处飘,在榆树旁,在天井里,在墙角的阴影里。寂寞和悲哀仍然霸占住我的心。我有时也答应她一两句。她于是就絮絮地说下去,说,她怎样有一个儿子,她的独子,三年前因为在家没有饭吃,偷跑了出去当兵。去年只接到了他的一封信,说是不久就要开到不知道哪里去打仗。到现在又一年没信了。留下一个媳妇和一个孩子(说着指了指偎她身旁的一个肮脏的拖着鼻涕的小孩)。家里又穷,几年来年成又不好,媳妇时常哭……问我知道不知道他在什么地方。说着,在叹了几口气以后,晶莹的泪点顺着干皱的面纹流下来,流过一凹一凹的嘴,落到地上去了。我知道,悲哀怎样啃着这老妇人的心。本来需要安慰的我也只好反过头来,安慰她几句,看她领着她的孙子沿着黄土的路蹒跚地走去的渐渐消失的背影。

接连着几天的过午,她总领着她孙子来看我。她这孙子实在不高明,肮脏又淘气。他死死地缠住她。但是她却一点儿都不急躁。看着她孙子的拖着鼻涕的面孔,微笑就浮在她这瘪了进去的嘴旁。拍着他,嘴里哼着催眠曲似的歌。我知道,这单纯的老妇人怎样在她孙子身上发现了她儿子。她仍然絮絮地问着我。关于外面军队里的事情。问我知道她儿子在什么地方不。我也很想在谈话间隔的时候,问她一问我母亲活着时的情形,好使我这八年不见面的渴望和悲哀的烈焰消熄一点儿。她却只"唔唔"两声支吾过去,仍然絮絮地扯不断拉不断地仿佛念咒似的自己低语着,说她儿子小的时候怎样淘气,有一次,他打碎一个碗,她打了他一掌,他哭得真凶呢。大了怎样不正经做活。

说到高兴的地方，也有一线微笑掠过这干皱的脸。最后，又问我知道她儿子在什么地方不。我发现了这老妇人出奇的固执。我只好再安慰她两句。在黄昏的微光里，送她出去。眼看着她领着她的孙子在黄土道上踽踽地凄凉地走去。暮色压在她的微驼的背上。

就这样，有几个寂寞的过午和黄昏就度过了。间或有一两天，这老妇人因为有事没来看我。我自己也受不住寂寞的袭击，常出去走走。紧靠着屋后是一个大坑，汪洋一片水，有外面的小湖那样大。是秋天，前面已经说过。坑里丛生着的芦草都顶着白茸茸的花。望过去，像一片银海。芦花的里面是水。从芦花稀处，也能看到深碧的水面。我曾整个过午坐在这水边的芦花丛里，看水面反射的静静的清光。间或有一两条小鱼冲出水面来唼喋着。一切都这样静。母亲的面影仍然浮动在我眼前。我想到童年时候怎样在这里洗澡；怎样在夏天里，太阳出来以前，水面还发着蓝黑色的时候，沿着坑边去摸鸭蛋；倘若摸到一个的话，拿给母亲看的时候，母亲的微笑怎样在当时的童稚的心灵里开成一朵花；怎样又因为淘气，被母亲在后面追打着，当自己被逼紧了跳下水去站在水里回头看岸上的母亲的时候，母亲却因了这过分顽皮的举动，笑了，自己也笑……然而这些美丽的回忆，却随了母亲给死吞噬了去。只剩了一把两把的眼泪。我要问，母亲怎么会死了？我究竟是什么东西？但一切都这样静。我眼前闪动着各种的幻影。芦花流着银光，水面上反射着青光，夕阳的残晖照在树梢上发着金光：这一切都混杂地搅动在我眼前，像一串串的金星，又像迸发的火花。里面仍然闪动着母亲的面影，也是一串串地，——我忘记了自己，忘记了一切，像浮在一个荒诞的神话里，踏着暮色走回家了。

　　有时候，我也走到场里去看看。豆子谷子都从田地里用牛车拖了来，堆成一个个小山似的垛。有的也摊开来在太阳里晒着。老牛拖着石碾在上面转，有节奏地摆动着头。驴子也摇着长耳朵在拖着车走。在正午的沉默里，只听到豆荚在阳光下开裂时毕剥的响声，和柳树下老牛的喘气声。风从割净了庄稼的田地里吹了来，带着土的香味。一切都沉默。这时候，我又往往遇到这个老妇人，领着她的孙子，从远远的田地里顺着一条小路走了来，手里间或拿着几支玉蜀黍秸。霜白的发被风吹得轻微地颤动着。一见了我，立刻红肿的眼睛里也仿佛有了光辉。站住便同我说起话来。嘴一凹一凹地说过了几句话以后，立刻转到她的儿子身上。她自己又低着头絮絮地扯不断拉不断地仿佛念咒似的说起来。又说到她儿子小的时候怎样淘气。有一次他摔碎了一个碗。她打了他一掌，他哭得真凶呢。他大了又怎样不正经做活。说到高兴的地方，干皱的脸上仍然浮起微笑。接着又问到我外面军队上的情形，问我知道他在什么地方、见过他没有。她还要我保证，他不会被人打死的。我只好再安慰安慰她，说我可以带信给他，叫他家来看她。我看到她那一凹一凹的干瘪的嘴旁又浮起了微笑。旁边看的人，一听到她又说这一套，早走到柳荫下看牛去了。我打发她走回家去，仍然让沉默笼罩着这正午的场。

这样也终于没能延长多久,在由一个乡间的阴阳先生按着什么天干地支找出的所谓"好日子"的一天,我从早晨就穿了白布袍子,听着一个人的暗示。他暗示我哭,我就伏在地上咧开嘴号啕地哭一阵,正哭得淋漓的时候,他忽然暗示我停止,我也只好立刻收了泪。在收了泪的时候,就又可以从泪光里看来来往往的各样的吊丧的人,也就号啕过几场,又被一个人牵着东走西走。跪下又站起,一直到自己莫名其妙,这才看到有几十个人去抬母亲的棺材了。——这里,我不愿意,实在是不可能,说出我看到母亲的棺材被人抬动时的心痛。以前母亲的棺材在屋里,虽然死仿佛离我很远,但只隔一层木板里面就躺着母亲。现在却被抬到深的永恒黑暗的洞里去了。我脑筋里有点儿糊涂。跟了棺材沿着坑走过了一段长长的路,到了墓地。又被拖着转了几个圈子……不知怎样脑筋里一闪,却已经给人拖到家里来了。又像我才到家时一样,渐渐听到四周有嘈杂的人声围绕着我,似乎又在说着同样的话。过了一会儿,我才听到有许多人都说着同样的话,里面杂着絮絮地扯不断拉不断的仿佛念咒似的低语。我听出是这老妇人的声音,但却听不清她说的什么,也看不到她那一凹一凹的嘴了。

在我清醒了以后,我看到的是一个变过的世界。尘封的屋里,没有了黑亮的木匣子。我觉得一切都空虚寂寞。屋外的天井里,残留在树上的一点儿浮翠也消失到不知哪儿去了。草已经都转成黄色,耸立在墙头上,在秋风里打战。墙外一片黄土的墙更黄;黄土的屋顶,黄土的街道也更黄;尤其黄的是枣林里的一片黄雾，接连着更黄更黄的阴沉的秋的长天。但顶黄顶阴沉的却仍然是我的心。一个对一切都感到空虚和寂寞的人，不也正该丢掉希望和幻影吗？

又走近了我的行期。在空虚和寂寞的心上，加上了一点儿绵绵的离情。我想到就要离开自己漂泊的心所寄托的故乡。以后，闻不到土的香味，看不到母亲住过的屋子、母亲的墓，也踏不到母亲曾经踏过的地。自己心里说不出是什么味。在屋里觉得窒息，我只好出去走走。沿着屋后的大坑踱着。看银耀的芦花在过午的阳光里闪着光，看天上的流云，看流云倒在水里的影子。一切又都这样静。我看到这老妇人从穿过芦花丛的一条小路上走了来。霜白的乱发，衬着霜白的芦花，一片辉耀的银光。极目苍茫微明的云天在她身后伸展出去，在云天的尽头，还可以看到一点点的远村。这次没有领着她的孙子。神气也有点儿匆促，但掩不住干皱的面孔上的喜悦。手里拿着有一点儿红颜色的东西，递给我，是一封信。除了她儿子的信以外，她从没接到过别人的信。所以，她虽然不认字，也可以断定这是她儿子的信。因为村里人没有能念信的，于是赶来找我。她站在我面前，脸上充满了微笑；红肿的眼里也射出喜悦的光，瘪了进去的嘴仍然一凹一凹地动着，但却没有絮絮地念咒似的低语了。信封上的红线因为淋过雨扩成淡红色的水痕。看邮戳，却是半年前在河南南部一个做过战场的县城里寄出的。地址也没写对，所以经过许多时间的辗转。但也居然能落到这老妇人手里。我的空虚的心里，也因了这奇迹，有了点儿生气。拆开看,寄信人却不是她儿子,是另一个同村的跑去当兵的。大意说,她儿子已经阵亡了,请她找一个人去运回他的棺材。——我的手战栗起来。这不正给这老妇人一个致命的打击吗?我抬眼又看到她脸上抑压不住的微笑。我知道这老人是怎样切望得到一个好消息。我也知道,倘若我照实说出来,会有怎样一幅悲惨的景象展开在我眼前。我只好对她说,她儿子现在很好,已经升了官,不久就可以回家来看她。她喜欢得流下眼泪来。嘴一凹一凹地动着,她又扯不断拉不断地絮絮地对我说起来。不厌其详地说到她儿子各样的好处;怎样她昨天夜里还做了一个梦,梦着他回来。我看到这老妇人把信揣在怀里转身走去的渐渐消失的背影,我再能说什么话呢?

  第二天,我便离开我故乡里的小村。临走,这老妇人又来送我。领着她的孙子,脸上堆满了笑意。她不管别人在说什么话,总絮絮地扯不断拉不断地仿佛念咒似的自己低语着。不厌其详地说到她儿子的好处,怎样她昨天夜里还做了一个梦,梦见她儿子回来,她儿子已经升成了官了。嘴一凹一凹地急促地动着。我身旁的送行人的脸色渐渐有点儿露出不耐烦,有的也就躲开了。我偷偷地把这信的内容告诉别人,叫他在我走了以后慢慢地转告给这老妇人。或者简直就不告诉她。因为,我想,好在她不会再有许多年的活头,让她抱住一个希望到坟墓里去吧。当我离开这小村的一刹那,我还看到这老妇人的眼睛里的喜悦的光辉,干皱的面孔上浮起的微笑……

  不一会儿,回望自己的小村,早在云天苍茫之外,触目尽是长天下一片凄凉的黄雾了。

在颠簸的汽车里，在火车里，在驴车里，我仍然看到这圣洁的光辉，圣洁的微笑，那老妇人手里拿着那封信。我知道，正像装走了母亲的大黑匣子装走了我的希望和幻影，这封信也装走了她的希望和幻影。我却又把这希望和幻影替她拴在上面，虽然不知道能拴得久不。

经过了萧瑟的深秋，经过了阴暗的冬，看死寂凝定在一切东西上。现在又来了春天。回想故乡的小村，正像在故乡里回想到故都一样。恍如回望云天里的仙阙，又像捉住了一个荒诞的古代的梦了。这个老妇人的面孔总在我眼前盘桓：干皱的面纹，霜白的乱发，眼睛因为流泪多了镶着红肿的边，嘴瘪了进去。又像看到她站在我面前，絮絮地扯不断拉不断地仿佛念咒似的低语着，嘴一凹一凹地在动。先仿佛听到她向我说，她儿子小的时候怎样淘气，怎样有一次他摔碎了一个碗，她打了他一巴掌，他哭。又仿佛看到她手里拿着一封雨水渍过的信，脸上堆满了微笑，说到她儿子的好处，怎样她做了一个梦，梦着他回来……然而，我却一直没接到故乡里的来信。我不知道别人告诉她她儿子已经死了没有，倘若她仍然不知道的话，她愿意把自己的喜悦说给别人；却没有人愿意听。没有我这样一个忠实的听者，她不感到寂寞吗？倘若她已经知道了，我能想象，大的晶莹的泪珠从干皱的面纹里流下来，她这瘪了进去的嘴一凹一凹地，她在哭，她又哭晕了过去……不知道她现在还活在人间没有？——我们同样都是被厄运踏在脚下的苦人，当悲哀正在啃着我的心的时候,我怎忍再看你那老泪浸透你的面孔呢?请你不要怨我骗你吧,我为你祝福!

1934年4月1日

老人

当我才从故乡来到这个大城市的时候,他已经是个老人了。我现在还记得,当时是骑驴来的。骑了两天,就到了这个大城市。下了驴,又随着父亲走了许多路,一直走得自己莫名其妙,才走到一条古旧的黄土街,我们就转进一个有石头台阶颇带古味的大门里去,迎头是一棵大的枸杞树。因为当时年纪才八九岁,而且刚才走过的迷宫似的长长又曲折的街的影子还浮动在心头,所以一到屋里,眼前只一片花,没有看到一个人,定了定神,才看到了婶母。不久,就又在黑暗的角隅里,发现了这个老人,正在起劲地同父亲谈着话,灰白色的胡子在上下地颤动着。

他并没有什么特异的地方,但第一眼就在我心里印上了一个莫大的威胁。他给了我一个神秘的印象:白色稀疏的胡子,白色更稀疏的头发,夹着一张蝙蝠形的棕黑色的面孔,这样一个综合不是很能够引起一个八九岁的乡下孩子的恐怖的幻想吗？又因为初到一个生地方，晚上再也睡不宁帖，才卧下，就先想到故乡，想到故乡里的母亲。凄迷的梦萦绕在我的身旁，时时在黑暗里发现离奇的幻影。在这时候，这张蝙蝠形的面孔就浮动到我的眼前来，把我带到一个神秘的境地里去。在故乡里的时候，另外一些老人时常把神秘的故事讲给我听，现在我自己就仿佛走到那故事里面去，这有着蝙蝠形的脸的老人也就仿佛成了里面的主人了。

第二天绝早就起来，第一个遇到的偏又是这老人。我不敢再看他，我只呆呆地注视着那棵枸杞树，注视着细弱的枝条上才冒出的红星似的小芽，看熹微的晨光慢慢地照透那凌乱的枝条。小贩的叫卖声从墙外飘过来，但我不知道他们叫卖的什么。对我一切都充满了惊异。故乡里小村的影子，母亲的影子，时时浮掠在我的眼前。我一闭眼，仿佛自己还骑在驴背上，还能听到驴子项下的单调的铃声，看到从驴子头前伸展出去的长长又崎岖的仿佛再也走不到尽头的黄土路。在一瞬间这崎岖的再也走不到尽头的黄土路就把自己引到这陌生的地方来。在这陌生的地方，现在（一个初春的早晨）就又看到这样一个神秘的老人在枸杞树下面来来往往地做着事。

在老人，却似乎没有我这样的幻觉。他仿佛很高兴，见了我，先打一个招呼，接着就笑起来；但对我这又是怎样可怕的笑呢？鲇鱼须似的胡子向两旁咧了咧，眼与鼻子的距离被牵掣得更近了，中间耸起了几条皱纹。看起来却更像一个蝙蝠，而且像一个跃跃欲飞的蝙蝠了。我害怕，我不敢再看他，他也就拖了一片笑声消逝在枸杞树的下面，留给我的仍然是蝙蝠形的脸的影子，混了一串串的金星，在我眼前晃动着，一直追到我的梦里去。

平凡的日子就这样在不平凡中消磨下去。时间的消逝终于渐渐地把我与他之间的隔膜磨去了。我从别人嘴里知道了关于他的许多事情，知道他怎样在年轻的时候从城南山里的小村里漂流到这个大城市里来；怎样打着光棍在一种极勤苦艰难的情况下活到现在；现在已是一个白须的人了，然而情况却更加艰难下去；不得已就借住在我们房子后院的一间草棚里，做着泥瓦匠。有时候，也替我们做点儿杂事。我发现，在那微笑下面隐藏着一颗怎样为生活磨透的悲苦的心。就因了这小小的发现，我同他亲近起来。他邀我到他屋里去。他的屋其实并不像个屋，只是一座靠着墙的低矮的小棚。一进门，仿佛走进一个黑洞里去，有霉湿的气息钻进鼻孔里。四壁满布着烟熏的痕迹，顶上垂下蛛网，只有一个床和一张三条腿的桌子。当我正要抽身走出来的时候，我忽然在墙龛里发现了一个肥大的大泥娃娃。他看了我注视这泥娃娃的神情，就拿下来送给我。我不了解，为什么这位奇异的老人还有这样的童心。但这泥娃娃却给了我无量的欣慰，我渐渐地觉得这蝙蝠形的脸也可爱起来了。

闲下来的时候，我也常随着他去玩。他领我上过圩子墙，从这上面可以看到南面云似的一列黛黑的山峰，这山峰的顶上是我的幻想常飞的地方；他领我看过护城河，使我惊讶这河里水的清和草的绿。但最常去的地方却还是出大门不远的一个古老的庙里，庙不大，院子里却栽了不少的柏树，浓荫铺满了地，给人森冷幽渺的感觉。阴暗的大殿里列着几座神像,封满了蛛网和尘土,头上有燕子垒的窠。我现在始终不明白,这样一座只能引起成年人们苍茫怀古的情绪的破庙会对一个八九岁的孩子有那样大的诱惑力,一个八九岁的孩子能懂得什么怀古呢?他几乎每天要领我到那里去,我每次也很高兴地随他去。在柏树下面,他讲故事给我听,怎样一个放牛的小孩遇到一只狼,又怎样脱了险,一直讲到黄昏才走回来,但每次带回来的都是满腔的欢欣。就这样,时间也就在愉快中消磨过去。

这年的初夏,我们搬了一次家。随了这搬家而得到的是关于他的一些趣闻。正像其他孤独的人们一样,这老人的心,在他过去的生命里恐怕有一个很不短的期间,都在忍受着孤独的啮噬。男女间最根本最单纯的要求也常迫促着他。终于因了机缘的凑巧,他认识了一个有丈夫而不安于平凡的单调的中年女人。从第一次见面起,会有些什么样的事情在两人间进行着,人们可以用想象去填补,这中年女人不缺少会吐出玫瑰花般的话的嘴,也不缺少含有无量魔力的眼波,这老人为她发狂了。但不久,就听到别人说,一个夜间,两个人被做丈夫的堵到一个屋里,这老人,究竟因为曾做过泥瓦匠,终于从窗户里跳出来,又越过一重墙逃走了。

这以后,人们的谈话常常转到他身上去。我每次见了这蝙蝠形的脸的老人的时候,只是忍不住想笑。我想象不出来这位面孔仿佛很严肃的老人在星光下爬墙逃走的情形。这蝙蝠形的脸还像平常一样地布满了神秘吗?这灰白的胡子还像平常一样地撅着吗？但老人却仍然像平常那样沉静严肃；他仍然要我听他讲故事，怎样一个放牛的小孩遇到一个狼，又怎样脱了险。我再也无心听他讲故事，我只想脱口问了出来；但终于抑压下去，把这个秘密埋在自己的心里，暗暗地玩味着这个秘密给予我的快乐。

老人的情况却愈加狼狈了。以前他住的那座黑洞似的草棚，现在再也在里面住不下去，只好移到以前常领我去玩的那个古庙里去存身。庙里从来没见过和尚和道士的踪影，现在就只有他一个人孤伶地陪着那些头上垒着燕子窝的泥塑的佛像住着。自从他搬了去以后，经过了一个长长的夏天，我没能见到他。在一个夏末的黄昏里，我到庙里去看他。庙仍然同从前一样的衰颓，柏树仍然遮蔽着天空。一进门，四周立刻寂静了起来，仿佛已经走出了喧嚣的人间。我看到老人的背影在大殿的一个角隅里晃动，他回头看到是我，仿佛很高兴，立刻忙着搬了一条凳子，又忙着倒水。从他那迟钝的步伐上、伛偻的身躯上看来，这老人确实老了。他向我谈着他这几个月来的情况。我悠然地注视着渐渐暗下来的天空，看夜色织入柏树丛里，又布上了神像。神像的金色的脸在灰暗里闪着淡黄的光。我的心陡然冷了起来，我的四周有森森的鬼气，我自己仿佛走到一个神话的境界里去。但老人却很坦然，他把这些东西已经看惯了，他仍然絮絮地同我谈着话。我的眼前有种种的幻象，我幻想着，在中夜里，一个人睡在这样一个冷寂的古庙里，偶尔从梦中转来的时候，看到一线凄清的月光射到这金面的神像上，射到这朱齿獠牙手持巨斧的大鬼身上，心里会有什么样的感觉呢？我的心愈加冷了起来。

但老人却正在谈得高兴。他告诉我，怎样自己再也不能做泥瓦匠，怎样同街住的人常常送饭给他吃，怎样近来自己的身体处处都显出弱相；叹了几口气之后，结尾却说到自己还希望能壮壮实实地活几年。他说，昨天夜里做了个梦，梦见自己托着一个太阳。人们不是说，梦见托太阳是个好朕兆吗？所以他很高兴，知道自己的身子就会慢慢地壮健起来。说这句话的时候，蝙蝠形的脸缩成一个奇异的微笑。从他的昏暗的眼里蓦地射出一道神秘的光，仿佛在前途还看到希望的幻影，还看到花。我为这奇迹惊住了。我不知道怎样回答他。抬头看外面已经全黑下来，我站起来预备走，当我走出庙门的时候，我好像从一个虚无缥缈的魔窟里走出来，我眼前时时闪动着老人眼里射出来的那一线充满了生命力的光。

看看闷人的夏天要转入淡远的凉秋去的时候，老人的情况更比以前艰苦起来，他得了病，一个长长的秋天就在病中度过去。病好了的时候，他变成了另一个人，身体伛偻得简直要折过去，随时嘴里都在哼哼着，面孔苍黑得像涂过了一层灰。除了哼哼和吐痰以外，他不再做别的事，只好在一种近于行乞的情况下把自己的生命延续下去。就这样过了年。第二年的夏天，听说我要到故都去，他特意走来看我。没进屋门，老远就听到哼哼的声音，坐下以后，在断断续续的哼声中好歹努着力迸出几句话来，接着又是成排的连珠似的咳嗽。蝙蝠形的脸缩成一个奇异的形状。我用一种带有怜悯的心情同他谈着话。我自己想，看样子生命在老人身上也不会存多久了。在谈话的空隙里，他低着头，眼光固定在地上。我蓦地又看到有同样神秘的光芒从他的眼里射了出来，他仿佛又在前途看到希望的幻影，看到花。我又惊奇了，但老人却仍然很镇定，坐了一会儿，又拖了自己孤伶的背影蹒跚地走回去。

到故都以后，我走到另一个世界里，许多新奇的事情占据了我的心，我早把老人埋在回忆的深黑的角隅里。第一次回家是在同一年的冬天。虽然只离开了半年，但我想，对老人的病躯，这已经是很够挣扎的一段长长的期间了。恐怕当时连这样思也不曾想过。我下意识地觉得老人已经死了，墓上的衰草正在严冬下做着春的梦。所以我也不问到关于他的消息。蓦地想起来的时候，心里只影子似的飘过一片淡淡的悲哀。但我到家后的第五天，正在屋里坐着看水仙花的时候，又听到窗外有哼哼的声音，开门进来的就是这老人。我的脑海里电光似的一闪，这对我简直像个奇迹，我惊愕得不知所措了。他坐下，又从断断续续的哼声中迸出几句套语来，接着仍然是成排的连珠似的咳嗽。比以前还要剧烈，当我问到他近来的情况的时候，他就告诉我，因为受本街流氓的排挤，他已经不能再在那个古庙里存身，就在那年的秋天，搬到一个靠近圩子墙的土洞里去，仍然有许多人送饭给他吃，我们家也是其中之一。叹了几口气之后，又说到虽然哼哼还没能去掉，但自己觉得身体却比以前好了，这也总算是个好现象，自己还希望能壮壮实实地再活几年，说完了，又拖着自己孤伶的背影蹒跚地走回去。

　　第二天的下午，我走去看他，走近圩子墙的时候，已经没了住的人家，只有一座座纵横排列着的坟，寻了半天，好歹在一个土崖下面寻到一个洞，给一扇秫秸编成的门挡住口。我轻轻地拽开门，扑鼻的一阵烟熏的带土味的气息，老人正在用干草就地铺成的床上躺着。见了我，似乎有点儿显得仓皇，要站起来，但我止住了他。我们就谈起话来。我从门缝里看到一片大大小小的坟顶。四周仿佛凝定了似的沉寂，我不由得幻想起来，在死寂的中夜里，当鬼火闪烁着蓝光的时候，这样一个垂死的老人，在这样一个地方，想到过去，看到现在，会有什么样的感想呢？这样一个土洞不正同坟墓一样吗？眼前闪动着种种的幻象，我的心里一闪，我立刻觉得自己现在就是在坟墓里，面前坐着的有蝙蝠形的脸和白须的老人就是一具僵尸，冷栗通过了我的全身。但我抬头看老人，他仍然同平常一样地镇定；而且在镇定中还加入了点儿悠然的意味。神秘的充满了生之力的光不时从眼里射出来。我的心乱了；我仿佛有什么东西急于了解而终于不了解似的，心里充满了疑惑；但又想不出究竟是什么。我不愿意再停留在这里，我顺着圩子墙颓然走回家里，在暗淡的灯光下，水仙花的芬芳的香气中，陷入了长长的不可捉摸的沉思。

　　不久，我又回到故都去。从这以后，第一次回家是在夏天，我以为老人早已死掉了；但却看到他眼里闪熠着的充满了生之力的神秘的光。第二次回家是在另一个夏天，我又以为老人早已死掉了；但他又出现了，而且哼哼也更剧烈了；然而我又看到他眼里闪熠着充满了生之力的神秘的光。每次都给我一个极大的惊奇，但过后也就消逝了。就这样，一直到去年秋天，我在故都的生活告了一个结束，又回到这个城市里来。老人早已躲出我记忆之外，因为我直觉地确定地相信，他再也不会活在人间了。我不但不向家里人问到他，连以前有的淡淡的悲哀也不浮在我的心里来。然而在一个秋末的黄昏里，又听到他的低咽而幽抑的哼哼声从窗外飘进来；在带点儿悲凉凄清的晚秋的沉寂里，哼哼声更显得阴郁，仿佛想把过去生命里的一切哀苦全从这哼声里喷泄出来。我的心战栗起来。我真想不到在过去遇到的许多奇迹之外，还有今天这样一个奇迹。我有点儿怕见他，但他终于走进来。衣服上满是土，头发凌乱得像秋草；态度仍然很镇定；脸色却更显得苍老，黧黑；腰也更显得伛偻。见了我，勉强做出一个笑容，接着就是一阵咳嗽；咳嗽间断的时候，就用哼哼来把空缝补上；同时嘴里还努力说着话，也已是些呓语似的声音。他告诉我，他来的时候走几步就得坐下休息一会儿，走了有一点钟才走到这里，当我问到他的身体的时候，他叹了口气，说，身体已经是不行了；昨天到庙里求了一个签，说他还能活几年，这使他非常高兴，他仍然希望能壮壮实实地再活几年，他不想死。我又看到有神秘的充满了生之力的光从他的昏暗的眼里射出来，他仿佛又在前途看到希望，看到花。我迷惑了，惘然地看着他拖着自己孤伶的背影走去。

　　从去年秋天到现在，在我的生命中是一个大的转变。我过的是同以前迥乎不同的生活。在学校里过了六天以后，照例要回到我不高兴回去的家里看看；因而也就常逢到老人。每见一次面，我总觉得老人的精神和身体都比上一次要坏些，哼哼也剧烈些。但我仍然一直见面见到现在，每次都看到他从眼里射出的神秘的光，这光，在我心里，连续地打着烙印。我并不愿意老人死，甚至连想到也会使我难过。但我却固执地觉得生命对他已经没了意义。从人生的路上跋涉着走到现在，过去是辛酸的，回望只见到灰白的一线微痕；现在又处在这样一个环境里；将来呢？只要一看到自己拖了孤伶的背影蹒跚地向前走着的时候，走向将来，不正是这样一个情景吗？在将来能有什么呢？没有希望，没有花。但我抬头又看到我面前这位蝙蝠脸的老人，看到他低垂着注视着地面的眼光，充满了神秘的生命力，这眼光告诉我们，他永远不回头看，他只向前看，而且在前面他真的又看到闪烁的希望，灿烂的花。我迷惑了。对我，这蝙蝠脸是个谜，这从昏暗的眼里射出的神秘的光更是个谜。就在这两重谜里，这老人活在我的眼前，活在我的心里。谁知道这神秘的光会把他带到什么地方呢？

1935 年 5 月 2 日

夜来香开花的时候

夜来香开花的时候，我想到王妈。我不能忘记，在我刚走出童年的几年中，不知道有几个夏夜里，当闷热渐渐透出了凉意，我从飘忽的梦境里转来的时候，往往可以看到窗纸上微微有点儿白；再一沉心，立刻就有嗡嗡的纺车的声音，混着一阵阵的夜来香的幽香，流了进来。倘若走出去看的话，就可以看到，一盏油灯放在夜来香丛的下面，昏黄的灯光照彻了小院，把花的高大支离的影子投在墙上，王妈坐在灯旁纺着麻，她的黑而大的影子也被投在墙上，合了花的影子在晃动着。

她是老了。我不知道她什么时候到我们家里来的。当我从故乡里来到这个大都市的时候，我就看到她已经在我们家里来来往往地做着杂事。那时，已经似乎很老了。对我，从那时到现在，是一个从莫名其妙的朦胧里渐渐走到光明的一段。最初，我看到一切事情都像隔了一层薄纱。虽然到现在这层薄纱也没能撤去，但渐渐地却看到了一点儿光亮，于是有许多事情就不能再使我糊涂。就在这从朦胧到光亮的一段里，我们搬过两次家。第一次搬到一条歪曲铺满了石头的街上。王妈也跟了来。房子有点儿旧，墙上满是雨水的渍痕。只有一个窗子的屋里白天也是暗沉沉的。我童年的大部分的时间就在这黑暗屋里消磨过去。院子里每一块土地都印着我的足迹。现在我还能清晰地记起来屋顶上在秋风里颤抖的小草，墙角檐下挂着的蛛网。但倘若笼统想起来的话，就只剩一团苍黑的印象了。

倘若我的记忆可靠的话，在我们搬到这苍黑的房子里第二年的夏天，小小的院子里就有了夜来香。当时颇有一些在一起玩的小孩，往往在闷热的黄昏时候聚在一块儿，仰卧在席上数着天空里飞来飞去的蝙蝠。但是最引我们注意的却是夜来香的黄花——最初只是一个长长的花苞，我们目不转睛地注视着它。还不开，还不开，蓦地一眨眼，再看时，长长的花苞已经开放成伞似的黄花了。在当时的心里，觉得这样开的花是一个奇迹。这花又毫不吝惜地放着香气。王妈也很高兴。每天她总把所有开过的花都数一遍。当她数着的时候，随时有新的花在一闪一闪地开放着。她眼花缭乱，数也数不清。我们看了她慌张而又用心的神情，不禁一哄笑起来。就这样每一个黄昏都在奇迹和幽香里度过去。每一个夜跟着每一个黄昏走了来。在清凉的中夜里，当我从飘忽的梦境里转来的时候，就可以看到王妈的投在墙上的黑而大的影子在合着夜来香的影子晃动了。

就在这样一个环境里，我第一次觉得我的眼前渐渐地亮起来。以前我看王妈只像一个影子。现在我才发现她也同我一样的是一个活动的人。但是我仍然不明了她的身世。在小小的心灵里,我并想不到她这样人的年纪出来佣工有什么苦衷;我只觉得她同我们住在一起,就是我们家里的一个人,她也应该同我们一样地快活。童稚的心岂能知道世界上还有不快活的事情吗?

  在初秋的暴雨里,我看到她提着篮子出去买菜;在严冬大雪的早晨,我看到她点着灯起来生炉子。冷风把她手吹得红萝卜似的开了裂,露出鲜红的肉来。我永远忘不掉这两只有着鲜红裂口的手!她有自己的感情,自己的脾气,这些都充分表示出一个北方农民的固执与倔强。但我在黄昏的灯下却常听到她不时吐出的叹息了。我从小就是孤独的。在我小小的心里,一向感觉到缺少点儿什么。我虽然从没叹息过,但叹息却堆在我的心里。现在听了她的叹息,我的心仿佛得到被解脱的痛快。我愿意听这样的低咽的叹息从这垂老的人的嘴里流出来。在她,不知因为什么,闲下来的时候,也总爱找着我说话。她告诉我,她的丈夫是她村里唯一的秀才,但没能捞上一个举人就死去了。她自己被家里的妯娌们排挤,不得已才出来佣工。有一个儿子,因为乡里没有饭吃,到关外做买卖去了。留下一个媳妇在这大城里,似乎也不大正经。她又告诉我,她年轻的时候,怎样刚强,怎样有本领,和许多别的美德;但谁又知道,在垂老的暮年又被迫着走出来谋生,只落得几声叹息呢?

  以后,这叹息就时时可以听到。她特别注意到我衣服寒暖。

在冬天里,她替我暖,在夏夜里,她替我用大芭蕉扇赶蚊子。她仍然照常地提着篮子出去买菜,冬天早晨用开了鲜红裂口的手生炉子。当夜来香开花的时候,又可以看到她郑重其事地数着花朵。但在不寐的中夜里,晚秋的黄昏里,却连续听到她的叹息,这叹息在沉寂里回荡着,更显得凄冷了。她仿佛时常有话要说。被追问的时候,却什么也不说,脸上只浮起一片惨笑。有时候有意与无意之间,又说到她年轻时候的倔强,她的秀才丈夫。往往归结说到她在关外做买卖的儿子。我们都可以看出来,这老人怎样把暮年的希望和幻想放在她儿子身上。我也曾替她写过几封信给她的儿子,但终于也没能得到答复。这老人心里的悲哀恐怕只有她一个人知道了。

不记得是哪一年,在夏天,又是夜来香开花的时候,她儿子来了信。信里说的,却并不像她想的那样满意,只告诉她,他在关外勤苦几年挣的钱都给别人骗走了;他因为生气,现在正病着,结尾说:"倘若母亲还要儿子的话,就请汇钱给我回家。"这样一封信给她怎样的影响,我们大概都可以想象得出。连着叹了几口气以后,她并没说什么话,但脸色却更阴沉了。这以后,没有叹气,我们只看到眼泪。

我前面不是说,我渐渐从朦胧里走向光明里去吗?现在我眼前似乎更亮了。我看透了一些事情:我知道在每个人嘴角常挂着的微笑后面有着怎样的冷酷;我看出大部分的人们都给同样黑暗的命运支配着。王妈就在这冷酷和黑暗的命运下呻吟着活下来。我看透了这老人的眼泪里有着无量的凄凉。我也了解了她的寂寞。

在这时候，我们又搬了一次家，只不过从这条铺满了石头的街的中间移到南头。王妈仍然跟了来。房子比以前好一点儿，再看不到四壁的雨痕和蜘蛛。每座屋子也都有了两个以上的窗子，而且窗子上还有玻璃。尤其使我满意的是西屋前面两棵高过房檐的海棠。时候大概是春天，因为才搬进来的时候，树上还开满着一团团的花。就在这一年的夏天，大概因为院子大了一点儿吧，满院里，除了一个大水缸养着子午莲和几十棵凤仙花和其他杂花以外，便只看到一丛丛的夜来香。我现在已经不是孩子，有许多地方要摆出安详的样子来；但在夏天的黄昏时候，却仍然做着孩子时候做的事情。我坐在院子里数着天上飞来飞去的蝙蝠。看着夜色慢慢织入夜来香丛里，一片朦胧的薄暗。一眨眼，眼前已经是一片黄黄的伞似的花了。跟着又有幽香流过来。夜里同蚊子打过了仗，好容易睡过去。各样的梦做过了以后，从飘忽的梦境里转来的时候，往往可以看到窗上有点儿白，听到嗡嗡的纺车的声音。走出去，就可以看到王妈的黑大的投在墙上的影子在合着夜来香的影子晃动了。

王妈更老了。但我仍然只看到她的眼泪。在她高兴的时候，她又谈到她的秀才丈夫，她的不大正经的儿媳妇，和她病倒在关外的儿子。她仍然提着篮子出去买菜，冬天老早起来生炉子，从她走路的样子上看来，她真有点儿老了；虽然她自己在别人说她老的时候还在竭力否认着。她有颗简单纯朴的心。因了年纪更大的关系，这颗心似乎就更纯朴简单。往往因为少得了一点儿所应得的东西,我们就可以看到她的干瘪了的嘴并拢在一起,腮鼓着。似乎要有什么话从里面流了出来。然而在这样的情形下往往是没有什么流出的。倘若有人意外地给了她点儿什么,我们也可以意外地看到这老人从心里流出来的快意的笑了。她不会做荒唐的梦,极小的得失可以支配她的感情。她有一颗简单的心。

日子一天一天地过去,这寂寞的老人就在这寂寞里活下去。上天给了她一个爽直的性情,使她不会向别人买好,不会在应当转圈的时候转圈。因为这,在许多极琐碎的事情上,她给了别人一点儿小小的不痛快,她自己却得到一个更大的不痛快。这时候,我们就见她在把干瘪了的嘴并拢以后,又在暗暗地流着眼泪了。我们都知道,这眼泪并不像以前想到她儿子时的那眼泪那样有意义。这样的眼泪流多了,顶多不过表示她在应当流的泪以外,还有多余的泪,给自己一点儿轻松。泪流过了不久,就可以看到她高兴地在屋里来来往往地做着杂事了。她有一颗同孩子一样的简单的心。

在没搬家过来以前,我已经到一个在城外的四面满是湖田和荷池的学校里去读书,就住在那里。只在星期日回家一次。在学校里死沉的空气里住过六天以后,到家里觉得仿佛到了另一个世界。进门先看到王妈的欢乐的微笑。等到踏着暮色走回去的时候,心里竟觉得意外地轻松。这样的情形似乎也延长不算很短的一个期间。虽然我自己的心情随时都有着变化,生活却显得惊人的单调。回看花开花落,听老先生沙着声念古文,拼命地在饭堂里抢馒头,感情冲动的时候,也热烈地同别人打架,时间也就慢慢地过去。

又忘记了是多少时候以后,是星期日,当时我从学校里走回家去的时候,我看到一个黄瘦、个儿很高的中年男子在替我们搬移着桌子之类的东西。旁人告诉我,这就是王妈的儿子。几个月以前她把储蓄了几年的钱都汇给他,现在他居然从关外回到家来了。但带回来的除了一床破棉被以外,就剩了一个有着几乎各类的一个他那样用自己的力量来换面包的中年人所能有的病的身子,和一双连霹雳都听不到的耳朵。但终于是个活人,是她的儿子,而且又终于回到家里来了。

王妈高兴。在垂暮的老年,自己的独子,从迢迢的塞外回到她跟前来,这样奇迹似的遭遇怎能不使她高兴呢?说到儿子的身体和病,她也会叹几口气,但儿子终于是儿子,这叹息掩不过她的高兴的,不久,她那不大正经的媳妇也不知从哪里名正言顺地找了来,于是一个小家庭就组成了。儿子显然不能再干什么重劳力的活儿了,但是想吃饭除了劳力之外又似乎没有第二条路可走。在我第二星期回到家里来的时候,就看到她那说话也需要打手势的儿子在咳嗽着一出一进地挑着满桶的水卖钱了。

这以后,对王妈,对我们家里的人,有一个惊人的大转变。从她那里,我们再听不到叹息,看不到眼泪,看到的只有微笑。有时儿子买了一个甜瓜或柿子,甚至几个小小的梨,拿来送给母亲吃。儿子笑,不说话;母亲也笑,更不说话。我们都可以看出来这笑怎样润湿了这老人的心。每逢过节,或特别日子的时候,儿子把母亲接回家去。当吃完儿子特别预备的东西走回来的时候,这老人脸上闪着红光。提着篮子买菜也更带劲,冬天早晨也更起得早。生命对她似乎是一杯香醪。她高兴地活下去,没有了寂寞,也没有了凄凉,即便再说到她丈夫的时候,也只有含着笑骂一声:"早死的死鬼!"接着就兴高采烈地夸起自己年轻时的美德来了。我们都很高兴。我们眼看着这老人用手捉住自己的希望和幻想。辛勤了几十年,现在这希望才在她心里开成了花。

  日子又平静地过下去。微笑似乎没离开过她。这老人正做着一个天真的梦。就这样差不多过了一年的时间。中间我还在家里住了一个暑假,每天黄昏时候,躺在院子里的竹床上,数着天上的蝙蝠。夜来香每天照例一闪便开了。我们欣赏着花的香,王妈更起劲地像煞有介事似的数着每天开过的花。但在暑假过了以后,当我再每星期日从学校里走回家来的时候,我看到空气似乎有点儿不同。从王妈那里我又常听到叹息了。她又找着我说话,她告诉我,儿子常生病,又聋。虽然每天拼命挑水,在有点儿近于接受别人恩惠的情形下接了别人的钱,却连肚皮也填不饱。这使他只有更拼命;然而结果,在已经有了的病以外,又添了其他可能的新病。儿媳妇也学上了许多新的譬如喝酒抽烟之类的毛病。她丈夫自然不能满足她;凭了自己的机警,公然在她丈夫面前同别人调情,而且又进一步姘居起来了。这老人早起晚睡侍候别人颜色挣来的钱,以前是被严谨地锁在一个箱子里的,现在也慢慢地流出来,换成面包,填充她儿子的肚皮了。她为儿子的病焦灼,又生媳妇的气;却没办法。这有一颗简单的心的老人只好叹息了。

儿子病的次数加多起来,而且也厉害起来。在很短的期间,这叹息就又转成眼泪了。以前是因为有幻想和希望而不能捉到才流泪;现在眼看着幻想和希望要在自己手里破碎,这泪当然更沉痛了。我虽然不常在家里,但常听人们说到,每次她从儿子那里回来的时候,总带回来惊人多的叹息和眼泪。问起来,她就说到儿子怎样病,几天不能挑水,柴米没有,媳妇也不知道跑到什么地方去了。于是在静寂的中夜里,就又常听到她低咽的暗泣。她现在再也没有心绪谈到她的秀才丈夫,夸耀自己年轻时的美德,处处都表示出衰老的样子。流泪成了日常的工作;泪也终于流不完。并没延长了多久,她有了病,眼也给一层白膜障上了。她说,她不想死。真的,随处都表示出,她并不想死。她请医生,供神水,喝符,用大葱叶包起七个活着的蜘蛛生生吞下去,以及一切的偏方正方。为了自己的身子,她几乎忘掉了一切。大约有几个月以后吧,身子好了,却只剩下了一只眼。

她更显得衰老了。腰佝偻着,剩下的一只眼似乎也没有什么大用。走路的时候,只是用手摸索着走上去。每次我看她拿重一点儿的东西而曲着背用力的时候,看到她从儿子那里回来含着泪慢慢地踱进自己的幽暗的小屋里去的时候,我真想哭。虽然失掉一只眼睛,但并没有失掉了固有的性情,她仍然倔强,仍然不会买好,不会在应当转圈的时候转圈;也就仍然常常碰到点儿小不痛快，流两次无所谓的眼泪。她同以前一样，有着一颗简单又纯朴的心。

　　四年前，为了一个近于荒诞的理想，我从故乡来到这辽远的故都里。我看到的自然是另一个新的世界，但这世界却不能吸引着我；我时常想到王妈，想到她数夜来香的神情，想到她红萝卜似的开了鲜红裂口的手。第一年寒假回家的时候，迎着我的是她的欢迎的微笑。只有我了解她这笑是怎样勉强做出来的。前年的冬天，我又回家去。照例一阵微微的晕眩以后，我发现家里少了一个人，以前笑着欢迎我的王妈到哪里去了呢？问起来，才知道这老人已经回老家去了。在短短的半年里，她又遭遇到许多不如意的事情。因为看到放在儿子身上的希望和幻想渐渐渺茫起来，又因为自己委实得有点儿老了，于是就用勉强存起来的一点儿钱在老家托人买了一口棺材。这老人已经看透了自己一生决定了不过是这么回事；趁着没死的时候，预备点儿东西，过一个痛快的死后的生活吧。但这口棺材却毫无理由地被她一个先死去的亲戚占去了。从年轻时候守节受苦，到垂老的暮年出来佣工，辛苦了一生，老把自己的希望和幻想拴在儿子身上，结果是幻灭；好容易自己又制了一个死后的美丽的梦，现在又给打碎了。她不懂怎样去诉苦，也没人可诉。这颗经了七十年痛创的简单又纯朴的心能容得下这些破损吗？她终于病倒了。

　　正要带着儿子和媳妇回老家去养病的时候，儿子竟然经不起病的摧折死去了。我不忍去想象，悲哀怎样啃着这老人的心。

她终于回了家。我们家里派了一个人去送她。临走的时候,她还带着恳乞的神气说:"只要病好了,我还回来。"生命的火还在她心里燃烧着,她不想死的。在严冬的大风雪里,在灰暗的长天下,坐在一辆独轮小车上,一个垂老的人,带了自己独子的棺材,带了一个艰苦地追求了一辈子而终于得到的大空虚,带了一颗碎了的心,回到自己的故乡里去,把一切希望和幻想都抛到后面,人们大概总能想象到这老人的心情吧!我知道会有种种的幻影在她眼前浮掠,她会想到过去自己离开家时的情景,然而现在眼前明显摆着的却是一个不可避免的黑洞,一切就都归到这洞里去。车走上一个小木桥的时候,忽然翻下河去,这老人也被倾倒水里。被人捞上来的时候,浑身都结了冰。她自己哭了,别人也都哭起来。人生到这样一个地步,还有什么话可以说呢?这纯朴的老人也不能不咒骂自己的命运了。

  我不忍去想象,她怎样在那穷僻的小村里活着的情形。听人说,剩下的一只眼睛也哭得失了明。自己的房子已经卖给别人,只好借住在亲戚家里。一闭眼,我就仿佛能看到她怎样躺到床上呻吟,但没有人去理会她;她怎样起来沿着墙摸索着走,她怎样呼喊着老天。她的红萝卜似的开了裂口流着红血的手在我眼前颤动……以前存的钱一个也没能剩下,她一定会回忆到自己困顿的一生,受尽人们的唾弃,老年也还免不了早起晚睡侍候别人的颜色;到死却连自己一点儿无论怎样不能成为希望和幻想的希望和幻想都一个不剩地破碎了去。过去的黑影沉重地压在她心头。人到欲哭无泪的地步,还有什么话可说呢?我听不到她的消息，我只有单纯地有点儿近于痴妄地希望着，她能好起来，再回到我们家里去。

  但这岂是可能的呢？第二年暑假我回家的时候，就听人说，王妈死了。我哭都没哭，我的眼泪都堆在心里，永远地。现在我的眼前更亮，我认识了怎样叫人生，怎样叫命运。——小小的院子里仍然挤满了夜来香。黄昏里我仍然坐在院子里的竹床上，悲哀沉重地压住了我的心。我没有心绪再数蝙蝠了。在沉寂里，夜来香自己一闪一闪地开放着，却没有人再去数它们。半夜里，当我再从飘忽的梦境里转来的时候，看不到窗上的微微的白光，也再听不到嗡嗡的纺车的声音，自然更看不到照在四面墙上的黑而大的影子在合着历乱的枝影晃动。一切都死样的沉寂。我的心寂寞得像古潭。第二天早晨起来的时候，整夜散放着幽香的夜来香的伞似的黄花枝枝都枯萎了。没了王妈，夜来香哪能不感到寂寞呢？

1935 年

Wala

总有一个女孩子的面影飘动在我的眼前：淡红的双腮，圆圆的大眼睛。这面影对我这样熟悉，却又这样生疏。每次当它浮起来的时候，我一点儿也不去理会，它只是这么摇摇曳曳地在我眼前浮动一会儿，蓦地又暗淡下去，终于消逝到不知什么地方去了。我的记忆也自然会随了这消逝去的影子追上去，一直追到六年前的波兰车上。

也是同现在一样的夏末秋初的天气，我在赤都游了一整天以后，脑海里装满了红红绿绿的花坛的影像，走上波德通车。我们七个中国同学占据了一个车厢，谈笑得颇为热闹。大概快到华沙了吧，车里渐渐暗了下来，这时忽然走进一个年轻的女孩子来。我只觉得有一个秀挺的身影在我眼前一闪，还没等我细看的时候，她已经坐在我的对面。我的地理知识本来不高明。在国内的时候，对波兰我就不大清楚，对波兰的女孩子更模糊成一团。后来读到一位先生游波兰描写波兰女孩子的诗,当时的印象似乎很深,但不久就渐渐淡了下来,终于连一点儿痕迹都没有了。然而现在自己竟到了波兰,而且对面就坐了一个美丽的波兰女孩子:淡红的双腮,圆圆的大眼睛。

倘若在国内的话,七个男人同一个孤身的女孩子坐在一起,我们即使再道学,恐怕也会说一两句带着暗示的话,让女孩子红上一阵脸,我们好来欣赏娇羞含怒然而却又带笑的态度。然而现在却轮到我们红脸了。女孩子坦然地坐在那里,脸上挂着一丝微笑,把我们七个异邦的青年男子轮流看了一遍,似乎想要说话的样子。但我们都仿佛变成在老师跟前背不出书来的小学生,低了头,没有一个人敢说些什么。终于还是女孩子先开了口。她大概知道我们不能说波兰话,只用德文问我们会说哪一国的话。我们七个中有一半没学过德文。我自己虽然学过,但也只是书本子里的东西。现在既然有人问到了,也只好勉强回答说自己会说德文。谈话也就开始了,而且还是愈来愈热闹。我们真觉得语言的功用有时候并不怎样大,静默或其他别的动作还能表达更多更复杂更深刻的思想。当时我们当然不能长篇大论地叙述什么,有的时候竟连意思都表达不出来,这时我们便相对一笑,在这一笑里,我们似乎互相了解了更多更深的东西。刚才她走进来的时候,先很小心地把一个坐垫放在座位上,然后坐下去。经过了也不知道多少时候,我蓦地发现这坐垫已经移到一位中国同学的身子下面去;然而他们两个人都没注意到,当时热闹的情形也可以想见了。

在满洲里的时候，我们曾经买了几瓶啤酒似的东西。一路上，每到一个大车站，我们就下去用铁壶提开水来喝，这几瓶东西却始终珍惜着没有打开。现在却仿佛蓦地有一个默契流过我们每个人的心中，一位同学匆匆忙忙地找出来了一瓶打开，没有问别人，其余的人也都兴高采烈地帮忙找杯子，没有一个人有半点儿反对的意思。不用说，我们第一杯是捧给这位美丽的女孩子的。她用手接了，先不喝，问我这是什么。我本来不很知道这究竟是什么，反正不过是酒一类的东西，而且我脑子里关于这方面的德文字也就只有一个酒字，就顺口回答说："是酒。"她于是喝了一口，立刻抬起眼含着笑仿佛谴责似的问着我说："你说是酒？"这双眼睛这样大，这样亮，又这样圆，再加上玫瑰花似的微笑，这一切深深地压住了我的心，我本来没有意思辩解，现在更没话可说，其实也不能说什么话了。她没有再说什么，拿出她自己带来的饼干分给我们吃。我们又吃又喝，忘记了现在是在火车上，是在异域；忘记了我们是初相识的异国的青年男女，根本忘记了我们自己，忘记了一切。她皮包里带着许多相片，她一张一张地拿给我们看。我们也把我们身边带的书籍画片，甚至连我们的毕业证书都找出来给她看。小小的车厢里充满了融融的欣悦。一位同学忽然问她叫什么名字，她立刻毫不忸怩地把自己的名字写在我们的簿子上：Wala，一个多么美妙令人一听就神往的名字！

大概将近半夜了吧，我走到另外一个车厢里想去找一个地方睡一会儿。终于在一个角落里找到一个位子。对面坐了一位大鼻子的中年人。才一出国，看到满车外国人，已经有点儿觉得生疏；再看了他这大鼻子，仿佛自己已经走进了一个童话的国土里来，有说不出的感觉。这大鼻子仿佛有魔力，把我的眼睛吸住，我非看不行。我敢发誓，我一生还没有看到这样大的鼻子。他耳朵上又罩上了无线电收音机，衬上这生在脸正中的一块大肉，这一切合起来凑成一幅奇异的图案画，看了我再也忍不住笑起来。但他偏又高兴同我说话，说着破碎的英语，一手指着自己的头，一手指着远处坐着的 Wala，头摇了两摇，奇异的图案画上浮起一丝鄙夷微笑。我抬起头来看了看 Wala，才发现她头上戴了一顶红红绿绿的小帽子。刚才我竟没有注意到，我的全部精神都让她的淡红的双腮同圆圆的大眼睛吸住了。现在忽然发现她头上的小帽子，只觉得更增加了她的妩媚。一直到现在我还不明白，这位中年人为何讨厌这一顶同她的秀美的面孔相得益彰的小帽子。

我现在已经忆不起来，我们是怎样分的手。大概是我们，至少是我，坐着蒙蒙眬眬地睡了会儿，其间 Wala 就下了车。我当时醒了后确曾觉得非常值得惋惜，我们竟连一声再会都没能说，这美丽的女孩子就像神龙似的去了。我仿佛看了一个夏夜的流星。但后来自己到了德国，蓦地投到一个新的环境里去，整天让工作压得不能喘一口气。以前在国内的时候，无论是做学生，是教书，尽有余裕的时间让自己的幻想出去飞一飞，上至青天，下至黄泉，到种种奇幻的世界里去翱翔，想到许多荒唐的事情，摹绘给自己种种金色的幻影，然后再回到这个世界里来。现在每天对着自己的全是死板板的现实,自己再没有余裕把幻想放出去,Wala 的影子似乎已经从我的记忆里消逝了去,我再也想不到她了。这样就过去了六个年头。

前两天,一个细雨萧索的初秋的晚上,一位中国同学到我家里来闲谈。谈到附近一个菜园子里新近来了一个波兰女孩子在工作。这女孩子很年轻,长得又非常美丽,父母都很有钱。在波兰刚中学毕业,正要准备进大学的时候,德国军队冲进波兰。在听过几天飞机大炮以后,于是就来了大恐怖,到处是残暴与血光。在风声鹤唳的情况里过了一年,正在庆幸着自己还能活下去的时候,又被希特勒手下的穿黑衣服的两足走兽强迫装进一辆火车里运到德国来,终于被派到哥廷根来,在这个菜园子里做下女。她天天做着牛马的工作,受着牛马的待遇,一生还没有做过这样的苦工。出门的时候,衣襟上还要挂上一个绣着 P 字的黄布,表示她是波兰人,让德国人随时都能注意她的行动;而且也只能白天出门,晚上出去捉起来立刻入监狱。电影院戏院一类娱乐的地方是不许她去的。衣服票鞋票当然领不到,衣服鞋破了也只好将就着穿,所以她这样一个年轻又美丽的女孩子,衣服是破烂不堪的,脚下穿的又是木头鞋。工资少到令人吃惊。回家的希望简直更渺茫,只有天知道,她什么时候能再见到她的故乡,她的父母!我的朋友也不由得叹了一口气。

我的眼前电火似的一闪,立刻浮起 Wala 的面影,难道这个女孩子就是 Wala 吗?但立刻我又自己否认,这不会是她的,天下不会有这样凑巧的事情。然而立刻又想到,这女孩子说不定就是 Wala,而且非是她不行;命运是非常古怪的,它有时候会安排下出人意料的事情。就这样,我的脑海里纷乱成一团,躺下无论如何也睡不着,伏在枕上听窗外雨声滴着落叶,一直到不知什么时候。

第二天早晨起来,到研究所去的时候,我就绕路到那菜园子去。这里我以前本来是常走的,一切我都很熟悉。但今天我看到这绿绿的菜畦,黄了叶子的苹果树,中间一座两层的小楼,我的眼前发亮,一切都蓦地对我生疏起来,我仿佛第一次看到这许多东西,我简直失了神似的,觉得以前菜畦没有这样绿,苹果树的叶子也没有黄过,中间并没有这样一座小楼。但现在却清清楚楚地看到眼前有这样一座楼,小小的红窗子就对着黄了叶子的苹果林,小巧得古怪又可爱。我注视这窗口,每一刹那我都盼望着,蓦地会有一个女孩子的头探出来,而且这就是 Wala。在黄了叶子的苹果树下面,我也每一刹那都在盼望着,蓦地会有一个秀挺的少女的身影出现,而且这也就是 Wala。但我什么也没看到。我带了一颗失望的心走到研究所,工作当然做不下去。黄昏回家的时候,我又绕路从这菜园子旁边走过,我直觉地觉得反正在离我住的地方不远的小楼里有一个 Wala 在;但我却没有一点儿愿望再看这小楼,再注视这窗口,只匆匆走过去,仿佛是一个被检阅的兵士。

以后,我每天要绕路到那菜园子附近去走上两趟。我什么也没看到,而且我也不希望看到什么,因为我现在已经知道,这女孩子不会是Wala了。不看到，自己心里终究有一个极渺茫极不成希望的希望：说不定她就真是Wala。怀了这渺茫的希望，回到家来，每当夜深人静的时候，就把幻想放出去，到种种奇幻的世界里去翱翔，想到许多荒唐的事情，给自己摹描种种金色的幻影。这幻想会自然而然地把我带到六年前的波兰车上。我瞪大了眼睛向眼前的空虚处看去，也自然而然地有一个这样熟悉而又这样生疏的女孩子的面影摇摇曳曳地浮现起来：淡红的双腮，圆圆的大眼睛。

我每次想到的就是这似乎平淡然而却又很深刻的诗句："同是天涯沦落人。"因为，我已经再不怀疑，即使这女孩子不是Wala，但Wala的命运也不会同这女孩子的有什么区别，或者还更坏。她也一定是在看过残暴与血光以后，被另外一个希特勒手下的穿黑衣服的两足走兽强迫装进一辆火车里拖到德国来，在另一块德国土地上，做着牛马的工作，受着牛马的待遇，出门的时候也同样要挂上一个P字黄牌，同样不能看到她的父母，她的故乡。但我自己的命运又有什么两样呢？不正有另一群兽类在千山万山外自己的故乡里散布残暴与火光吗？故乡的人们也同样做着牛马的工作，受着牛马的待遇，自己也同样不能见到自己的家属，自己的故乡。"同是天涯沦落人"，但是我们连"相逢"的机会都没有，我真希望我们这曾经一度"相识"者能够相对流一点儿泪，互相给一点儿安慰。但是，即使她现在有泪，也只好一个人独洒了，她又到什么地方能找到我呢？有时候，我曾经觉得世界小过，小到令人连呼吸都不自由；但现在我却觉得世界真正太大了。在茫茫的人海里,找寻她,不正像在大海里找寻一粒芥子吗?我们大概终不能再会面了。

1941年于德国哥廷根

塔什干的一个男孩子

塔什干毕竟是一个好地方。按时令来说，当我们到了这里的时候，已经是秋天，淡红淡黄斑驳陆离的色彩早已涂满了祖国北方的山林；然而这里还到处盛开着玫瑰花，而且还不是一般的玫瑰花——有的枝干高得像小树，花朵大得像芍药、牡丹。

我就在这样的玫瑰花丛旁边认识了一个男孩子。

我们从城外的别墅来到市内，最初并没有注意到这一个小男孩。在一个很大的广场里，一边是纳瓦依大剧院，一边是为了招待参加亚非作家会议各国代表而新建的富有民族风味的塔什干旅馆，热情的塔什干人民在这里聚集成堆，男女老少都有。在这样一堆堆的人群里，一个普普通通的小孩子怎么能引起我们的注意呢？

但是，正当我们站在汽车旁边东张西望的时候，忽然听到细声细气的儿童的声音，说的是一句英语："您会说英国话吗？"

我低头一看，才看到一个十二三岁的小男孩。他穿了一件又灰又黄带着条纹的上衣，头发金黄色，脸上稀稀落落有几点雀斑，两只蓝色的大眼睛一闪忽一闪忽的。

这个小孩子实在很可爱，看样子很天真，但又似乎懂得很多的东西。虽然是个男孩，却又有点儿像女孩，羞羞答答，欲进又退，欲说又止。

我就跟他闲谈起来。他只能说极简单的几句英国话，但是也能把自己的意思表达出来。他告诉我，他的英文是在当地的小学里学的，才学了不久。他有一个通信的中国小朋友，是在广州。他的中国小朋友曾寄给他一个什么纪念章，现在就挂在他的内衣上。说着他就把上衣掀了一下。我看到他内衣上的确别着一个圆圆的东西。但是，还没有等我看仔细，他已经把上衣放下来了。仿佛那一个圆圆的东西是一个无价之宝，多看上两眼，就能看掉一块似的。我可以很清楚地看到，这一个看来极其平常的中国徽章在他的心灵里占着多么重要的地位；也可以看到，中国和他的那一个中国小朋友，在他的心灵里占着多么重要的地位。

我同这一个塔什干的男孩子第一次见面，从头到尾，总共不到五分钟。

跟着来的是极其紧张的日子。

在白天，上午和下午都在纳瓦依大剧院里开会。代表们用各种不同的语言发言，愤怒控诉殖民主义的罪恶。我的感情也随着他们的感情而激动，而昂扬。

一天下午,我们正走出塔什干旅馆,准备到对面的纳瓦依大剧院里去开会。同往常一样,热情好客的塔什干人民,又拥挤在这一个大广场里,手里拿着笔记本,或者只是几张白纸,请各国代表签名。他们排成两列纵队,从塔什干旅馆起,几乎一直接到纳瓦依大剧院,说说笑笑,像过年过节一样。整个广场成了一个欢乐的海洋。

我陷入夹道的人堆里,加快脚步,想赶快冲出重围。

但是,冷不防,有什么人从人丛里冲了出来,一下子就把我抱住了。我吃了一惊,定神一看,眼前站着的就是那一个我几乎已经完全忘记了的小男孩。

也许上次几分钟的见面就足以使得他把我看作熟人。总之,他那种胆怯羞涩的神情现在完全没有了。他拉住我的两只手,满脸都是笑容,仿佛遇到了一个多年未见十分想念的朋友和亲人。

我对这一次的不期而遇也十分高兴。我在心里责备自己:"这样一个小孩子我怎么竟会忘掉了呢?"但是,还有人等着我一块儿走,我没有法子跟他多说话,在又惊又喜的情况下,一时也想不起说什么话好。他告诉我:"后天,塔什干的红领巾要到大会上去献花,我也参加。"我就对他说:"那好极了。我们在那里见面吧!"

我倒是真想在那一天看到他的。第二次的见面,时间比第一次还要短,大概只有两三分钟。但是我却真正爱上了这一个热爱中国热爱中国人民的小孩子。我心里想:第一次见面是不期而遇，我没有能够带给他什么东西当作纪念品。第二次见面又是不期而遇，我又没有能够带给他什么东西当作纪念品。我心里十分不安，仿佛缺少了什么东西，有点儿惭愧的感觉。

跟着来的仍然是极其紧张的日子。

大会开到了高潮，事情就更多了。但是，我同那个小孩子这一次见面以后，我的心情同第一次见面后完全不同了。不管我是多么忙，也不管我在什么地方，我的思想里总常常有这个小孩子的影子。它几乎霸占住我整个的心。我把所有的希望都寄托在他要到大会上去献花的那一天上。

那一天终于来到了。气氛本来就非常热烈的大会会场，现在更热烈了。成千成百的男女红领巾分三路涌进会场的时候，全场响起了雷鸣般的掌声。一队红领巾走上主席台给主席团献花。这一队红领巾里面，男孩女孩都有。最小的也不过五六岁，还没有主席台上的桌子高；但也站在那里，很庄严地朗诵诗歌；头上缠着的红绿绸子的蝴蝶结在轻轻地摆动着。主席台上坐着来自三四十个国家的代表团的团长，他们的语言不同，皮肤颜色不同，宗教信仰不同，社会制度不同；但是现在都一起站起来，同小孩子握手拥抱，有的把小孩子高高地举起来，或者紧紧地抱在怀里。对全世界来说，这是一个极有意义的象征，它象征着全世界爱好和平的人们的大团结。我注意到有许多代表感动得眼里含着泪花。

我也非常感动。但是我心里还记挂着一件事情：我要发现那一个塔什干的男孩。我特意带来了一张丝织的毛主席像，想送给他,好让他大大地高兴一次。我到处找他,挨个看过去,看了一遍又一遍。这些男孩的衣服都一样;女孩子穿着短裙子,男女小孩还可以分辨出来;但是,如果想在男小孩中间分辨出哪个是哪个,那就十分困难了。我看来看去,眼睛都看花了。我眼前仿佛成了一片红领巾和红绿蝴蝶结的海洋,我只觉得五彩缤纷,绚丽夺目。可是要想在这一片海洋里捞什么东西,却毫无希望了。一直等到这一大群孩子排着队退出会场,那一张有着金黄色的头发、上面长着两只圆而大的眼睛和稀稀落落的雀斑的脸,却无论如何也没有找到。

我真是从内心深处感到失望。但是我却是一点儿办法都没有。只怪我自己疏忽大意,既没有打听那一个男孩的名字,也没有打听他的住处、他的学校和班级。当我们第二次见面,他告诉我要来献花的时候,我丝毫也没有想到,我们竟会见不到面。现在想打听,也无从打听起了。

会议眼看就要结束了。一结束,我们就要离开这里。我一想到这一点,心里就焦急不堪。但是我也并没有完全放弃了希望。每一次走过广场的时候,我都特别注意向四下里看,我暗暗地想:也许会像我们第二次见面那样,那个男孩子会蓦地从人丛中跳出来,两只手抱住我的腰。

但是结果却仍然是失望。

会议终于结束了。第二天我们就要暂时离开这里,到哈萨克加盟共和国的首都阿拉木图去做五天的访问。在这一天的黄昏,我特意到广场上去散步,目的就是寻找那一个男孩子。

我走到一个书亭附近去,看到台子上摆满了书。亚非各国作家作品的俄文和乌兹别克文译本特别多,特别引人注目。有许多人挤在那里买书。我在那里站了一会儿,想在拥挤的人堆里发现那个男孩子。

我走到大喷水池旁。这是一个大而圆的池子,中间竖着一排喷水的石柱。这时候,所有的喷水管都一齐开放,水像发怒似的往外喷,一直喷到两三丈高,然后再落下来,落到墨绿的水池子里去。喷水柱里面装着红绿电灯,灯光从白练似的水流里面透了出来,红红绿绿,变幻不定,活像天空里的彩虹。水花溅在黑色的水面上,翻涌起一颗颗的珍珠。

我喜欢这一个喷水池,我在这里站了很久。但是我却无心欣赏这些红红绿绿的彩虹和一颗颗的白色珍珠;我是希望能够在这里找到那一个小孩子的。

我走到广场两旁的玫瑰花丛里去,这也是我特别喜欢的地方。这里的玫瑰花又高又大又多,简直数不清有多少棵。人走进去,就仿佛走进了一片矮小的树林子。在黄昏的微光中,碗口大的花朵颜色有点儿暗淡了,分不清哪一朵是黄的,哪一朵是红的,哪一朵又是红里透紫的。但是,芬芳的香气却比白天阳光普照下还要浓烈。我绕着玫瑰花丛走了几周,不管玫瑰花的香气是多么浓烈,我却仍然是醉翁之意不在酒,我是来寻找那一个男孩子的。

我当时就想到,我这种做法实在很可笑,哪里就会那样凑巧呢?但是我又不愿意承认我这种举动毫无意义。天底下凑巧的事情不是很多很多的吗？我为什么就一定遇不到这样的事情呢？我决不放弃这万一的希望。

但是，结果并不像想象的那样，我到处找来找去，终于怀着一颗失望的心走回旅馆去。

第二天，天还没有明，我们就乘飞机到阿拉木图去了。在这个美丽的山城里访问了五天之后，又在一天的下午飞回塔什干来。

我们这一次回来，只能算是过路，第二天天一亮，我们就要离开这里了。这一次离开同上一次不一样，这是真正的离开。

这一次我心里真正有点儿急了。

吃过晚饭，我又走到广场上去。我走近书亭，上面写着人名书名的木牌还立在那里。我走过喷水池，白练似的流水照旧泛出了红红绿绿的光彩。我走过玫瑰花丛，玫瑰在寂寞地散放着浓烈的香气。我到处徘徊流连，我是怀着满腔依依难舍的心情，到这里来同塔什干和塔什干人民告别的。

实在出我意料，当我走回旅馆的时候，我从远处看到旅馆门口有几个小男孩挤在那里，向里面探头探脑。我刚走上台阶，一个小孩子一转身，突然扑到我的身边来：这正是我已经寻找了许久而没有找到的那一个男孩。这一次的见面带给他的喜悦，不但远非第一次见面时的喜悦可比，也绝非第二次见面时他的喜悦可比。他紧紧地抓住我的双手，双脚都在跳；松了我的手，又抱住我的腰，脸上兴奋得一片红，连气都喘不上来了。

他断断续续地告诉我，他是来找我的，过去五天，他天天都来。

"你怎么知道我还在这里呢?"

"我猜您还在这里。"

"别的代表都已经走了,你这猜想未免太大胆了。"

"一点儿也不大胆,我现在不是找到您了吗?"

我大笑起来,不得不承认他是对的。

这是一次在濒于绝望中的意外的会见。中国旧小说里有两句话:"踏破铁鞋无觅处,得来全不费工夫。"并不能写出我当时的全部心情。"蓦然回首,那人却在灯火阑珊处",也只能描绘出我的心情的一小部分。我从来不相信世界上会有什么奇迹;现在我却感觉到,世界上毕竟是有奇迹的,虽然我对这一个名词的理解同许多人都不一样。

我当时十分兴奋,甚至有点儿慌张。我说了声:"你在这里等我,不要走!"就跑进旅馆,连电梯也来不及上,飞快地爬上五层楼,把我早已经准备好了的礼物拿下来,又跑到餐厅里找中国同志要毛主席纪念章,然后匆匆忙忙地跑出去。我送给那一个男孩子一张织着天安门的杭州织锦和一枚毛主席像的纪念章,我亲手给他别在衣襟上。同他在一块儿的三四个男孩子,我也在每个人的衣襟上别了一枚毛主席像的纪念章。这一些孩子简直像一群小老虎,一下子扑到我身上来,搂住我的脖子,在我脸上使劲地亲吻。在惊慌失措中,我清清楚楚地听到清脆的吻声。

我现在再不能放过机会了,我要问一下他的姓名和住址。他就在我的笔记本上写了:谢尼亚·黎维斯坦。我们认识了也好多天了,在这临别的一刹那,我才知道了他的名字。我叫了

他一声:"谢尼亚!"心里有说不出的感觉。只写了姓名和地址,他似乎还不满意,他又在后面加上了几句话:

> 我永远也不会忘记您,亲爱的季羡林!希望您以后再回到塔什干来。再见吧,从遥远的中国来的朋友!
>
> 谢尼亚

有人在里面喊我,我不得不同谢尼亚和他的小朋友们告别了。

因为过于兴奋,过于高兴,我在塔什干最后的一夜又是一个失眠之夜。我翻来覆去地想到这一次奇迹似的会见。这一次会见虽然时间仍然不长,但是却很有意义。在我这方面,我得到机会问清楚这个小孩子的姓名和地址,以便以后联系;不然的话,他就像是一滴雨水落在大海里,永远不会再找到了。在小孩子方面,他找到了我,在他那充满了对中国的热爱的小小的心灵里,也不会永远感到缺了什么东西。这十几分钟会见的意义是无法用言语表达的。

想来想去,无论如何再也睡不着。我站起来,拉开窗幔:对面纳瓦依大剧院的霓虹灯还在闪闪发光。广场上只有稀稀落落的几个人影。那一丛丛的玫瑰花的确是看不清楚了;但是,根据方向,我依然能够知道它们在什么地方;我也知道,在黑暗中,它们仍然在散发着芬芳浓烈的香气。

1961年7月5日

西谛先生

西谛先生不幸逝世,到现在已经有二十多年了。听到飞机失事的消息时,我正在莫斯科。我仿佛当头挨了一棒,惊愕得说不出话来。我是震惊多于哀悼,惋惜胜过忆念,而且还有点儿惴惴不安。当我登上飞机回国时,同一架飞机中就放着西谛先生等六人的骨灰盒。我百感交集。当时我的心情之错综复杂可想而知。从那以后,在这样漫长的时间内,我不时想到西谛先生。每一想到,都不禁悲从中来。到了今天,震惊、惋惜之情已逝,而哀悼之意弥增。这哀悼,像烈酒,像火焰,燃烧着我的灵魂。

倘若论资排辈的话,西谛先生是我的老师。30年代初期,我在清华大学读西洋文学系。但是从小学起,我对中国文学就有浓厚的兴趣。西谛先生是燕京大学中国文学系的教授,在清华兼课。我曾旁听过他的课。在课堂上,西谛先生是一个渊博的学者，掌握大量的资料，讲起课来，口若悬河泄水，滔滔不绝。他那透过高度的近视眼镜从讲台上向下看挤满了教室的学生的神态，至今仍宛然如在目前。

当时的教授一般都有一点儿所谓"教授架子"。在中国话里，"架子"这个词儿同"面子"一样，是难以捉摸、难以形容描绘的，好像非常虚无缥缈，但它又确实存在。有极少数教授自命清高，但精神和物质待遇却非常优厚。在他们心里，在别人眼中，他们好像是高人一等，不食人间烟火，而实则饱餍粱肉，进可以攻，退可以守，其中有人确实也是官运亨通，青云直上，成了令人羡慕的对象。存在决定意识，因此就产生了架子。

这些教授的对立面就是我们学生。我们的经济情况有好有坏，但是不富裕的占大多数，然而也不至于挨饿。我当时就是这样一个学生。处境相同，容易引起类似同病相怜的感情；爱好相同，又容易同声相求。因此，我就有了几个都是爱好文学的伙伴，经常在一起，其中有吴组缃、林庚、李长之等。虽然我们所在的系不同，但却常常会面，有时在工字厅大厅中，有时在大礼堂里，有时又在荷花池旁"水木清华"的匾下。我们当时差不多都才二十岁左右，阅世未深，尚无世故，正是天不怕、地不怕的时候。我们经常高谈阔论，臧否天下人物，特别是古今文学家，直抒胸臆，全无顾忌。幼稚恐怕是难免的，但是没有一点儿框框，却也有可爱之处。我们好像是《世说新语》中的人物，任性纵情，毫不矫饰。我们谈论《红楼梦》，我们谈论《水浒》，我们谈论《儒林外史》，每个人都努力发一些怪论，

"语不惊人死不休"。记得茅盾的《子夜》出版时,我们间曾掀起一场颇为热烈的大辩论,我们辩论的声音在工字厅大厅中回荡。但事过之后,谁也不再介意。我们有时候也把自己写的东西,什么诗歌之类,拿给大家看,而且自己夸耀哪句是神来之笔,一点儿也不脸红。现在想来,好像是别人干的事,然而确实是自己干的事,这样的率真只在那时候能有,以后只能追忆珍惜了。

在当时的社会上,封建思想弥漫,论资排辈好像是天经地义。一个青年要想出头,那是非常困难的。如果没有奥援,不走门子,除了极个别的奇才异能之士外,谁也别想往上爬。那些少数出身于名门贵阀的子弟,他们丝毫也不担心,毕业后爷老子有的是钱,可以送他们出洋镀金,回国后优缺美差在等待着他们。而绝大多数的青年经常为所谓"饭碗问题"担忧,我们也曾为"毕业即失业"这一句话吓得发抖。我们的一线希望就寄托在教授身上。在我们眼中,教授简直如神仙中人,高不可攀。教授们自然也是感觉到这一点的,他们之所以有架子,同这种情况是分不开的。我们对这种架子已经习以为常,不以为怪了。

我就是在这样的气氛中认识西谛先生的。

最初我当然对他并不完全了解。但是同他一接触,我就感到他同别的教授不同,简直不像是一个教授。在他身上,看不到半点儿教授架子;他也没有一点儿论资排辈的恶习。他自己好像并不觉得比我们长一辈,他完全是以平等的态度对待我们。他有时就像一个大孩子,不失其赤子之心。他说话非常坦率,有什么想法就说了出来,既不装腔作势,也不以势吓人。他从来不想教训人，任何时候都是亲切和蔼的。当是流行在社会上的那种帮派习气，在他身上也找不到。只要他认为有一技之长的，不管是老年、中年还是青年，他都一视同仁。因此，我们在背后就常常说他是一个宋江式的人物。他当时正同巴金、靳以主编一个大型的文学刊物《文学季刊》，按照惯例是要找些名人来当主编或编委的，这样可以给刊物镀上一层金，增加号召力量。他确实也找了一些名人，但是像我们这样一些无名又年轻之辈，他也决不嫌弃。我们当中有的人当上了主编，有的人当上特别撰稿人。自己的名字都煌煌然印在杂志的封面上，我们难免有些沾沾自喜。西谛先生对青年人的爱护，除了鲁迅先生外，恐怕并世无二。说老实话，我们有时候简直感到难以理解，有点儿受宠若惊了。

  在这样的情况下，我们既景仰他学问之渊博，又热爱他为人之亲切平易，于是就很愿意同他接触。只要有机会，我们总去旁听他的课。有时也到他家去拜访他。记得在一个秋天的夜晚，我们几个人步行，从清华园走到燕园。他的家好像就在今天北大东门里面大烟筒下面。现在时过境迁，房子已经拆掉，沧海桑田，面目全非了。但是在当时给我的印象却是异常美好，至今难忘的。房子是旧式平房，外面有走廊，屋子里有地板，我的印象是非常高级的住宅。屋子里排满了书架，都是珍贵的红木做成的，整整齐齐地摆着珍贵的古代典籍，都是人间瑰宝，其中明清小说、戏剧的收藏更在全国首屈一指。屋子的气氛是优雅典丽的，书香飘拂在画栋雕梁之间。我们都狠狠地羡慕了一番。

　　总之，我们对西谛先生是尊敬的，是喜爱的。我们在背后常常谈到他，特别是他那些同别人不同的地方，我们更是津津乐道。背后议论人当然并不能算是美德，但是我们一点儿恶意都没有，只是觉得好玩而已。比如他的工作方式，我们当时就觉得非常奇怪。他兼职很多，常常奔走于城内城外。当时交通还不像现在这样方便。清华、燕京，宛如一个村镇，进城要长途跋涉。校车是有的，但非常少，有时候要骑驴，有时候坐人力车。西谛先生挟着一个大皮包，总是装满了稿子，鼓鼓囊囊的。他戴着深度的眼镜，跨着大步，风尘仆仆，来往于清华、燕京和北京城之间。我们在背后说笑话，说郑先生走路就像一只大骆驼。可是他一坐上校车，就打开大皮包拿出稿子，写起文章来。

　　据说他买书的方式也很特别。他爱书如命，认识许多书贾，一向不同书贾讲价钱，只要有好书，他就留下，手边也不一定就有钱偿付书价，他留下以后，什么时候有了钱就还账，没有钱就用别的书来对换。他自己也印了一些珍贵的古籍，比如《插图本中国文学史》《玄览堂丛书》之类。他有时候也用这些书去还书债。书贾愿意拿什么书，就拿什么书。他什么东西都喜欢大，喜欢多，出书也有独特的气派，与众不同。所有这一切我们也都觉得很好玩，很可爱。这更增加我们对他的敬爱。在我们眼中，西谛先生简直像长江大河，汪洋浩瀚；泰山华岳，庄严敦厚。当时的某一些名人同他一比，简直如小水洼、小土丘一般，有点儿微不足道了。

但是时间只是不停地逝去，转瞬过了四年，大学要毕业了。清华大学毕业以后，我回到故乡去，教了一年高中。我学的是西洋文学，教的却是国文，用现在的话说，就是"不结合业务"，因此心情并不很愉快。在这期间，我还同西谛先生通过信。他当时在上海，主编《文学》。我寄过一篇散文给他，他立即刊登了。他还写信给我，说他编了一个什么丛书，要给我出一本散文集。我没有去稿，所以也没有出成。过了一年，我得到一份奖学金，到很远的一个国家里去住了十年。从全世界范围来看，这正是一个天翻地覆的时代。在国内，有外敌入侵，大半个祖国变了颜色；在国外，正在进行着第二次世界大战。我在国外，挨饿先不必说，光是每天躲警报，就真够呛。杜甫的诗"烽火连三月，家书抵万金"，我的处境是"烽火连十年，家书无从得"，同西谛先生当然失去了联系。

一直到了1946年的夏天，我才从国外回到上海。去国十年，漂洋万里，到了那繁华的上海，连个落脚的地方都没有。我曾在克家的榻榻米上睡过许多夜。这时候，西谛先生也正在上海。我同克家和辛笛去看过他几次，他还曾请我们吃过饭。他的老母亲亲自下厨房做福建菜，我们都非常感动，至今难以忘怀。当时上海反动势力极为猖獗。郑先生是他们的对立面。他主编一个争取民主的刊物，推动民主运动，反动派把他也看作眼中钉，据说是列入了黑名单。有一次，我同他谈到这个问题。完全出乎我的意料，他的面孔一下子红了起来，怒气冲冲，声震屋瓦，流露出极大的义愤与轻蔑。几十年来他给我的印象是和蔼可亲，平易近人，光风霁月，菩萨慈眉；我万万没有想到，他还有另一面：疾恶如仇，横眉冷对，疾风迅雷，金刚怒目。原来我只是认识了西谛先生的一面，对另一面我连想都没有想过。现在总算比较完整地认识西谛先生了。

有一件事情，我还要在这里提一下。我在上海时曾告诉郑先生，我已应北京大学之聘，担任梵文讲座。他听了以后，喜形于色，他认为，在北京大学教梵文简直是理想的职业。他对梵文文学的重视和喜爱溢于言表。1948年，他在他主编的《文艺复兴·中国文学专号》的《题词》中写道："关于梵文学和中国文学的血脉相通之处，新近的研究呈现了空前的辉煌。北京大学成立了东方语文学系，季羡林先生和金克木先生几位都是对梵文学有深刻研究的。……在这个'专号'里，我们邀约了王重民先生、季羡林先生、万斯年先生、戈宝权先生和其他几位先生们写这个'专题'。我们相信，这个工作一定会给国内许多的做研究工作者们以相当的感奋的。"西谛先生对后学的鼓励之情洋溢于字里行间。

解放后不久，西谛先生就从上海绕道香港到了北京。我们都熬过了寒冬，迎来了春天，又在这文化古都见了面，分外高兴。又过了不久，他同我都参加了新中国开国后派出去的第一个大型文化代表团，到印度和缅甸去访问。在国内筹备工作进行了半年多，在国外和旅途中又用了四五个月。我认识西谛先生已经几十年了，这一次是我们相聚最长的一次，我认识他也更清楚了，他那些优点也表露得更明显了。我更觉得他像一个不失其赤子之心的大孩子，胸怀坦荡，耿直率真。他喜欢同人辩论，有时也说一些歪理。但他自己却一本正经，他同别人抬杠而不知是抬杠。我们都开玩笑说，就抬杠而言，他已达到出神入化的境界，应该选他为"抬杠协会主席"，简称之为"杠协主席"。出国前在检查身体的时候，他糖尿病已达到相当严重的程度，有几个"+"号。别人替他担忧，他自己却丝毫不放在心上，喝酒吃点心如故。他那豁达大度的性格，在这里也表现得非常鲜明。

　　回国以后，我经常有机会同他接触。他担负的行政职务更重了。有一段时间，他在北海团城里办公，我有时候去看他，那参天的白皮松给我留下了难忘的印象。这时候他对书的爱好似乎一点儿也没有减少。有一次他让我到他家去吃饭。他像从前一样，满屋堆满了书，大都是些珍本的小说、戏剧、明清木刻，满床盈案，累架充栋。一谈到这些书，他自然就眉飞色舞。我心里暗暗地感到庆幸和安慰，我暗暗地希望西谛先生能够这样活下去，多活上许多年，多给人民做一些好事情……

　　但是正当他充满了青春活力，意气风发，大踏步走上前去的时候，好像一声晴天霹雳，西谛先生不幸过早地离开我们了。他逝世时的情况是什么样子，谁也说不清楚。我时常自己描绘，让幻想驰骋。我知道，这样幻想是毫无意义的，但是自己无论如何也排除不掉。过了几年就爆发了"文化大革命"。我同许多人一样被卷了进去。在以后的将近十年中，我是如临深渊，如履薄冰，天天在战战兢兢地过日子，想到西谛先生的时候不多。间或想到他，心里也充满了矛盾：一方面希望他能活下来，另一方面又庆幸他没有活下来，否则他一定也会同我一样戴上种种的帽子，说不定会关进牛棚。他不幸早逝，反而成了塞翁失马了。

现在，恶贯满盈的"四人帮"终于被打倒了。普天同庆，朗日重辉。但是痛定思痛，我想到西谛先生的次数反而多了起来。将近五十年前的许多回忆，清晰的、模糊的、整齐的、零乱的，一齐涌入我的脑中。西谛先生的一举一动，一颦一笑，时时奔来眼底。我越是觉得前途光明灿烂，就越希望西谛先生能够活下来。像他那样的人，我们是多么需要啊。他一生为了保存祖国的文化，付出了多么巨大的劳动！如果他还能活到现在，那该有多好！然而已经发生的事情是永远无法挽回的。"念天地之悠悠"，我有时甚至感到有点儿凄凉了。这同我当前的环境和心情显然是有矛盾的，但我无论如何也抑制不住自己。我常常不由自主地低吟起江文通的名句来：

春草暮兮秋风惊，秋风罢兮春草生；
绮罗毕兮池馆尽，琴瑟灭兮丘垄平。
自古皆有死，莫不饮恨而吞声。

呜呼！！生死事大，古今同感。西谛先生只能活在我们回忆中了。

1980年1月8日初稿
1981年2月2日修改

迈耶一家

迈耶一家同我住在一条街上,相距不远。我现在已经记不清楚,我是怎样认识他们的。可能是由于田德望住在那里,我去看田,从而就认识了。田走后,又有中国留学生住在那里,三来两往,就成了熟人。

他们家有老夫妇俩和两个如花似玉的女儿。老头同我的男房东欧朴尔先生非常相像,两个人原来都是大胖子,后来饿瘦了,脾气简直是一模一样,老实巴交,不会说话,也很少说话。在人多的时候,呆坐在旁边,一言不发,脸上却总是挂着憨厚的微笑。这样的人,一看就知道,他决不会撒谎、骗人。他也是一个小职员,天天忙着上班、干活。后来退休了,整天待在家里,不大出来活动。家庭中执掌大权的是他的太太。她同我的女房东年龄差不多,但是言谈举动,两人却不大一样。迈耶太太似乎更活泼,更能说会道,更善于应对进退,更擅长交际。

据我所知，她待中国学生也是非常友好的。住在她家里的中国学生同她关系都处得非常好。她也是一个典型的德国妇女，家庭中一切杂活她都包了下来。她给中国学生做的事情，同我的女房东一模一样。我每次到她家去，总看到她忙忙碌碌，里里外外，连轴转。但她总是喜笑颜开，我从来没有看到她愁眉苦脸过。他们家是一个非常愉快美满的家庭。

我同他们家来往比较多，还有另外一个原因。在我写作博士论文的那几年中，我用德文写成稿子，在送给教授看之前，必须用打字机打成清稿；而我自己既没有打字机，也不会打字。因为屡次反复修改，打字量是非常大的。适逢迈耶家的大小姐伊姆加德（Irmgard）能打字，又自己有打字机，而且她还愿意帮我打。于是，有很长的一段时间，我几乎天天晚上到她家去。因为原稿改得太乱，而且论文内容稀奇古怪，对伊姆加德来说，简直像天书一般。因此，她打字时，我必须坐在旁边，以备咨询。这样往往工作到深夜，我才摸黑回家。

我考试完结以后，打论文的任务完全结束了。但是，在我仍然留在德国的四五年间，我自己又写了几篇论文，所以一直到我于1945年离开德国时，还经常到伊姆加德家里去打字。她家里有什么喜庆日子，招待客人吃点心，吃茶，我必被邀请参加。特别是在她生日的那一天，我一定去祝贺。她母亲安排座位时，总让我坐在她旁边。此时，留在哥廷根的中国学生越来越少。以前星期日总在席勒草坪会面的几个好友都已走了。我一个人形单影只，寂寞之感，时来袭人。我也乐得到迈耶家去享受一点儿友情之乐,在战争喧闹声中,寻得一点儿清静。这在当时是非常难能可贵的。至今记忆犹新,恍如昨日。

在这样的情况下,我离开迈耶一家,离开伊姆加德,心里是什么滋味,完全可以想象。1945年9月24日,我在日记里写道:

吃过晚饭,7点半到Meyer家去,同Irmgard打字。她劝我不要离开德国。她今天晚上特别活泼可爱。我真有点舍不得离开她。但又有什么办法?像我这样一个人不配爱她这样一个美丽的女孩子。

同年10月2日,在我离开哥廷根的前四天,我在日记里写道:

回到家来,吃过午饭,校阅稿子。3点到Meyer家,把稿子打完。Irmgard只是依依不舍,令我不知怎样好。

日记是当时的真实记录,不是我今天的回想;是代表我当时的感情,不是今天的感情。我就是怀着这样的感情离开迈耶一家,离开伊姆加德的。到了瑞士,我同她通过几次信,回国以后,就断了音信。说我不想她,那不是真话。1983年,我回到哥廷根时,曾打听过她,当然是杳如黄鹤。如果她还留在人间的话,恐怕也将近古稀之年了。而今我已垂垂老矣。世界上还能想到她的人恐怕不会太多。等到我不能想到她的时候,世界上能想到她的人,恐怕就没有了。

1988 年

园花寂寞红

楼前右边，前临池塘，背靠土山，有几间十分古老的平房，是清代保卫八大园的侍卫之类的人住的地方。整整四十年以来，一直住着一对老夫妇：女的是德国人，北大教员；男的是中国人，钢铁学院教授。我在德国时，已经认识了他们，算起来到今天已经将近六十年了，我们算是老朋友了。三十年前，我们的楼建成，我是第一个搬进来住的。从那以后，老朋友又成了邻居。有些往来，是必然的。逢年过节，互相拜访，感情是融洽的。

我每天到办公室去，总会看到这个个子不高的老人，蹲在门前临湖的小花园里，不是除草栽花，就是浇水施肥；再就是砍几竿门前屋后的竹子，扎成篱笆。嘴里叨着半支雪茄，笑眯眯的。忙忙碌碌，似乎乐在其中。

他种花很有一些特点。除了一些常见的花以外，他喜欢种外国种的唐菖蒲，还有颜色不同的名贵的月季。最难得的是一种特大的牵牛,比平常的牵牛要大一倍,宛如小碗口一般。每年春天开花时,颇引起行人的注目。据说,此花来头不小。在北京,只有梅兰芳家里有,齐白石晚年以画牵牛花闻名全世,临摹的就是梅府上的牵牛花。

我是颇喜欢一点儿花的。但是我既少空闲,又无水平。买几盆名贵的花,总养不了多久,就呜呼哀哉。因此,为了满足自己的美感享受,我只能像北京人说的那样看"蹭"花。现在有这样神奇的牵牛花,绚丽夺目的月季和唐菖蒲,就摆在眼前,我焉得不"蹭"呢?每到下班或者开会回来,看到老友在莳弄花,我总要停下脚步,聊上几句,看一看花。花美,地方也美,湖光如镜,杨柳依依,说不尽的旖旎风光,人在其中,顿觉尘世烦恼,一扫而光,仿佛遗世而独立了。

但是,世事往往有出人意料者。两个月前,我忽然听说,老友在夜里患了急病,不到几个小时,就离开了人间。我简直不敢相信,然而这又确是事实。我年届耄耋,阅历多矣,自谓已能做到"悲欢离合总无情"了。事实上并不是这样。我有情,有多得超过了需要的情,老友之死,我焉能无动于衷呢?"当时只道是寻常"这一句浅显而实深刻的词,又萦绕在我心中。

几天来,我每次走过那个小花园,眼前总仿佛看到老友的身影,嘴里叼着半根雪茄,笑眯眯的,蹲在那里,侍弄花草。这当然只是幻象。老友走了,永远永远地走了。我抬头看到那大朵的牵牛花和多姿多彩的月季花,它们失去了自己的主人。朵朵都低眉敛目,一脸寂寞相,好像"溅泪"的样子。它们似乎认出了我，知道我是自己主人的老友，知道我是自己的认真入迷的欣赏者，知道我是自己的知己。它们在微风中摇曳，仿佛向我点头，向我倾诉心中郁积的寂寞。

现在才只是夏末秋初。即使是寂寞吧，牵牛和月季仍然能够开花的。一旦秋风劲吹，落叶满山，牵牛和月季还能开下去吗？再过一些时候，冬天还会降临人间的。到了那时候，牵牛们和月季们只能被压在白皑皑的积雪下面的土里，做着春天的梦，连感到寂寞的机会都不会有了。

明年，春天总会重返大地的。春天总还是春天，她能让万物复苏，让万物再充满了活力。但是，这小花园的月季和牵牛花怎样呢？月季大概还能靠自己的力量长出芽来，也许还能开出几朵小花。然而护花的主人已不在人间。谁为她们施肥浇水呢？等待她们的不仅仅是寂寞，而是枯萎和死亡。至于牵牛花，没有主人播种，恐怕连幼芽也长不出来。她们将永远被埋在地中了。

我一想到这里，不禁悲从中来。眼前包围着月季和牵牛花的寂寞，也包围住了我。我不想再看到春天，我不想看到春天来时行将枯萎的月季，我不想看到连幼芽都冒不出来的牵牛。我虔心默祷上苍，不要再让春天降临人间了。如果非降临不行的话，也希望把我楼前池边的这一个小花园放过去，让这一块小小的地方永远保留夏末秋初的景象，就像现在这样。

1992 年 8 月 30 日

人间自有真情在

前不久,我写了一篇短文《园花寂寞红》,讲的是楼右前方住着的一对老夫妇,男的是中国人,女的是德国人。他们在德国结婚后,移居中国,到现在已将近半个世纪了。哪里想到,一夜之间,男的突然死去。他天天莳弄的小花园,失去了主人。几朵仅存的月季花,在秋风中颤抖,挣扎,苟延残喘,浑身凄凉、寂寞。

我每天走过那个小花园,也感到凄凉、寂寞。我心里总在想:到了明年春天,小花园将日益颓败,月季花不会再开。连那些在北京只有梅兰芳家才有的大朵的牵牛花,在这里也将永远永远地消逝了。我的心情很沉重。

昨天中午,我又走过这个小花园,看到那位接近米寿的德国老太太在篱笆旁忙活着。我走近一看,她正在采集大牵牛花的种子。这可真是件新鲜事儿。我在这里住了三十年,从来没有见到过她莳弄过花。我曾满腹疑团：德国人一般都是爱花的，这老太太真有点儿个别。可今天她为什么也忙着采集牵牛花的种子呢？她老态龙钟，罗锅着腰，穿一身黑衣裳，瘦得像一只螳螂。虽然采集花种不是累活，她干起来也是够呛的。我问她，采集这个干什么？她的回答极简单："我的丈夫死了，但是他爱的牵牛花不能死！"

我心里一亮，一下子顿悟出来了一个道理。她男人死了，一儿一女都在德国。老太太在中国可以说是举目无亲。虽然说是入了中国籍，但是在中国将近半个世纪，中国话说不了十句，中国饭吃不惯。她好像是中国社会水面上的一滴油，与整个社会格格不入，平常只同几个外国人和中国留德学生来往，显得很孤单。我常开玩笑说：她是组织上入了籍，思想上并没有入。到了此时，老头儿已去，儿女在外，返回德国，正其时矣。然而她却偏偏不走，道理何在呢？我百思不得其解。现在，一个非常偶然的机会让我看到她采集大牵牛花的种子。我一下子明白了：这一切都是为了死去的丈夫。

丈夫虽然走了，但是小花园还在，十分简陋的小房子还在。这小花园和小房子拴住了她那古老的回忆，长达半个世纪的甜蜜的回忆。这是他俩共同生活过的地方。为了忠诚于对丈夫的回忆，她不肯离开，不忍离开。我能够想象，她在夜深人静时，独对孤灯。窗外小竹林的窸窣声，穿窗而入。屋后土山上草丛中秋虫哀鸣。此外就是一片寂静。丈夫在时，她知道对面小屋里还睡着一个亲人，使自己不会感到孤独。然而现在呢，那个人突然离开自己,走了,永远永远地走了。茫茫天地,好像只剩下自己孤零一人。人生至此,将何以堪!设身处地,如果我处在她的位置上,我一定会马上离开这里,回到自己的祖国,同儿女在一起,度过余年。

然而,这一位瘦得像螳螂似的老太太却偏偏不走,偏偏死守空房,死守这一个小花园。我知道:这一切都是为了死去的丈夫。

这一位看似柔弱实极坚强的老太太,已经走到了人生的尽头。这一点恐怕她比谁都明白。然而她并未绝望,并未消沉。她还是浑身洋溢着生命力,在心中对未来还充满了希望。她还想到明年春天,她还想到牵牛花,她眼前一定不时闪过春天小花园杂花竞芳的景象。谁看到这种情况会不受到感动呢?我想,牵牛花如有知,到了明年春天,虽然男主人已经不在了,但它一定会精神抖擞,花朵一定会开得更大,更大,颜色一定会更鲜,更艳。

1992 年 9 月 20 日

两个乞丐

时间已经过去了七十多年；但是两个乞丐的影像总还生动地储存在我的记忆里，时间越久，越显得明晰。我说不出理由。

我小的时候，家里贫无立锥之地，没有办法，六岁就离开家乡和父母，到济南去投靠叔父。记得我到了不久，就搬了家，新家是在南关佛山街。此时我正上小学。在上学的路上，有时候会在南关一带，圩子门内外，城门内外，碰到一个老乞丐，是个老头儿，头发胡子全雪样地白，蓬蓬松松，像是深秋的芦花。偏偏脸色有点儿发红。现在想来，这绝不会是由于营养过度，体内积存的胆固醇表露到脸上来。他连肚子都填不饱，哪里会有什么佳肴美食可吃呢？这恐怕是一种什么病态。他双目失明，右手拿一根长竹竿，用来探路；左手拿一只破碗，当然是准备接受施舍的。他好像是无法找到施主的大门，没有法子，只有亮开嗓子，在长街上哀号。他那种动人心魄的哀号声，同嘈杂的市声搅混在一起,在车水马龙中,嘹亮清澈,好像上面的天空,下面的大地都在颤动。唤来的是几个小制钱和半块窝窝头。

像这样的乞丐,当年到处都有。最初并没有引起我的注意。可是久而久之,我对他注意了。我说不出理由。我忽然在内心里对他油然起了一点儿同情之感。我没有见到过祖父,我不知道祖父之爱是什么样子。别人的爱,我享受得也不多。母亲是十分爱我的,可惜我享受的时间太短太短了。我是一个孤寂的孩子。难道在我那幼稚孤寂的心灵里,在这个老丐身上顿时看到祖父的影子了吗?我喜欢在路上碰到他,我喜欢听他的哀号声。到了后来,我竟自己忍住饥饿,把每天从家里拿到的买早点用的几个小制钱,统统递到他的手里,才心安理得,算是了了一天的心事,否则就好像缺了点儿什么。当我的小手碰到他那粗黑得像树皮一般的手时,我心里说不出是什么滋味:怜悯、喜爱、同情、好奇混搅在一起,最终得到的是极大的欣慰。虽然饿着肚子,也觉得其乐无穷了。他从我的手里接过那几个还带着我的体温的小制钱时,难道不会感到极大的欣慰,觉得人世间还有那么一点儿温暖吗?

这样大概过了没有几年,我忽然听不到他的哀叫声了。我觉得生活中缺了点儿什么。我放学以后,手里仍然捏着几个沾满了手汗的制钱,沿着他常走动的那几条街巷,瞪大了眼睛看,伸长了耳朵听。好几天下来,既不闻声,也不见人。长街上依然车水马龙,这老丐却哪里去了呢?我感到凄凉,感到孤寂。好几天心神不安。从此这个老乞丐就从我眼里消逝,永远永远地消逝了。

差不多在同时,或者稍后一点儿,我又遇到了另一个老乞丐,仅有一点不同之处:这是一个老太婆。她的头发还没有全白,但蓬乱如秋后的杂草。面色黧黑,满是皱纹,一点儿也没有老头儿那样的红润。她右手持一根短棍。因为她也是双目失明,棍子是用来探路的。不知为什么,她能找到施主的家门。我第一次见到她,就是在我家的二门外面。她从不在大街上叫喊,而是在门口高喊:"爷爷!奶奶!可怜可怜我吧!"也许是因为,她到我们家来,从不会空手离开的,她对我们家产生了感情;所以,隔上一段时间,她总会来一次的。我们成了熟人。

据她自己说,她住在南圩子门外乱葬岗子上的一个破坟洞里。里面是否还有棺材,她没有说。反正她瞎着一双眼,即使有棺材,她也看不见。即使真有鬼,对她这个瞎子也是毫无办法的。多么狰狞恐怖的形象,她也是眼不见,心不怕。这是一种什么样的日子,我今天回想起来,都有点儿觉得毛骨悚然。

不知道为什么,她竟然还有闲情逸致来种扁豆。她不知从哪里弄了点儿扁豆种子,就栽在坟洞外面的空地上,不时浇点儿水。到了夏天,扁豆是不会关心主人是否是瞎子的,一到时候,它就开花结果。这个老乞丐把扁豆摘下来,装到一个破竹筐子里,挂上了拐棍,摸摸索索来到我家二门外面,照例地喊上几声。我连忙赶出来,看到扁豆,碧绿如翡翠,新鲜似带露,我一时吃惊得说不出话来。我当时还不到十岁,虽有感情,绝不会有现在这样复杂、曲折。我不会想象,这个老婆子怎样在什么都看不到的情况下，刨土、下种、浇水、采摘。这真是一首绝妙好诗的题目。可是限于年龄，对这一些我都木然懵然。只觉得这件事颇有点儿不寻常而已。扁豆并不是什么名贵的东西，然而老乞丐心中有我们一家，从她手中接过来的扁豆便非常非常不寻常了。这一点我当时朦朦胧胧似乎感觉到了，这扁豆的滋味也随之大变。在我一生中，在那以前我从没有吃过那样好吃的扁豆，在那以后也从未有过。我于是真正喜欢上了这一个老年的乞丐。

然而好景不长，这样也没有过上几年。有一年夏天，正是扁豆开花结果的时候，我天天盼望在二门外面看到那个头发蓬乱鹑衣百结的老乞丐。然而却是天天失望，我又感到凄凉，感到孤寂，又是好几天心神不宁。从此这一个老太婆同上面说的那一个老头子一样，在我眼前消逝了，永远永远地消逝了。

到了今天，时间已经过去了七十多年。我的年龄恐怕早已超过了当年这两个乞丐的年龄。不知道是为什么我又突然想起了他俩。我说不出理由。不管我表面上多么冷，我内心里是充满了炽热的感情的。但是当时我涉世未久，或者还根本不算涉世，人间沧桑，世态炎凉，我一概不懂。我的感情是幼稚而淳朴的，没有后来那一些不切实际的非常浪漫的想法。两位老乞丐在绝对孤寂凄凉中离开人世的情景，我想都没有想过。在当年那种社会里，人的心都是非常硬的，几乎人人都有一副铁石心肠，否则你就无法活下去。老行幼效，我那时的心，不管有多少感情，大概比现在要硬多了。唯其因为我的心硬，我才能够活到今天的耄耋之年。事情不正是这样子吗？

  我现在已经走到了快让别人回忆自己的时候了。这两个老丐在我回忆中保留的时间也不会太久了。今天即使还有像我当年那样心软情富的孩子，但是人间已经换过，再也不会有那样的乞丐供他们回忆了。在我以后，恐怕再也不会出现我这样的人了。我心甘情愿地成为有这样回忆的最后一个人。

1992 年 12 月 26 日

我的女房东①

我已经多次谈到我的女房东欧朴尔太太。

我在这里还要再集中来谈。

我不能不谈她。

我们共同生活了整整十年,共过安乐,也共过患难。在这漫长的时间内,她为我操了不知多少心,她确实像我自己的母亲一样。回忆起她来,就像回忆一个甜美的梦。

她是一个平平常常的德国妇女。我初到的时候,她大概已有五十岁了,比我大二十五六岁。她没有多少惹人注意的特点,相貌平平常常,衣着平平常常,谈吐平平常常,爱好平平常常,总之是一个非常平常的人。

然而,同她相处的时间越久,便越觉得她在平常中有不平

---

①本文选自《留德十年》。

常的地方：她老实，她诚恳，她善良，她和蔼，她不会吹嘘，她不会撒谎。她也有一些小小的偏见与固执，但这些也都是平平常常的，没有什么越轨的地方；这只能增加她的人情味，而绝不会相反。同她相处，不必费心机、设提防，一切都自自然然，使人如处和暖的春风中。

她的生活是十分单调的、平凡的。她的天地实际上就只有她的家庭。中国有一句话说：妇女围着锅台转。德国没有什么锅台，只有煤气灶或电气灶。我的女房东也就是围着这样的灶转。每天一起床，先做早点，给她丈夫一份，给我一份。然后就是无尽无休地擦地板、擦楼道、擦大门外面马路旁边的人行道。地板和楼道天天打蜡，打磨得油光锃亮。楼门外的人行道，不光是扫，而且是用肥皂水洗。人坐在地上，绝不会沾上半点儿尘土。德国人爱清洁，闻名全球。德文里面有一个词儿Putzteufel，指打扫房间的洁癖，或有这样洁癖的女人。Teufel的意思是"魔鬼"，Putz的意思是"打扫"。别的语言中好像没有完全相当的字。我看，我的女房东，同许多德国妇女一样，就是一个不折不扣的"清扫魔鬼"。

我在生活方面所有的需要，她一手包下来了。德国人生活习惯同中国人不同。早晨起床后，吃早点，然后去上班；十一点左右，吃自己带去的一片黄油夹香肠或奶酪的面包；下午一点左右吃午饭。这是一天的主餐，吃的都是热汤热菜，主食是土豆。下午四点左右，喝一次茶，吃点儿饼干之类的东西。晚上七时左右吃晚饭，泡一壶茶或者咖啡，吃凉面包、香肠、火季羡林先生题写的"留德十年"

腿、干奶酪，等等。我是一个年轻的穷学生，一无时间，二无钱来摆这个谱儿。我还是中国老习惯，一日三餐。早点在家里吃，一壶茶，两片面包。午饭在外面馆子里或学生食堂里吃，都是热东西。晚上回家，女房东把他们中午吃的热餐给我留下一份。因此，我的晚餐也都是热汤热菜，同德国人不一样，这基本上是中国办法。这都是女房东在了解了中国人的吃饭习惯之后精心安排的。我每天在研究所里工作了一整天之后，回到家来，能够吃上一顿热乎乎的晚饭，心里当然是美滋滋的。对女房东这番情意，我是由衷地感激的。

晚饭以后，我就在家里工作。到了晚上十点左右，女房东进屋来，把我的被子铺好，把被罩拿下来，放到沙发上。这工作其实是非常简单的，我自己尽可以做。但是，女房东却非做不可，当年她儿子住这一间屋子时，她就是天天这样做的。铺好床以后，她就站在那里，同我闲聊。她把一天的经历，原原本本，详详细细，都向我"汇报"。她见了什么人，买了什么东西，碰到了什么事情，到过什么地方，一一细说，有时还绘声绘形，说得眉飞色舞。我无话可答，只能洗耳恭听。她的一些婆婆妈妈的事情，我并不感兴趣。但是，我初到德国时，听说德语的能力都不强。每天晚上上半小时的"听力课"，对我大有帮助。我的女房东实际上成了我的不收费的义务教员。这一点我从来没有对她说，她也永远不会懂的。"汇报"完了以后，照例说一句："夜安！祝你愉快地安眠！"我也说同样的话，然后她退出，回到自己的房间里。我把皮鞋放在门外，明天早晨，她把鞋擦亮。

我这一天的活动就算结束了,上床睡觉。

其余许多杂活,比如说洗衣服、洗床单、准备洗澡水,等等,无不由女房东去干。德国被子是鸭绒的,鸭绒没有被固定起来,在被套里面享有绝对自由活动的权利。我初到德国时,很不习惯,睡下以后,在梦中翻两次身,鸭绒就都活动到被套的一边去,这里绒毛堆积如山,而另一边则只剩下两层薄布,当然就不能御寒,我往往被冻醒。我向女房东一讲,她笑得眼睛里直流泪。她于是细心教我使用鸭绒被的方法。我就像一个小孩子一样,在她的照顾下愉快地生活。

她的家庭看来是非常和睦的,丈夫忠厚老实,一个独生子不在家,老夫妇俩对儿子爱如掌上明珠。我记得,有一段时间,老头儿月月购买哥廷根的面包和香肠,打起包裹,送到邮局,寄给在达姆施塔特(Darmstadt)高工念书的儿子。老头儿腿有点儿毛病,走路一瘸一拐,很不灵便;虽然拿着手杖,仍然非常吃力。可他不辞辛劳,月月如此。后来老夫妇俩出去度假,顺便去看儿子。到儿子的住处大学生宿舍里去,一瞥间,他们看到老头儿千辛万苦寄来的面包和香肠,却发了霉,干瘪瘪地躺在桌子下面。老头儿怎样想,不得而知。老太太回家后,在晚上向我"汇报"时,絮絮叨叨地讲到这件事,说她大为吃惊。但是,奇怪的是,老头儿还是照样拖着两条沉重的腿,把面包和香肠寄走。我不禁想到,"可怜天下父母心",古今中外之所同。然而儿女对待父母的态度,东西方却大不相同了。章太太的男房东可以为证。我并不提倡愚忠愚孝。但是,即使把父母与子女之间的关系,化为一般人与人之间的关系,像房东儿子的做法不也是有点儿过分了吗?

女房东心里也是有不平的。

儿子结了婚,住在外城,生了一个小孙女。有一次,全家回家来探望父母。儿媳长得非常漂亮,衣着也十分摩登。但是,女房东对她好像并不热情,对小孙女也并不宠爱。儿媳是年轻人,对好多事情有点儿马大哈,从中也可以看出德国两代人之间的"代沟"。有一天,儿媳使用手纸过多,把马桶给堵塞了。老太太非常不满意,拉着我到卫生间指给我看。脸上露出了许多怪相,有愤怒,有轻蔑,有不满,有憎怨。此事她当然不能对儿子讲,连丈夫大概也没有敢讲,茫茫宇宙间她只有对我一个人诉说不平了。

女房东也是有偏见的。

关于戴帽子的偏见,我在上面已经谈过了,这里不再重复。她的偏见不只限于这一点,而且最突出的也不是这一件事。最突出的是宗教偏见。她自己信奉的是耶稣教,对天主教怀有莫名其妙的刻骨仇恨。世界各地区各民族都毫无例外地有宗教偏见,这种偏见比任何其他偏见都更偏见。欧洲耶稣基督教新旧两派之间的偏见,也是异常突出的。我的女房东没有很高的文化,她的偏见也因而更固执。但她偏偏碰到一个天主教的好人。女房东每个月要雇人洗一次衣服、床单,等等。承担这项工作的是一个天主教的老处女,年纪比女房东还要大,总有六十多岁了。她没有财产,没有职业,就靠帮人洗衣服为生。人非常老实,一天说不了几句话。却是一个十分虔诚的信徒,每月的收入,除了维持极其简朴的生活以外,全都交给教堂。她大概希望百年之后能够在虚无缥缈的天堂里占一个角落吧。女房东经常对我说:"特雷莎(Therese)忠诚得像黄金一样。"特雷莎是她的名字。但是,忠诚归忠诚,一提到宗教,女房东就愤愤不平,晚上向我"汇报"时,对她也时有微词,具体的例子却从来没有听说过。

我的女房东就是这样一个有不平、有偏见、有自己的与宇宙大局世界大局和国家大局无关的小忧愁小烦恼,这样那样的特点的平平常常的人;却是一个心地善良、厚道,不会玩弄任何花招的平常人。

她的一生也是颇为坎坷的,走的并非都是阳关大道。据她自己说,第一次世界大战前,德国人家里普遍都有金子,她家里也一样。大战一结束,德国发了疯似的通货膨胀,把她的一点点黄金都膨胀光了,成了无金阶级。到了第二次世界大战,她只是靠工资过日子。她对政治不感兴趣,她从来不赞扬希特勒,当然更不懂去反对他。由于种族偏见,犹太人她是反对的,但也说不上是"积极分子",只是随大流而已。她在乡下没有关系户,食品同我一样短缺。在大战中间,她丈夫饿得从一个大胖子变成一个瘦子,终于离开了人世。老两口儿一生和睦相处,我从来没有听到他们俩拌过嘴,吵过架。老头儿一死,只剩下她孤零一人。儿子极少回来,屋子里空荡荡的。她心里是什么滋味,我不知道。从表面上看,她只能同我这一个异邦的青年相依为命了。

战争到了接近尾声的时候,日子越来越难过。不但食品短缺,连燃料也无法弄到。哥廷根市政府俯顺民情,决定让居民到山上去砍伐树木。在这里也可以看到德国人办事之细致、之有条不紊、之遵守法纪。政府工作人员在茫茫的林海中划出了一个可以砍伐的地区,把区内的树逐一检查,可以砍伐者画上红圈。砍伐没有红圈的树,要受到处罚。女房东家里没有劳动力,我当然当仁不让,陪她上山,砍了一天树,运下山来,运到一个木匠家里,用机器截成短段,然后运回家来,储存在地下室里,供取暖之用。由于那一个木匠态度非常坏,我看不下去,同他吵了一架。他过后到我家来,表示歉意。我觉得,这不过是小事一端,一笑置之而已。

我的女房东是一个平常人,当然不能免俗。当年德国社会中非常重视学衔,说话必须称呼对方的头衔。对方是教授,必须呼之为"教授先生";对方是博士,必须呼之为"博士先生"。不这样,就显得有点儿不礼貌。女房东当然不会是例外。我通过了博士口试以后,当天晚上"汇报"时,她突然笑着问说:"我从今以后是不是要叫你'博士先生'?"我真是大吃一惊,是我万万没有想到的。我连忙说:"完全没有必要!"她也不再坚持,仍然照旧叫我"季先生",我称她为"欧朴尔太太",相安无事。

一想到我的母亲般的女房东,我就回忆联翩。在漫长的十年中,我们晨夕相处,从来没有任何矛盾。值得回忆的事情实在太多了,即使回忆困难时期的情景,这回忆也仍然是甜蜜的。

这些回忆一时是写不完的，因此我也就不再写下去了。

离开德国以后，在瑞士停留期间，我曾给女房东写过几次信。回国以后，在北平，我费了千辛万苦，弄到了一罐美国咖啡，大喜若狂。我知道，她同许多德国人一样，嗜咖啡若命。我连忙跑到邮局，把邮包寄走，期望它能越过千山万水，送到老太太手中，让她在孤苦伶仃的生活中获得一点儿喜悦。我不记得收到了她的回信。到了五十年代，"海外关系"成了十分危险的东西。我再也不敢写信给她，从此便云天渺茫，互不相闻。正如杜甫所说的"明日隔山岳，世事两茫茫"了。

1983年，在离开哥廷根将近四十年之后，我又回到了我的第二故乡。我特意挤出时间，到我的故居去看了看。房子整洁如故，四十年漫长岁月的痕迹一点儿也看不出来。我走上三楼，我的住房门外的铜牌上已经换了名字。我也无从打听女房东的下落，她恐怕早已离开了人世，同她丈夫一起，静卧在公墓的一个角落里。我回首前尘，百感交集。人生本来就是这样，我有什么办法呢？我只有虔心祷祝她那在天之灵——如果有的话——永远安息。

1994年2月25日

赋得永久的悔

题目是韩小蕙小姐出的,所以名之曰"赋得"。但文章是我心甘情愿做的,所以不是八股。

我为什么心甘情愿做这样一篇文章呢?一言以蔽之,题目出得好,不但实获我心,而且先获我心:我早就想写这样一篇东西了。

我已经到了望九之年。在过去的七八十年中,从乡下到城里;从国内到国外;从小学、中学、大学到洋研究院;从"志于学"到超过"从心所欲不逾矩",曲曲折折,坎坎坷坷。既走过阳关大道,也走过独木小桥;既经过"山重水复疑无路",又看到"柳暗花明又一村"。喜悦与忧伤并驾,失望与希望齐飞,我的经历可谓多矣。要讲后悔之事,那是俯拾皆是。要选其中最深切、最真实、最难忘的悔,也就是永久的悔,那也是唾手可得,因为它片刻也没有离开过我的心。

我这永久的悔就是：不该离开故乡，离开母亲。

我出生在鲁西北一个极端贫困的村庄里。我们家是贫中之贫，真可以说是贫无立锥之地。"十年浩劫"中，我自己跳出来反对北大那一位倒行逆施但又炙手可热的"老佛爷"，被她视为眼中钉，必欲除之而后快。她手下的小喽啰们曾两次窜到我的故乡，处心积虑地把我"打"成地主，他们那种狗仗人势穷凶极恶的教师爷架子，并没有能吓倒我的乡亲。我小时候的一位伙伴指着他们的鼻子，大声说："如果让整个官庄来诉苦的话，季羡林家是第一家！"

这一句话并没有夸大，他说的是实情。我祖父母早亡，留下了我父亲等三个兄弟，孤苦伶仃，无依无靠。最小的一叔送了人。我父亲和九叔饿得没有办法，只好到别人家的枣林里去捡落到地上的干枣充饥。这当然不是长久之计。最后兄弟俩被逼背井离乡，盲流到济南去谋生。此时他俩也不过十几二十岁。在举目无亲的大城市里，必然是经过千辛万苦，九叔在济南落住了脚。于是我父亲就回到了故乡，说是农民，但又无田可耕。又必然是经过千辛万苦，九叔从济南有时寄点钱回家，父亲赖以生活。不知怎么一来，竟然寻（读若 xín）上了媳妇，她就是我的母亲。母亲的娘家姓赵，门当户对，她家穷得同我们家差不多，否则也绝不会结亲。她家里饭都吃不上，哪里有钱、有闲上学。所以我母亲一个字也不识，活了一辈子，连个名字都没有。她家是在另一个庄上，离我们庄5里路。这个5里路就是我母亲毕生所走的最长的距离。

北京大学那一位"老佛爷"要"打"成"地主"的人，也就是我，就出生在这样一个家庭里，就有这样一位母亲。

后来我听说，我们家确实也"阔"过一阵。大概在清末民初，九叔在东三省用口袋里剩下的最后五角钱，买了十分之一的湖北水灾奖券，中了奖。兄弟俩商量，要"富贵而归故乡"，回家扬一下眉，吐一下气。于是把钱运回家，九叔仍然留在城里，乡里的事由父亲一手张罗，他用荒唐离奇的价钱，买了砖瓦，盖了房子。又用荒唐离奇的价钱，置了一块带一口水井的田地。一时兴会淋漓，真正扬眉吐气了。可惜好景不长，我父亲又用荒唐离奇的方式，仿佛宋江一样，豁达大度，招待四方朋友。一转瞬间，盖成的瓦房又拆了卖砖、卖瓦。有水井的田地也改变了主人。全家又回归到原来的情况。我就是在这个时候，在这样的情况下降生到人间来的。

母亲当然亲身经历了这个巨大的变化。可惜，当我同母亲住在一起的时候，我只有几岁，告诉我，我也不懂。所以，我们家这一次陡然上升，又陡然下降，只像是昙花一现，我到现在也不完全明白。这谜恐怕要成为永恒的谜了。

不管怎样，我们家又恢复到从前那种穷困的情况。后来听人说，我们家那时只有半亩多地。这半亩多地是怎么来的，我也不清楚。一家三口人就靠这半亩多地生活。城里的九叔当然还会给点接济，然而像中湖北水灾奖那样的事儿，一辈子有一次也不算少了。九叔没有多少钱接济他的哥哥了。

家里日子是怎样过的，我年龄太小，说不清楚。反正吃得极坏,这个我是懂得的。按照当时的标准,吃"白的"(指麦子面)最高,其次是吃小米面或棒子面饼子,最次是吃红高粱饼子,颜色是红的,像猪肝一样。"白的"与我们家无缘。"黄的"(小米面或棒子面饼子颜色都是黄的)与我们缘分也不大。终日为伍者只有"红的"。这"红的"又苦又涩,真是难以下咽。但不吃又害饿,我真有点儿谈"红"色变了。

但是,小孩子也有小孩子的办法。我祖父的堂兄是一个举人,他的夫人我喊她奶奶。他们这一支是有钱有地的。虽然举人死了,但家境依然很好。我这一位大奶奶仍然健在。她的亲孙子早亡,所以把全部的钟爱都倾注到我身上来。她是整个官庄能够吃"白的"的仅有的几个人中之一。她不但自己吃,而且每天都给我留出半个或者四分之一个白面馍馍来。我每天早晨一睁眼,立即跳下炕来向村里跑,我们家住在村外。我跑到大奶奶跟前,清脆甜美地喊上一声:"奶奶!"她立即笑得合不上嘴,把手缩回到肥大的袖子,从口袋里掏出一小块馍馍,递给我,这是我一天最幸福的时刻。

此外,我也偶尔能够吃一点"白的",这是我自己用劳动换来的。一到夏天麦收季节,我们家根本没有什么麦子可收。对门住的宁家大婶子和大姑——她们家也穷得够呛——就带我到本村或外村富人的地里去"拾麦子"。所谓"拾麦子"就是别家的长工割过麦子,总还会剩下那么一点点麦穗,这些都是不值得一捡的,我们这些穷人就来"拾"。因为剩下的绝不会多,我们拾上半天,也不过拾半篮子,然而对我们来说,这已经是如获至宝了。一定是大婶和大姑对我特别照顾,以一个四五岁、五六岁的孩子,拾上一个夏天,也能拾上十斤八斤麦粒。这些都是母亲亲手搓出来的。为了对我加以奖励,麦季过后,母亲便把麦子磨成面,蒸成馍馍,或贴成白面饼子,让我解馋。我于是就大快朵颐了。

记得有一年,我拾麦子的成绩也许是有点"超常"。到了中秋节——农民嘴里叫"八月十五"——母亲不知从哪里弄了点月饼,给我掰了一块,我就蹲在一块石头旁边,大吃起来。在当时,对我来说,月饼可真是神奇的东西,龙肝凤髓也难以比得上的,我难得吃一次。我当时并没有注意,母亲是否也在吃。现在回想起来,她根本一口也没有吃。不但是月饼,连其他"白的",母亲从来都没有尝过,都留给我吃了。她大概是毕生就与红色的高粱饼子为伍。到了歉年,连这个也吃不上,那就只有吃野菜了。

至于肉类,吃的回忆似乎是一片空白。我老娘家隔壁是一家卖煮牛肉的作坊。给农民劳苦耕耘了一辈子的老黄牛,到了老年,耕不动了,几个农民便以极其低的价钱买来,用极其野蛮的办法杀死,把肉煮烂,然后卖掉。老牛肉难煮,实在没有办法,农民就在肉锅里小便一通,这样肉就好烂了。农民心肠好,有了这种情况,就昭告四邻:"今天的肉你们别买!"老娘家穷,虽然极其疼爱我这个外孙,也只能用土罐子,花几个制钱,装一罐子牛肉汤,聊胜于无。记得有一次,罐子里多了一块牛肚子,这就成了我的专利。我舍不得一气吃掉,就用生了锈的小铁刀,一块一块地割着吃,慢慢地吃。这一块牛肚真可以同月饼媲美了。

"白的"、月饼和牛肚难得,"黄的"怎样呢?"黄的"也同样难得。但是,尽管我只有几岁,我却也想出了办法。到了春、夏、秋三个季节,庄外的草和庄稼都长起来了。我就到庄外去割草,或者到人家高粱地里去劈高粱叶。劈高粱叶,田主不但不禁止,而且还欢迎;因为叶子一劈,通风情况就能改进,高粱长得就能更好,粮食打得就能更多。草和高粱叶都是喂牛用的。我们家穷,从来没有养过牛。我二大爷家是有地的,经常养着两头大牛。我这草和高粱叶就是给它们准备的。每当我这个不到三块豆腐高的孩子背着一大捆草或高粱叶走进二大爷的大门,我心里有所恃而不恐,把草放在牛圈里,赖着不走,总能蹭上一顿"黄的"吃,不会被二大娘"卷"(我们那里的土话,意思是"骂")出来。到了过年的时候,自己心里觉得,在过去的一年里,自己喂牛立了功,又有了勇气到二大爷家里赖着吃黄面糕。黄面糕是用黄米面加上枣蒸成的。颜色虽黄,却位列"白的"之上,因为一年只在过年时吃一次,物以稀为贵,于是黄面糕就贵了起来。

我上面讲的全是吃的东西。为什么一讲到母亲就讲起吃的东西来了呢?原因并不复杂。第一,我作为一个孩子容易关心吃的东西。第二,所有我在上面提到的好吃的东西,几乎都与母亲无缘。除了"黄的"以外,其余她都不沾边儿。我在她身边只待到6岁,以后两次奔丧回家,待的时间也很短。现在我回忆起来,连母亲的面影都是迷离模糊的,没有一个清晰的轮廓。

特别有一点，让我难解而又易解：我无论如何也回忆不起母亲的笑容来，她好像是一辈子都没有笑过。家境贫困，儿子远离，她受尽了苦难，笑容从何而来呢？有一次我回家听对面的宁大婶子告诉我说："你娘经常说：'早知道送出去回不来，我无论如何也不会放他走的！'"简短的一句话里面含着多少辛酸、多少悲伤啊！母亲不知有多少日日夜夜，眼望远方，盼望自己的儿子回来啊！然而这个儿子却始终没有归去，一直到母亲离开这个世界。

对于这个情况，我最初懵懵懂懂，理解得并不深刻。到上了高中的时候，自己大了几岁，逐渐理解了。但是自己寄人篱下，经济不能独立，空有雄心壮志，怎奈无法实现，我暗暗地下定了决心，立下了誓愿：一旦大学毕业，自己找到工作，立即迎养母亲。然而没有等到我大学毕业，母亲就离开我走了，永远永远地走了。古人说："树欲静而风不止，子欲养而亲不待"，这话正应到我身上。我不忍想象母亲临终思念爱子的情况；一想到，我就会心肝俱裂，眼泪盈眶。当我从北平赶回济南，又从济南赶回清平奔丧的时候，看到了母亲的棺材，看到那简陋的屋子，我真想一头撞死在棺材上，随母亲于地下。我后悔，我真后悔，我千不该万不该离开了母亲。世界上无论什么名誉，什么地位，什么幸福，什么尊荣，都比不上待在母亲身边，即使她一个字也不识，即使整天吃"红的"。

这就是我的"永久的悔"。

1994年3月5日

奇石馆①

石头有什么奇怪的呢？只要是山区，遍地是石头，磕磕绊绊，走路很不方便，让人厌恶之不及，哪里还有什么美感呢？

但是，欣赏奇石，好像是中国特有的传统的审美情趣。南南北北，且不说那些名园，即使是在最普通的花园中，都能够找到几块大小不等的太湖石，甚至假山。这些石头都能够给花园增添情趣，增添美感，再衬托上古木、修竹、花栏、草坪、曲水、清池、台榭、画廊，等等，使整个花园成为一个审美的整体，错综与和谐统一，幽深与明朗并存，充分发挥出东方花园的魅力。

我现在所住的燕园，原是明清名园，多处有怪石古石。据

---

①本文选自《曼谷行》。

说都是明末米万钟花费了惊人的巨资，从南方运来的。连颐和园中乐寿堂前那一块巨大的石头，也是米万钟运来的，因为花费太大，他这个富翁因此而破了产。

这些石头之所以受人青睐，并不是因为它大，而是因为它奇，它美，美在何处呢？据行家说，太湖石必须具备四个条件，才能算是美而奇：透、漏、秀、皱。用不着一个字一个字地来分析解释。归纳起来，可以这样理解：太湖石最忌平板。如果不忌的话，则从山上削下任何一块石头来，都可以充数。那还有什么奇特，有什么诡异呢？它必须是玲珑剔透，才能显现其美，而能达到这个标准，必须是在水中已经被波浪冲刷了亿万年。夫美岂易言哉！岂易言哉！

以上说的是大石头。小石头也有同样的情况。中国人爱小石头的激情，绝不下于大石头。最著名的例子就是南京的雨花石。雨花大名垂宇宙，由来久矣。其主要特异之处在于小石头中能够辨认出来的形象。我曾在某一个报刊上读到一则关于雨花石的报道，说某一块石头中有一幅观音菩萨的像，宛然如书上画的或庙中塑的，形态毕具，丝毫不爽。又有一块石头，花纹是齐天大圣孙悟空，也是形象生动，不容同任何人、神、鬼、怪混淆。这些都是鬼斧神工，本色天成，人力在这里实在无能为力。另外一种小石头就是有小山小石的盆景。一座只有几寸至多一尺来高的石头山，再陪衬上几棵极为矮小却具有参天之势的树，望之有如泰岳，巍峨崇峻，咫尺千里，真的是"一览众山小"了。

总之，中国人对奇特的石头，不管大块与小块，都情有独钟，形成了中国特有的审美情趣，为其他国家所无。美籍华人建筑大师贝聿铭先生设计香山饭店时，利用几面大玻璃窗当作前景，窗外小院中耸立着一块太湖石，窗子就成了画面。这种设计思想，极为中国审美学家所称赞。虽然贝聿铭这个设计获得了西方的国际大奖，我看这也是为了适应中国人的审美情趣，碧眼黄发人未必理解与欣赏。现在文化一词极为流行，什么东西都是文化，什么茶文化、酒文化，甚至连盐和煤都成了文化。我们现在来一个石文化，恐怕也未可厚非吧。

我可是万万没有想到，竟在离开北京数千里的曼谷——在旧时代应该说是万里吧——找到了千真万确的地地道道的石文化，我在这里参观了周镇荣先生创建的奇石馆。周先生在解放前曾在国立东方语专念过书，也可以算是北大的校友吧。去年10月，我到昆明去参加纪念郑和的大会，在那里见到了周先生。蒙他赠送奇石一块，让我分享了奇石之美。他定居泰国，家在曼谷。这次相遇，颇有一点儿旧友重逢之感。

他的奇石馆可真让我大吃一惊，大开眼界。什么叫奇石馆呢？因为我从来没有见过这样的馆，难免有一些想象。现在一见到真馆，我的想象被砸得粉碎。五光十色，五颜六色，五彩缤纷，五花八门，大大小小，方方圆圆，长长短短，粗粗细细，我搜索枯肠，把我所知道的一切带数目字的俗语都搜集到一起；又到我能记忆的旧诗词中去搜寻描写石头花纹的清词丽句。把这一切都堆集在一起，也无法描绘我的印象于万一。在这里，语言文字都没用了，剩下的只有心灵和眼睛。我只好学一学古代的禅师，不立文字，明心见性。想立也立不起来了。到了主人让我写字留念的时候，我提笔写了"琳琅满目，巧夺天工"，是用极其拙劣的书法，写出了极其拙劣的思想。晋人比我聪明，到了此时，他们只连声高呼："奈何！奈何！"我却无法学习，我要是这样高呼，大家一定会认为我神经出了毛病。

听周先生自己讲搜寻石头的故事，也是非常有趣的。他不论走到什么地方，一听到有奇石，便把一切都放下，不吃，不喝，不停，不睡，不管黑天白日，不管刮风下雨，不避危险，不顾困难，非把石头弄到手不行。馆内的藏石，有很多块都隐含着一个动人的故事。中国古书上说："精诚所至，金石为开。"这话在周镇荣先生身上得到了证明。宋代大书法家米芾酷爱石头，有"米癫拜石"的传说。我看，周先生之癫绝不在米芾之下。这也算是石坛佳话吧。

无独有偶，回到北京以后，到了4月26日，我在《中国医药报》上读到了一篇文章：《石头情结》，讲的是著名美学家王朝闻先生酷爱石头的故事。王先生我是认识的，好多年以前我们曾同在桂林开过会。漓江泛舟，同乘一船。在山清水秀弥漫乾坤的绿色中，我们曾谈过许多事情，对其为人和为学，我是衷心敬佩的。当时他大概对石头还没有产生兴趣，所以没有谈到石头。文章说："十多年前在朝闻老家里几乎见不到几块石头，近几年他家似乎成了石头的世界。"我立即就想道："这不是另外一个奇石馆吗？"朝闻老大器晚成，直到快到耄耋之年，才形成了石头情结。一旦形成，遂一发而不能遏止。他爱石头也到了癫的程度,他是以一个雕塑家、美学家的目光与感情来欣赏石头的,凡人们在石头上看不到的美,他能看到。他惊呼:"大自然太神奇了。"这比我在上面讲到的晋人高呼"奈何!奈何!"的情景,进了一大步。

石头到处都有,但不是人人都爱。这里面有点儿天分,有点儿缘分。这两件东西并不是人人都能有的。认识这样的人,是不是也要有点儿缘分呢?我相信,我是有这个缘分的。在不到两个月的短短的时间内。我竟能在极南极南的曼谷认识了有石头情结的周镇荣先生,又在极北极北的北京知道了老友朝闻老也有石头情结。没有缘分,能够做得到吗?请原谅我用中国流行的办法称朝闻老为北癫,称镇荣先生为南癫。南北二癫,顽石之友。在茫茫人海芸芸众生中,这样的癫是极为难见的。知道和了解南北二癫的人,到目前为止,恐怕也只尚有我一个人。我相信,通过我这一篇短文,通过我的缘分,南北二癫会互相知名的,他们之间的缘分也会启发出来的。有朝一日,南周北王会各捧奇石相会于北京或曼谷,他们会掀髯(可惜二人都没有髯,行文至此,不得不尔)一笑的,他们都会感激我的。这样一来,岂不猗欤盛哉!我馨香祷祝之矣。

1994 年 5 月 24 日凌晨,细雨声中写完,心旷神怡。

三个小女孩

我生平有一桩往事：一些孩子无缘无故地喜欢我，爱我；我也无缘无故地喜欢这些孩子，爱这些孩子。如果我以糖果饼饵相诱，引得小孩子喜欢我，那是司空见惯，平平常常，根本算不上什么"怪事"。但是，对我来说，情况却绝对不是这样。我同这些孩子都是邂逅，都是第一次见面，我语不惊人，貌不压众，不过是普普通通，不修边幅，常常被人误认为是学校的老工人。这样一个人而能引起天真无邪、毫无功利目的、二三岁以至十一二岁的孩子的欢心，其中道理，我解释不通，我相信，也没有别人能解释通，包括赞天地之化育的哲学家们在内。

我说这是一桩"怪事"，不是恰如其分吗？不说它是"怪事"，又能说它是什么呢？

大约在五十年代，当时老祖和德华还没有搬到北京来。我暑假回济南探亲。我的家在南关佛山街。我们家住西屋和北屋，南屋住的是一家姓田的木匠。他有一儿二女，小女儿名叫华子，我们把这个小名又进一步变为爱称："华华儿。"她大概只有两岁，路走不稳，走起来晃晃荡荡，两条小腿十分吃力，话也说不全。按辈分，她应该叫我"大爷"；但是华华还发不出两个字的音，她把"大爷"简化为"爷"。一见了我，就摇摇晃晃，跑了过来，满嘴"爷""爷"不停地喊着。走到我跟前，一下子抱住了我的腿，仿佛有无限的乐趣。她妈喊她，她置之不理，勉强抱走，她就哭着奋力挣脱。有时候，我在北屋睡午觉，只觉得周围鸦雀无声，阒静幽雅。"北堂夏睡足"，一枕黄粱，猛一睁眼：一个小东西站在我的身旁，大气不出。一见我醒来，立即"爷""爷"叫个不停，不知道她已经等了多久了。我此时真是万感集心，连忙抱起小东西，连声叫着"华华儿"。有一次我出门办事，回来走到大门口，华华妈正把她抱在怀里，她说，她想试一试华华，看她怎么办。然而奇迹出现了：华华一看到我，立即用惊人的力量，从妈妈怀里挣脱出来，举起小手，要我抱她。她妈妈说，她早就想到有这种可能，却没有想到华华挣脱的力量竟是这样惊人地大。大家都大笑不止，然而我却在笑中想流眼泪。有一年，老祖和德华来京小住，后来听同院的人说，在上着锁的西屋门前，天天有两个小动物在那里蹲守：一个是一只猫，一个是已经长到三四岁的华华。"遥怜小儿女，未解忆长安。"华华大概还不知道什么北京，不知道什么别离。天天去蹲守，她那天真稚嫩的心灵里，不知是什么滋味，望眼欲穿而不见伊人。她的失望,她的寂寞,大概她自己也说不出,只能意会而不能言传了。

上面是华华的故事,下面再讲吴双的故事。

八十年代的某一年,我应邀赴上海外国语大学去访问。我的学生吴永年教授十分热情地招待我。学校领导陪我参观,永年带了他的妻子和女儿吴双来见我。吴双大概有六七岁光景,是一个秀美、文静、活泼、伶俐的小女孩。我们是第一次见面,最初她还有点儿腼腆,叫了一声"爷爷"以后,低下头,不敢看我。但是,我们在校园中走了没有多久,她悄悄地走过来,挽住我的右臂,扶我走路,一直偎依在我的身旁,她爸爸妈妈都有点儿吃惊,有点儿不理解。我当然更是吃惊,更是不理解。一直等到我们参观完了图书馆和许多大楼,吴双总是寸步不离地挽住我的右臂,一直到我们不得不离开学校,不得不同吴双和她爸爸妈妈分手为止,吴双眼睛中流露出依恋又颇有一点儿凄凉的眼神。从此,我们就结成了相差六七十岁的忘年交。她用幼稚却认真秀美的小字写信给我。我给永年写信,也总忘不了吴双。我始终不知道,我有什么地方值得这样一个聪明可爱的小女孩眷恋?

上面是吴双的故事,现在轮到未未了。未未是一个十二岁的小女孩,姓贾,爸爸是延边大学出版社的社长,学国文出身,刚强、正直、干练,是一个绝不会阿谀奉承的硬汉子。母亲王文宏,延边大学中文系副教授,性格与丈夫迥乎不同,多愁、善感、温柔、淳朴、感情充沛,用我的话来说,就是:感情超过了需要。她不相信天底下还有坏人,她是个才女,写诗,写小说,在延边地区颇有点儿名气,研究的专行是美学、文艺理论与禅学,是一个极有前途的女青年学者。十年前,我在北大通过刘炬教授的介绍,认识了她。去年秋季她又以访问学者的名义重返北大,算是投到了我的门下。一年以来,学习十分勤奋。我对美学和禅学,虽然也看过一些书,并且有些想法和看法,写成了文章,但实际上是"野狐谈禅",成不了正道的。蒙她不弃,从我受学,使得我经常觳觫不安,如芒刺在背。也许我那一些内行人绝不会说的石破天惊的奇谈怪论,对她有了点儿用处?连这一点我也是没有自信的。

由于她母亲在北大学习,未未曾于寒假时来北大一次,她父亲也陪来了。第一次见面,我发现未未同别的年龄差不多的女孩不一样。面貌秀美,逗人喜爱,却有点儿苍白。个子不矮,却有点儿弱不禁风。不大说话,说话也是慢声细语。文宏说她是娇生惯养惯了,有点儿自我撒娇。但我看不像。总之,第一次见面,这个东北长白山下来的小女孩,对我成了个谜。我约了几位朋友,请她全家吃饭。吃饭的时候,她依然是少言寡语。但是,等到出门步行回北大的时候,却出现了出我意料的事情。我身居师座,兼又老迈,文宏便从左边扶住我的左臂搀扶着我。说老实话,我虽老态龙钟,却还不到非让人搀扶不行的地步。文宏这一番心意我却不能拒绝,索性倚老卖老,任她搀扶,倘若再递给我一个龙头拐杖,那就很有点儿旧戏台上佘太君或者国画大师齐白石的派头了。然而,正当我在心中暗暗觉得好笑的时候,未未却一步抢上前来,抓住了我的右臂来搀扶住我,并且示意她母亲放松抓我左臂的手,仿佛搀扶我是她的专利,不许别人插手。她这一举动,我确实没有想到。然而,事情既然发生——由它去吧!

过了不久,未未就回到了延吉。适逢今年是我八十五岁生日,文宏在北大虽已结业,却专门留下来为我祝寿。她把丈夫和女儿都请到北京来,同一些在我身边工作了多年的朋友,为我设寿宴。最后一天,出于玉洁的建议,我们一起共有十六人之多,来到了圆明园。圆明园我早就熟悉,六七十年前,当我还在清华大学读书的时候,晚饭后,常常同几个同学步行到圆明园来散步。此时圆明园已破落不堪,满园野草丛生,狐鼠出没,"西风残照,清家废宫",我指的是西洋楼遗址。当年何等辉煌,而今只剩下几个汉白玉雕成的古希腊式的宫门,也都已残缺不全。"牧童打碎了龙碑帽",虽然不见得真有牧童,然而情景之凄凉、寂寞,恐怕与当年的明故宫也差不多了。我们当时还都很年轻,不大容易发思古之幽情,不过爱其地方幽静,来散散步而已。

新中国成立后,北大移来燕园,我住的楼房,仅与圆明园有一条马路之隔。登上楼旁小山,遥望圆明园之一角绿树蓊郁,时涉遐想。今天竟然身临其境,早已面目全非,让我连连吃惊,仿佛美国作家 Washington Irving 笔下的 Rip Van Winkle,"山中方七日,世上几千年",等他回到家乡的时候,连自己的曾孙都成了老爷爷,没有人认识他了。现在我已不认识圆明园了,圆明园当然也不会认识我。园内游人摩肩接踵,多如过江之鲫。

而商人们又竞奇斗妍,各出奇招,想出了种种的门道,使得游人如痴如醉。我们当然也不会例外,痛痛快快地畅游了半天,福海泛舟,饭店盛宴。我的"西洋楼"却如蓬莱三山,不知隐藏在何方了。

第二天是文宏全家回延吉的日子。一大早,文宏就带了未未来向我辞行。我上面已经说到,文宏是感情极为充沛的人,虽是暂时别离,她恐怕也会受不了。小萧为此曾在事前建议过:临别时,谁也不许流眼泪。在许多人心目中,我是一个怪人,对人呆板冷漠,但是,真正了解我的人却给我送了一个绰号:"铁皮暖瓶",外面冰冷而内心极热。我自己觉得,这个比喻道出了一部分真理,但是,我现在已届望九之年,我走过阳关大道,也走过独木小桥,天使和撒旦都对我垂青过。一生磨炼,已把我磨成了一个"世故老人",于必要时,我能够运用一个世故老人的禅定之力,把自己的感情控制住。年轻人,道行不高的人,恐怕难以做到这一点的。

现在,未未和她妈妈就坐在我的眼前。我口中念念有词,调动我的定力来拴住自己的感情,满面含笑,大讲苏东坡的词:"人有悲欢离合,月有阴晴圆缺,此事古难全。"又引用俗语:"千里凉棚,没有不散的筵席。"自谓"口若悬河泄水,滔滔不绝"。然而,言者谆谆,而听者藐藐。文宏大概为了遵守对小萧的诺言,泪珠只停留在眼眶中,间或也滴下两滴。而未未却不懂什么诺言,不会有什么定力,坐在床边上,一语不发,泪珠仿佛断了线似的流个不停。我那八十多年的定力有点儿动摇了,我心里有点儿发慌,连忙强打精神,含泪微笑,送她母女出门。一走上门前的路,未未好像再也忍不住了,一把抓住了我的胳臂,伏在我怀里,哭了起来。热泪透过了我的衬衣,透过了我的皮肤,热意一直滴到我的心头。我忍住眼泪,捧起未未的脸,说:"好孩子!不要难过!我们还会见面的!"未未说:"爷爷!我会给你写信的!"我此时的心情,连才尚未尽的江郎也是写不出来的,他那名垂千古的《别赋》中,就找不到对类似我现在的心情的描绘,何况我这样本来无才可尽的俗人呢?我挽着未未的胳臂,送她们母女过了楼西曲径通幽的小桥,又忽然临时顿悟:唐朝人送别有灞桥折柳的故事。我连忙走到湖边,从一棵垂柳上折下了一条柳枝,递到文宏手中。我一直看她母女俩折过小山,向我招手,直等到连消逝的背影也看不到的时候,才慢慢地走回家来。此时,我再不需要我那劳什子定力,索性让眼泪流个痛快。

三个女孩的故事就讲完了。

还不到两岁的华华为什么对我有这样深的感情,我百思不得其解。

五六岁第一次见面的吴双,为什么对我有这样深的感情,我千思不得其解。

十二岁下学期才上初中的未未,为什么对我有这样深的感情,我万思不得其解。

然而这都是事实,我没有半个字的虚构。我一生能遇到这样三个小女孩,就算是不虚此生了。

到今天,华华已经超过四十岁。按正常的生活秩序,她早应该"绿叶成荫"了,不知道她是否还记得我这"爷"?

吴双恐大学已经毕业了,因为我同她父亲始终有联系,她一定还会记得我这样一位"北京爷爷"的。

至于未未,我们离别才几天。我相信,她会遵守自己的诺言给我写信的。而且她父亲常来北京,她母亲也有可能再到北京学习、进修。我们这一次分别,仅仅不过是为下一次会面创造条件而已。

像奇迹一般,在八十多年内,我遇到了这样三个小女孩,是我平生一大乐事,一桩怪事,但是人们常说,普天之下,没有无缘无故的爱。可是我这"缘"何在?我这"故"又何在呢?佛家讲因缘,我们老百姓讲"缘分"。虽然我不信佛,从来也不迷信,但是我只能相信"缘分"了。在我走到那个长满了野百合花的地方之前,这三个同我有着说不出是怎样来的缘分的小姑娘,将永远留在我的记忆中,保留一点儿甜美,保留一点儿幸福,给我孤寂的晚年涂上点儿有活力的色彩。

1996 年 8 月

两行写在泥土地上的字

夜里有雷阵雨，转瞬即停。"薄云疏雨不成泥"，门外荷塘岸边，绿草坪畔，没有积水，也没有成泥，土地只是湿漉漉的。一切同平常一样，没有什么特异之处。

我早晨出门，想到外面呼吸点新鲜空气。这也同平常一样，并没有什么特异之处，然而，我的眼睛一亮，蓦地瞥见塘边泥土地上有一行用树枝写成的字：

季老好 98级日语

回头在临窗玉兰花前的泥土地上也有一行字：

来访98级日语

我一时懵然，莫名其妙。还不到一瞬间，我恍然大悟：98级是今年的新生。今天上午，全校召开迎新大会；下午，东方学系召开迎新大会。在两大盛会之前，这一群（我不知道准确数目）从未谋面的十七、十八、十九岁男女大孩子，先到我家来，带给我无法用言语形容的这一份深情厚谊。但他们恐怕是怕打扰我，便想出了这一个惊人的匪夷所思的办法，用树枝把他们的深情写在了泥土地上。他们估计我会看到的，便悄然离开了我的家门。

我果然看到了他们留下的字。我现在已经望九之年，我走过的桥比这一帮大孩子走过的路还要长，我吃过的盐比他们吃过的面还要多，自谓已经达到了"悲欢离合总无情"的境界。然而，今天，我一看到这两行写在泥土地上的字，我却真正动了感情，眼泪一下子涌出了眼眶，双双落到了泥土地上。

我是一个平凡的人，生平靠自己那一点儿勤奋，做出了一点儿微不足道的成绩。对此我并没有多大信心。独独对于青年，我却有自己一套看法。我认为，我们中年人或老年人，不应当一过了青年阶段，就忘记了自己当年穿开裆裤的样子，好像自己一下生就老成持重，对青年总是横挑鼻子竖挑眼。我们应当努力理解青年，同情青年，帮助青年，爱护青年。不能要求他们总是四平八稳，总是温良恭俭让。我相信，中国青年都是爱国的，爱真理的。即使有什么"逾矩"的地方，也只能耐心加以劝说，惩罚是万不得已而为之的。一个国家，一个民族，如果对自己的青年失掉了信心，那它就失掉了希望，失掉了前途。

我常常这样想,也努力这样做。在风和日丽时是这样,在阴霾蔽天时也是这样。这要不要冒一点儿风险呢?要的。但我人微言轻,人小力薄,除了手中的一支圆珠笔以外,就只有嘴里那三寸不烂之舌,除了这样做以外,也没有别的办法。

大概就由于这些情况,再加上我的一些所谓文章,时常出现在报刊上,有的甚至被选入中学教科书,于是普天下青年男女颇有知道我的姓名的。青年们容易轻信,他们认为报刊上所说的都是真实的,就轻易对我产生了一种好感,一种情意。我现在几乎每天都能收到全国各地,甚至穷乡僻壤、边远地区青年们的来信,大中小学生都有。他们大概认为我无所不能,无所不通,而又颇为值得信赖,向我提出各种各样的问题,有的简直石破天惊;有的向我倾诉衷情。我想,有的事情他们对自己的父母也未必肯讲的,比如想轻生自杀之类。他们却肯对我讲。我读到这些书信,感动不已。我已经到了风烛残年,对人生看得透而又透,只等造化小儿给我的生命画上句号。然而这些素昧平生的男女大孩子的信,却给我重新注入了生命的活力。苏东坡的词说:"谁道人生无再少?门前流水尚能西。休将白发唱黄鸡。"我确实有"再少"之感了。这一切我都要感谢这些男女大孩子。

东方学系98级日语专业的新生一定就属于我在这里说的男女大孩子们。他所在五湖四海的什么中学里,读过我写的什么文章,听到过关于我的一些传闻,脑海里留下了我的影子。所以,一进燕园,赶在开学之前,就迫不及待地把自己那一份情意，用他们自己发明出来的也许从来还没有被别人使用过的方式，送到了我的家门来，惊出了我的两行老泪。我连他们的身影都没有看到，我看到的只是清塘里面的荷叶。此时虽已是初秋，却依然绿叶擎天，水影映日，满塘一片浓绿。回头看到窗前那一棵玉兰，也是翠叶满枝，一片浓绿。绿是生命的颜色，绿是青春的颜色，绿是希望的颜色，绿是活力的颜色。这一群男女大孩子正处在平常人们所说的绿色年华中，荷叶和玉兰所象征的正是他们。我想，他们一定已经看到了绿色的荷叶和绿色的玉兰。他们的影子一定已经倒映在荷塘的清水中。虽然是转瞬即逝，连他们自己也未必注意到，可他们与这一片浓绿真可以说是相得益彰，溢满了活力，充满了希望，将来左右这个世界的，决定人类前途的正是这一群年轻的男女大孩子。他们真正让我"再少"，他们在这方面的力量绝不亚于我在上面提到的那些全国各地青年的来信。我虔心默祷——虽然我并不相信——造物主能从我眼前的八十七岁中抹掉七十年，把我变成一个十七岁的少年，使我同他们一起学习，一起娱乐，共同分享普天下的凉热。

1998 年 9 月 25 日

第二辑 动物情怀

古今中外都有不少的哲人,主张人与大自然应该浑然一体,人与鸟兽(有害于人类的适当除外)应该和睦相处,相向无猜,谁也离不开谁,谁都在大自然中有生存的权利。

兔子

不记得是什么时候，大概总在我们全家刚从一条满铺了石头的古旧的街的北头搬到南头以后，我有了三只兔子。

说起兔子，我从小就喜欢的。在故乡里的时候，同村的许多家里都养着一窝兔子。在地上掘一个井似的圆洞，不深，在洞底又有向旁边通的小洞，兔子就住在里面。不知为什么，我们却总不记得家里有过这样的洞。每次随了大人往别的养兔子的家里去玩的时候，大人们正在扯不断拉不断絮絮地谈得高兴的当儿，我总是放轻了脚步走到洞口，偷偷地向里瞧——兔子正在小洞外面徘徊着呢。有黑白花的，有纯黑的。我顶喜欢纯白的，因为眼睛红亮得好看，透亮的长耳朵左右摇摆着。嘴也仿佛战栗似的颤动着，在嚼着菜根什么的。蓦地看见人影，都迅速地跑进小洞去了，像一溜溜的白色黑色的烟。倘若再伏下身子去看，在小洞的薄暗里，便只看见一对对的莹透的宝石似的眼睛了。

在我走出了童年以前的某一个春天,记得是刚过了年,因为一种机缘的凑巧,我离开故乡,到一个以湖山著名的都市里去。从栉比的高的楼房的空隙里,我只看到一线蓝蓝的天。这哪里像故乡里锅似的覆盖着的天呢?我看不到远远的笼罩着一层轻雾的树,我看不到天边上飘动的水似的云烟,我嗅不到土的气息。我仿佛住在灰之国里。终日里,我只听到闹嚷嚷的车马的声音。在半夜里,还有小贩的叫声从远处的小巷里飘了过来。我是地之子,我渴望着再回到大地的怀里去。当时,小小的心灵也会感到空漠的悲哀吧。但是,最使我不能忘怀的,占据了我的整个的心的,却还是有着宝石似的眼睛的故乡里的兔子。

也不记得是几年以后了,总之是在秋天,叔父从望口山回家来,仆人挑了一担东西。上面是用蒲包装的有名的肥桃,下面有一个木笼。我正怀疑木笼里会装些什么东西,仆人已经把木笼举到我的眼前了——战栗似的颤动着的嘴,透亮的长长的耳朵,红亮的宝石似的眼睛……这不正是我梦寐渴望的兔子吗?记得他临到望口山去的时候,我曾向他说过,要他带几个兔子回来。当时也不过随意一说,现在居然真带来了。这仿佛把我拉回了故乡里去。我是怎么狂喜呢?笼里一共有三只:一只大的,黑色,像母亲;两只小的,白色。我立刻舍弃了美味的肥桃,东跑西跑,忙着找白菜,找豆芽,喂它们。我又替它们张罗住处,最后就定住在我的床下。

童年在故乡里的时候,伏在别人的洞口上,羡慕人家的兔子,季羡林先生题写的"有容乃大　天人合一"

现在居然也有三只在我的床下了。对此,这简直比童话还不可信。最初,才从笼里放出来的时候,立刻就有猫挤上来。兔子仿佛是很胆怯,伏在地上,不敢动。耳朵紧贴在头上,只有嘴颤动得更厉害。把猫赶走了,才慢慢地试着跑。我一转眼,大的领着两只小的躲在花盆后面了。再一转眼,早又跑到床下面去了。有了兔子以后的第一个夜里,我躺在床上,辗转着睡不沉,听兔子在床下嚼着豆芽的声音。我仿佛浮在云堆里,已经忘记了做过些什么样的梦了。

就这样,我的床下面便凭空添了三个小生命。每当我坐在靠窗的一张桌子的旁边读书的时候,兔子便偷偷地从床下面踱出来,没有一点儿声音。我从书页上面屏息地看着它们。——先是大的一探头,又缩回去;再一探头,走出来了,一溜黑烟似的。紧随着的是两只小的,都白得像一团雪,眼睛红亮,像——我简直说不出像什么。像玛瑙吗?比玛瑙还光莹。就用这小小的红亮的眼睛四面看着,走到从花盆里垂出的拂着地的草叶下面,嘴战栗似的颤动几下,停一停,走到书旁边。嘴战栗似的颤动几下,停一停,走到小凳下面。嘴战栗似的颤动几下,停一停。忽然,我觉得有软茸茸的东西靠上了我的脚了。我知道这是小兔正伏在我的脚下。我忍耐着不敢动,不知怎地,腿忽然一抽。我再看时,一溜黑烟,两溜白烟,兔子都藏到床下面去。伏下身子去看,在床下面暗黑的角隅里,便只看见莹透的宝石似的一对对的眼睛了。

是秋天,前面已经说过。我住的屋的窗外有一棵海棠树。

以前常听人说，兔子是顶孱弱的。猫对它便是个大的威胁。在兔子没来我床下面住以前，屋里也常有猫的踪迹。门关严了的时候，这棵海棠树就成了猫来我屋的路。自从有了兔子以后，在冷寂的秋的长夜里，我常常无所谓的蓦地醒转来。——窗外风吹着落叶，窸窣地响，我疑心是猫从海棠树上爬上了窗子。连绵的夜雨击着落叶，窸窣地响，我又疑心是猫爬上了窗子。我静静地等着，不见有猫进来。低头看时，兔子正在地上来回地跑着。在微明的灯光里，更像一溜溜的黑烟和白烟了，眼睛也更红亮得像宝石了。当我正要蒙眬去的时候，恍惚听到"咪"的一声，看窗子上破了一个洞的地方，正有两颗灯似的眼睛向里瞅着。

第二天早晨起来，第一件要做的事情，就是伏下头去看，兔子丢了没有。看到两个小兔两团白絮似的偎在大的身旁熟睡的时候，心里仿佛得到点儿安慰。过了一会儿，再回到屋里来读书的时候，又可以看到它们在脚下来回地跑了。其实并没有什么声息，屋里总仿佛充满了生气与欢腾似的。周围的空气，也软浓浓地变得甜美了。兔子也渐渐不胆怯起来，看见我也不很躲避了。第一次一个小兔很驯顺地让我抚摸的时候，我简直欢喜得流泪呢。

倘若我的记忆靠得住的话，大约总有半个秋天，就在这样的颇有诗意的情况里度过去。我还能模模糊糊地记得：兔子才在笼里装来的时候，满院子里都挤满了花。我一闭眼，还能看到当时院子里飘动着的那一层淡淡的绿色。兔子常从屋里跑出来，到花盆缝里去玩，金鱼缸里的子午莲还仿佛从水面上突出两朵白花来。只依稀有一点儿影，这记忆恐怕靠不大住了。随了这绿气，这金鱼缸，我又能看到靠近海棠树的涂上了红油绿油的窗子，嵌着一方不小的玻璃，上面有雨和土的痕迹。窗纸上还粘着几条蜘蛛丝，窗子里面就是我的书桌，再往里，就是床，兔子就住在床下面……这一切仿佛在眼前浮动。但又像烟、像雾，眼睛就要幻化到空蒙里去了。

我不是说大概过了有半个秋天吗？——等到院子里的花草渐渐地减少了，立刻显得很空阔。落叶却在阶下多起来，金鱼缸里也早没了水，天更蓝更长；澹远的秋有转入阴沉的冬的样儿了。就在这样一个蓝天的早晨，我又照例俯下身子，去看兔子丢了没有。——奇怪,床下面空空的,仿佛少了什么东西似的。再仔细看，只看到两个小兔凄凉地互相偎着睡。它们的母亲跑到哪里去了呢？我立刻慌了，汗流遍了全身。本来，几天以来，大兔子的胆更大了，常常自己偷跑到天井里去。这次恐怕又是自己偷跑出去了吧。但各处，屋里，屋外，都找到了，没有影，回头又看到两个小兔子偎在我的脚下，一种莫名其妙的凄凉袭进了我的心。我哭了，我是很早就离开母亲的，我时常想到她。我感到凄凉和寂寞。看来这两个小兔子也同我一样地感到凄凉和寂寞呢。我没地方倾诉，除非在梦里，小兔子又向哪里，而且又怎样倾诉呢？——我又哭了。

起初，我还有希望，我希望大兔子会自己跑回来，蓦地给我一个大的欢喜。但是一天一天地过去,我这希望终于成了泡影。

我却更爱这两个小兔子了。以前我爱它们,因为它们红亮的眼睛,雪絮似的软毛。这以后的爱里,却掺入了同情。有时我还想拿我的爱抚来弥补它们失掉母亲的悲哀,但这哪里可能的呢?眼看它们渐渐消瘦下去,在屋里跑的时候也不像以前那样轻快了,时常偎到我的脚下来。我把它们抱在怀里,也驯顺地伏着不动。当我看到它们踽踽地走开的时候,小小的心真的充满了无名的悲哀呢!

这样的情况也没能延长多久。两三天以后,我忽然发现在屋里跑着的只有一个兔子了,那个同伴到哪里去了呢,我又慌了,有各处都找到:墙隅,桌下,又在天井各处找,低声唤着,落叶在脚下索索地响。终于,没有影。当我看到这剩下的一个小生灵孤独地踱着的时候,再听檐边秋天特有的风声,眼泪又流下来了。——它在找它的母亲吗?找它的兄弟吗?为什么连叹息一声也不呢?宝石似的眼睛也仿佛含着晶莹的泪珠了。夜里,在微明的灯光下,我不见它在床下沉睡;这只是不停地在屋里跑着。这冷硬的土地,这漫漫的秋的长夜,没有母亲,没有兄弟偎着。凄凉的冷梦萦绕着它,它怎能睡得下去呢?

第二天的早晨,天更蓝,蓝得有点儿古怪。小屋里照得通明,小兔在我眼前跑过的时候,洁白的绒毛上,仿佛有一点儿红,一闪,我再看,就在透明红润的耳朵旁边,发现一点儿血痕——只一点儿,衬了雪白的毛,更显得红艳,像鸡血石上的斑,像西天一点儿晚霞。我却真有点儿焦急了。我听人说,兔子只要见血,无论多少滴,就会死去的。这剩下的一只没有母亲,没有兄弟的孤独的小生命也要死去的吗？我不相信，这比神话还渺茫，然而摆在眼前的却就是那一点儿红艳的血痕，怎样否认呢？我把它抱了起来，仿佛也知道有什么不幸要临到它身上，只伏在我怀里，不动，放下，也不大跑了。就在这天的末尾。在黄昏的微光里，当我再伏下头去看床下的时候，除了一些白菜和豆芽以外，什么也看不到了。我各处找了找，也没找到什么。我早知道有什么事情要发生。而且，我也想：这样也倒好。不然，孤零零的一个活在世界上，得不到一点儿温热，在凄凉和寂寞的袭击下，这长长的一生又怎样消磨呢？我不哭，但是眼泪却流到肚子里去了，悲哀沉重地压在心头，我想到了故乡里的母亲。

就这样，半个秋天以来，在我床下面跑出跑进的三个兔子一个都不见了。我再坐在靠窗的桌子旁读书的时候，从书页上面，什么也看不到了。从有着风和雨的痕迹的玻璃窗里望出去：海棠树早落静了叶子，只剩下秃光的枝干，撑着眼睛的秋的长空。夜里，我再听到外面窸窸窣窣地响的时候，我又疑心是猫。我从蒙眬中醒转来，虽然有时也会在窗洞里看到两盏灯似的圆圆的眼睛。但是看床下的时候，却没有兔子来回地踱着了。眼一花，便会看到满地凌乱的影子，一溜黑烟，两溜白烟。再仔细看，有什么呢？什么也没有，只有暗淡的灯照彻了冷寂的秋夜，外面又窸窣地响，是雨吧，冷栗，寂寞，混上了一点儿轻微空漠的悲哀，压住了我的心。一切都空虚，我能再做什么样的梦呢？

1934 年 2 月 16 日

加德满都的狗[1]

我小时候住在农村里,终日与狗为伍,一点儿也没有感觉到狗这种东西有什么稀奇的地方。但是狗却给我留下了极其深刻的印象。我母亲逝世以后,故乡的家中已经空无一人。她养的一条狗——连它的颜色我现在都回忆不清楚了——却仍然日日夜夜卧在我家门口,守着不走。女主人已经离开人世,再没有人喂它了。它好像已经意识到这一点,但是它却坚决宁愿忍饥挨饿,也决不离开我们那破烂的家门口。黄昏时分,我形单影只地从村内走回家来,屋子里摆着母亲的棺材,门口卧着这一只失去了主人的狗,泪眼汪汪地望着我这个失去了慈母的孩子,有气无力地摇摆着尾巴,嗅我的脚。茫茫宇宙,好像只剩下这只狗和我。此情此景,我连泪都流不出来了,我流的是血,

---

[1] 本文选自《尼泊尔随笔》。

而这血还是流向我自己的心中。我本来应该同这只狗相依为命，互相安慰。但是，我必须离开故乡，我又无法把它带走。离别时，我流着泪紧紧地搂住了它，我遗弃了它，真正受到良心的谴责。几十年来，我经常想到这一只狗，直到今天，我一想到它，还会不自主地流下眼泪。我相信，我离开家以后，它也决不会离开我们的门口。它的结局我简直不忍想下去了。母亲有灵，会从这一只狗身上得到我这个儿子无法给她的慰藉吧。

从此，我爱天下一切狗。

但是我迁居大城市以后，看到的狗渐渐少起来了。最近多少年以来，北京根本不许养狗，狗简直成了稀有动物，只有到动物园里才能欣赏了。

我万万没有想到，我到了加德满都以后，一下飞机，在机场受到热情友好的接待。汽车一驶离机场，驶入市内，在不算太宽敞的马路两旁就看到了大狗、小狗、黑狗、黄狗，在一群衣履比较随便的小孩子们中间，摇尾乞食，低头觅食。

这是一件小事，却使我喜出望外：久未晤面的亲爱的狗竟在万里之外的异域会面了。

狗们大概完全不理解我的心情，它们大概连辨别本国人和外国人的本领还没有学到。我这里一往情深，它们却漠然无动于衷，只是在那里摇尾低头，到处嗅着，想找到点儿什么东西吃吃。

晚上，我们从中国大使馆回旅馆的时候，天已经完全黑了。加德满都的大街上，电灯不算太多，霓虹灯的数目更少一些。

我在阴影中又隐隐约约地看到了大狗、小狗、黑狗、黄狗，在那里到处嗅着。回到旅馆，在沐浴后上床的时候，从远处的黑暗中传来了阵阵的犬吠声。古人说，深夜犬吠若豹。我现在听到的不是吠声若豹，而是吠声若犬。这事当然并不稀奇。可这并不稀奇的若犬的犬吠声却给我带来了无尽的甜蜜的回忆。这甜蜜的犬吠声一直把我送入我在加德满都过的第一夜的梦中。

1986 年 11 月 25 日凌晨于苏尔提宾馆

乌鸦和鸽子①

傍晚,我们来到了清凉宫。正当我全神贯注地欣赏绿玉似的草地和珊瑚似的小红花的时候,忽然听到天空里一阵哇哇的叫声。啊!是乌鸦。一片黑影遮蔽了半个天空,想不到暮鸦归巢的情景竟在这里看到了。

这使我立即想起了三十多年以前我第一次缅甸之行。我首先到了仰光,那种堆绿叠翠的热带风光牢牢地吸引住了我。但是,更吸引住了我使我感到无限惊异的是那里的乌鸦之多。我敢说,在世界的任何地方都不会有这么多的乌鸦。据说,缅甸人虔信佛教,佛教禁止杀生到了可笑的地步。乌鸦就趁此机会大大地繁殖起来,其势猛烈,大有将三千大千世界都化为乌鸦王国的劲头。

---

①本文选自《尼泊尔随笔》。

我曾在距离仰光不太远的伊洛瓦底江口看到我生平第一次见到的最大的乌鸦群,恐怕有几万只。停泊在江边的大小船上的桅杆上、船舱上、船边上,到处都落满了乌鸦,漆黑一大片。在空中盘旋飞翔的,数目还要超过几倍。简直成了乌鸦的世界,乌鸦的天堂,乌鸦的乐园,乌鸦的这个,乌鸦的那个,我理屈词穷,我说不出究竟是乌鸦的什么了。

今天早晨,也就是到清凉宫去的第二天的早晨,参观哈奴曼多卡古王宫时,我又第二次看到了生平见到的最大的乌鸦群之一,大概有上千只吧。它们忽然一下子从王宫高塔的背面飞了出来,呼哨一声,其势惊天动地,在王宫天井上盘旋了一阵,又呼哨一声,飞到不知道什么地方去了。

乌鸦在中国古代被认为是不吉祥的动物,名声不佳。人们听到它们的鸣声,往往起厌恶之感。可是这些年以来,在北京,甚至在树木葱茏的燕园里面,除了麻雀以外,别的鸟很少见到了。连令人讨厌的乌鸦也逐渐变得不那么讨厌了。它们那种绝不能算是美妙的叫声,现在听起来大有日趋美妙之势了。

我在加德满都不但见到了乌鸦,而且也见到了鸽子。

鸽子在北京现在还是能够见到的,都是人家养的,从来没有听说过野鸽子。记得我去年春天到印度新德里去参加《罗摩衍那》的作者蚁垤国际诗歌节,住在一家所谓五星旅馆的第十九层楼上。有一天,我出去开会,忘记了关窗子。回来一开门,听到鸽子咕噜咕噜的叫声。原来有两位长着翅膀的不速之客,趁我不在的时候,到我房间里来了。两只鸽子就躲在我的沙发下面亲热起来,谈情说爱,卿卿我我,正搞得火热。看到我进来,它俩坦然无动于衷,丝毫没有想逃避的意思,也看不出一点儿内疚之意。倒是我对于这种"突然袭击"感到有点儿局促不安了。原来印度人绝不伤害任何动物。鸽子们大概从它们的鼻祖起就对人不怀戒心,它们习惯于同人们和平共处了。反观我们自己的国家,情况有很大的不同。专就北京来说,鸟类的数目越来越少。每当我在燕园内绿树成荫的地方,或者在清香四溢的荷花池边,看到年轻人手持猎枪、横眉竖目,在寻觅枝头小鸟的时候,我简直内疚于心,说不出话来。难道在这些地方我们不应该向印度等国家学习吗?

我不是哲学家,也不喜欢、更不擅长去哲学地思考。但是古今中外都有不少的哲人,主张人与大自然应该浑然一体,人与鸟兽(有害于人类的适当除外)应该和睦相处,相向无猜,谁也离不开谁,谁都在大自然中有生存的权利。我是衷心地赞成这些主张的。即使到了人类大同的地步,除了人与人之间的关系应该同过去完全不同之外,人与大自然的关系,其中也包括人与鸟兽的关系,也应该大大地改进。我不相信任何宗教,我也不是素食主义者。人类赖以为生的动植物,非吃不行的,当然还要吃。只是那些不必要的、损动物而不利己的杀害行为,应该断然制止。写到这里,我忽然想到一件不大不小的事:过去有一段时间,竟然把种草养花视为修正主义。我百思不得其解。有这种主张的人有何理由?是何居心?真使我惊诧不置。世界一切美好的东西,不管是人类,还是鸟兽虫鱼,花草树木,我们都应该会欣赏,有权利去欣赏。我认为,这是天经地义的真理。难道在僵化死板的气氛中生活下去才算得上唯一正确吗?

写到这里,正是黎明时分,窗外加德满都的大雾又升起来了。从弥漫天地的一片白色浓雾的深处传来了咕咕的鸽子声,我的心情立刻为之一振,心旷神怡,好像饮了尼泊尔和印度神话中的甘露。

1986 年 11 月 26 日凌晨

神牛①

我又和我的老朋友神牛在加德满都见面了。这是我意料中但又似乎有点儿出乎意料的事情。

过去,我曾在印度的加尔各答和新德里等大城市的街头见到过神牛。三十多年以前我第一次访问印度的时候,在加尔各答那些繁华的大街上第一次见到神牛。在全世界似乎只有信印度教的国家才有这种神奇的富有浪漫色彩的动物。当时它们在加尔各答的闹市中,在车水马龙里面,在汽车喇叭和电车铃声的喧闹中,三五成群,有时候甚至结成几十头上百头的庞大牛群,昂首阔步,威仪俨然,真仿佛天上天下、唯我独尊。它们对人类社会的一切现象,对人类一切的新奇的发明创造,什么电车汽车,什么自行车、摩托车,全不放在眼中。它们对人类的一

---

①本文选自《尼泊尔随笔》。

切显贵，什么公子、王孙，什么体操名将、电影明星，什么学者、专家，全不放在眼中。它们对人类创造的一切法律、法规，全不放在眼中。它们是绝对自由的，愿意到什么地方去，就到什么地方去；愿意在什么地方卧倒，就在什么地方卧倒。加尔各答是印度最大的城市，大街上车辆之多，行人之多，令人目瞪口呆，从公元前就有的马车和牛车，直至最新式的流线型的汽车，再加上涂饰华美的三轮摩托车，有上下两层的电车，无不具备。车声、人声、马声、牛声，混搅成一团，喧声直抵印度神话中的三十三天。在这种情况下，几头神牛，有时候竟然兴致一来，卧在电车轨道上，"我困欲眠君且去"，闭上眼睛，睡起大觉来。于是汽车转弯，小车让路，电车脱离不了轨道，只好停驶。没有哪一个人敢去驱赶这些神牛。

对像我这样的外国人来说，这种情景实在是"匪夷所思"，实在是非常有趣。我很想研究一下神牛的心理。但是从它们那些善良温顺的大眼睛里我什么也看不出、猜不出。它们也许觉得，人类真是奇妙的玩意儿。他们竟然聚居在这样大的城市里，还搞出了这样多不用马拉牛拖就会自己跑的玩意儿。这些神牛们也许会想到，人这种动物反正都害怕我们，没有哪一个人敢动我们一根毫毛，我们索性就愿意怎样干就怎样干吧！

但是，据我的观察，它们的日子也并不怎么好过。虽然没有人穿它们的鼻子，用绳子牵着走，稍有违抗，则挨上一鞭；但是也没有人按时给它们喂食喂水。它们只好到处游荡，自己谋食。看它们那种瘦骨嶙峋的样子，大概营养也并不好。而且它们虽然被认为是神牛,并没有长生不老之道,它们的死亡率并不低。当我隔了二十年第二次访问加尔各答的时候,在同一条大街上,我已经看不到当年那种十几头上百头牛游行在一起的庞大阵容了。只剩下零零落落的几头老牛徘徊在那里,寥若晨星,神牛的家族已经很不振了。看到这情景,我倒颇有一些寂寞苍凉之感。但是神牛们大概还不懂什么牛口学(对人口学而言),也不懂什么未来学,它们不会为21世纪的牛口问题而担忧,这也算是一种难得糊涂吧。

我似乎不曾想到,隔了又将近十年,我来到了尼泊尔,又在加德满都街头看到久违的神牛了。我在上面曾说到,这次重逢是在意料中的,因为尼泊尔同印度一样是信奉印度教的国家。我又说有点儿出乎意料,不曾想到,是因为尼泊尔毕竟不是印度。不管怎么样,我反正是在加德满都又同神牛会面了。

在这里,神牛的神气同印度几乎一模一样,虽然数目相差悬殊。在大马路上,我只见到了几头。其中有一头,同它的印度同事一样,走着走着,忽然卧倒,傲然地躺在马路中间,摇着尾巴,扑打飞来的苍蝇,对身旁驶过的车辆,连瞅都不瞅。不管是什么样的车辆,都只能绕它而行,绝没有哪一个人敢去惊扰它。隔了几天,我又在加德满都郊区看见了几头,在青草地上悠然漫步。它是不是有"食草绿树下,悠然见雪山"的雅兴呢?我不敢说。可是看到它那种悠闲自在的神态,真正羡慕煞人,它真像是活神仙了。尼泊尔是半热带国家,终年青草不缺,这就为神牛的生活提供了保证。

神牛们有福了!

我祝愿神牛们能够这样优哉游哉地活下去。我祝愿它们永远不会想到牛口问题。

神牛们有福了!

1986年11月27日凌晨,时窗外浓雾中咕咕的鸽声于耳

咪咪

　　我现在越来越不了解自己了。我原以为自己不是多愁善感的人，内心还是比较坚强的。现在才发现，这只是一个假象，我的感情其实脆弱得很。

　　八年以前，我养了一只小猫，取名咪咪。她大概是一只波斯混种的猫，全身白毛，毛又长又厚，冬天胖得滚圆。额头上有一块黑黄相间的花斑，尾巴则是黄的。总之，她长得非常逗人喜爱。因为我经常给她些鱼肉之类的东西吃，她就特别喜欢我。有几年的时间，她夜里睡在我的床上。每天晚上，只要我一铺开棉被，盖上毛毯，她就急不可待地跳上床去，躺在毯子上。我躺下不久，就听到她打呼噜——我们家乡话叫"念经"——的声音。半夜里，我在梦中往往突然感到脸上一阵冰凉，是小猫用舌头来舔我了，有时候还要往我被窝儿里钻。偶尔有一夜，她没有到我床上来，我顿感空荡寂寞，半天睡不着。等我半夜醒来，脚头上沉甸甸的，用手一摸：毛茸茸的一团，心里有说不出来的甜蜜感，再次入睡，如游天宫。早晨一起床，吃过早点，坐在书桌前看书写字。这时候咪咪绝不再躺在床上，而是一定要跳上书桌，趴在台灯下面我的书上或稿纸上，有时候还要给我一个屁股，头朝里面。有时候还会摇摆尾巴，把我的书页和稿纸摇乱。过了一些时候，外面天色大亮，我就把咪咪和另外一只纯种"国猫"名叫虎子的黑色斑纹的"土猫"放出门去，到湖边和土山下草坪上去吃点儿青草，就地打几个滚儿，然后跟在我身后散步。我上山，她们就上山；我走下来，她们也跟下来。猫跟人散步是极为稀见的，因此成为朗润园一景。这时候，几乎每天都碰到一位手提鸟笼遛鸟的老退休工人，我们一见面，就相对大笑一阵："你在遛鸟，我在遛猫，我们各有所好啊！"我的一天，往往就是在这种情况下开始的。其乐融融，自不在话下。

大概在一年多以前，有一天，咪咪忽然失踪了。我们全家都有点着急。我们左等，右等；左盼，右盼，望穿了眼睛，只是不见。在深夜，在凌晨，我走了出来，瞪大了双眼，尖起了双耳，希望能在朦胧中看到一团白色，希望能在万籁俱寂中听到一点儿声息。然而，一切都是枉然。这样过了三天三夜，一个下午咪咪忽然回来了。雪白的毛上沾满了杂草，颜色变成了灰土土的，完全一副狼狈不堪的样子。一头闯进门，直奔猫食碗，狼吞虎咽，大嚼一通。然后跳上壁橱，藏了起来，好半天不敢露面。从此，她似乎变了脾气，拉尿不知，有时候竟在桌子上撒尿和拉屎。她原来是一只规矩温顺的小猫咪，完全不是这样子的。我们都怀疑，她之所以失踪，是被坏人捉走了的，想逃跑，受到了虐待，甚至受到捶挞，好不容易，逃了回来，逃出了魔掌，生理上受到了剧烈的震动，才落了一身这样的坏毛病。

我们看了心里都很难受。一个纯洁无辜的小动物，竟被折磨成这个样子，谁能无动于衷呢？可是我又有什么办法？我是最喜爱这个小东西的，心里更好像是结上了一个大疙瘩，然而却是爱莫能助，眼睁睁地看她在桌上的稿纸上撒尿。但是，我

季羡林先生与他的爱猫

决不打她。我一向主张，对小孩子和小动物这些弱者，动手打就是犯罪。我常说，一个人如果自认还有一点儿力量、一点儿权威的话，应当向敌人和坏人施展，不管他们多强多大。向弱者发泄，算不上英雄汉。

然而事情发展却越来越坏，咪咪任意撒尿和拉屎的频率增强了，范围扩大了。在桌上，床下，澡盆中，地毯上，书上，纸上，只要从高处往下一跳，尿水必随之而来。我以耄耋衰躯，匍匐在床下桌下向纵深的暗处去清扫猫屎，钻出来以后，往往喘上半天粗气。我不但毫不气馁，而且大有乐此不疲之慨，心里乐滋滋的。我那年近九旬的老祖笑着说："你从来没有给女儿、儿子打扫过屎尿，也没有给孙子、孙女打扫过，现在却心甘情愿服侍这一只小猫！"我笑而不答。我不以为苦，反以为乐。这一点我自己也解释不清楚。

但是，事情发展得比以前更坏了。家人忍无可忍，主张把咪咪赶走。我觉得，让她出去野一野，也许会治好她的病，我同意了。于是在一个晚上把咪咪送出去，关在门外。我躺在床上，辗转反侧，再也睡不着。后来蒙眬睡去，做起梦来，梦到的不是别的什么，而是咪咪。第二天早晨，天还没有亮，我拿着电筒到楼外去找。我知道，她喜欢趴在对面居室的阳台上。拿手电一照，白白的一团，咪咪蜷伏在那里，见到了我咪噢叫个不停，仿佛有一肚子委屈要向我倾诉。我听了这种哀鸣，心酸泪流。如果猫能做梦的话，她梦到的必然是我。她现在大概怨我太狠心了，我只有默默承认，心里痛悔万分。

我知道，咪咪的母亲刚刚死去，她自己当然完全不懂这一套，我却是懂得的。我青年丧母，留下了终天之恨。年近耄耋，一想到母亲，仍然泪流不止。现在竟把思母之情移到了咪咪身上。我心跳手颤，赶快拿来鱼饭，让咪咪饱餐一顿。但是，没有得到家人的同意，我仍然得把咪咪留在外面。而我又放心不下，经常出去看她。我住的朗润园小山重叠，林深树茂，应该说是猫的天堂。可是咪咪硬是不走，总卧在我住宅周围。我有时晚上打手电出来找她，在临湖的石头缝中往往能发现白色的东西，那是咪咪。见了我，她又咪噢直叫。她眼睛似乎有了病，老是泪汪汪的。她的泪也引起了我的泪，我们相对而泣。

我这样一个走遍天涯海角饱经沧桑的垂暮之年的老人，竟为这样一只小猫而失神落魄，对别人来说，可能难以解释，但对我自己来说，却是很容易解释的。从报纸上看到，定居台湾的老友梁实秋先生，在临终前念念不忘的是他的猫。我读了大为欣慰，引为"同志"，这也可以说是"猫坛"佳话吧。我现在再也不硬充英雄好汉了，我俯首承认我是多愁善感的。咪咪这样一只小猫就戳穿了我这一只"纸老虎"。我了解到了自己的本来面目，并不感到有什么难堪。

现在，我正在香港讲学，住在中文大学会友楼中。此地背山面海，临窗一望，海天混茫，水波不兴，青螺数点，帆影一片，风光异常美妙，园中有四时不谢之花，八节长春之草，兼又有主人盛情款待，我心中此时乐也。然而我却常有"山川信美非吾土"之感，我怀念北京燕园中我的家人，我的朋友，我的书房,我那堆满书案的稿子。我想到北国就要千里冰封、万里雪飘,"马后桃花马前雪,教人哪得不回头?"我归心似箭,决不会"回头"。特别是当我想到咪咪时,我仿佛听到她的咪噢的哀鸣,心里颤抖不停,想立刻插翅回去。小猫吃不到我亲手给她的鱼肉,也许大惑不解:"我的主人哪里去了呢?"猫们不会理解人们的悲欢离合。我庆幸她不理解,否则更会痛苦了。好在我留港时间即将结束,我不久就能够见到我的家人、我的朋友。燕园中又多了一个我,咪咪会特别高兴的,她的病也许会好了。北望云天万里,我为咪咪祝福。

1988年11月8日写于香港中文大学会友楼
1996年1月2日重抄于北大燕园

老猫

老猫虎子蜷曲在玻璃窗外窗台上一个角落里，缩着脖子，眯着眼睛，浑身一片寂寞、凄清、孤独、无助的神情。

外面正下着小雨，雨丝一缕一缕地向下飘落，像是珍珠帘子。时令虽已是初秋，但是隔着雨帘，还能看到紧靠窗子的小土山上丛草依然碧绿，毫无要变黄的样子。在万绿丛中赫然露出一朵鲜艳的红花。古诗"万绿丛中一点红"，大概就是这般光景吧。这一朵小花如火似燃，照亮了浑茫的雨天。

我从小就喜爱小动物。同小动物在一起，别有一番滋味。它们天真无邪，率性而行；有吃抢吃，有喝抢喝；不会说谎，不会推诿；受到惩罚，忍痛挨打；一转眼间，照偷不误。同它们在一起，我心里感到怡然、坦然、安然、欣然。不像同人在一起那样，应对进退、谨小慎微、斟酌词句、保持距离，感到异常的别扭。

十四年前,我养的第一只猫,就是这个虎子。刚到我家来的时候,比老鼠大不了多少。蜷曲在窄狭的窗内窗台上,活动的空间好像富富有余。它并没有什么特点,仅只是一只最平常的狸猫,身上有虎皮斑纹,颜色不黑不黄,并不美观。但是异于常猫的地方也有,它有两只炯炯有神的眼睛,两眼一睁,还真虎虎有虎气,因此起名叫虎子。它脾气也确实暴烈如虎。它从来不怕任何人。谁要想打它,不管是用鸡毛掸子,还是用竹竿,它从不回避,而是向前进攻,声色俱厉。得罪过它的人,它永世不忘。我的外孙打过一次,从此结仇。只要他到我家来,隔着玻璃窗子,一见人影,它就做好准备,向前进攻,爪牙并举,吼声震耳。他没有办法,在家中走动,都要手持竹竿,以防万一,否则寸步难行。有一次,一位老同志来看我,他显然是非常喜欢猫的。一见虎子,嘴里连声说着:"我身上有猫味,猫不会咬我的。"他伸手想去抚摩它,可万万没有想到,我们虎子不懂什么猫味,回头就是一口。这位老同志大惊失色。总之,到了后来,虎子无人不咬,只有我们家三个主人除外,它的"咬声"颇能耸人听闻了。

但是,要说这就是虎子的全面,那也是不正确的。除了暴烈咬人以外,它还有另外一面,这就是温柔敦厚的一面。我举一个小例子。虎子来我们家以后的第三年,我又要了一只小猫。这是一只混种的波斯猫,浑身雪白,毛很长,但在额头上有一小片黑黄相间的花纹。我们家人管这只猫叫洋猫,起名咪咪;虎子则被尊为土猫。这只猫的脾气同虎子完全相反:胆小、怕人，从来没有咬过人。只有在外面跑的时候，才露出一点儿野性。它只要有机会溜出大门，但见它长毛尾巴一摆，像一溜烟似的立即蹿入小山的树丛中，半天不回家。这两只猫并没有血缘关系。但是，不知道是由于什么原因，一进门，虎子就把咪咪看作是自己的亲生女儿。它自己本来没有什么奶，却坚决要给咪咪喂奶，把咪咪搂在怀里，让它咂自己的干奶头，它眯着眼睛，仿佛在享着天福。我在吃饭的时候，有时丢点儿鸡骨头、鱼刺，这等于猫们的燕窝、鱼翅。但是，虎子却只蹲在旁边，瞅着咪咪一只猫吃，从来不同它争食。有时还"喵噢"上两声，好像是在说："吃吧，孩子！安安静静地吃吧！"有时候，不管是春夏还是秋冬，虎子会从西边的小山上逮一些小动物，麻雀、蚱蜢、蝉、蛐蛐之类，用嘴叼着，蹲在家门口，嘴里发出一种怪声。这是猫语，屋里的咪咪，不管是睡还是醒，耸耳一听，立即跑到门后，馋涎欲滴，等着吃母亲带来的佳肴，大快朵颐。我们家人看到这样母子亲爱的情景，都由衷地感动，一致把虎子称作"义猫"。有一年，小咪咪生了两个小猫。大概是初做母亲，没有经验，正如我们圣人所说的那样"未有学养子而后嫁者也"，人们能很快学会，而猫们则不行。咪咪丢下小猫不管，虎子却大忙特忙起来，觉不睡，饭不吃，日日夜夜把小猫搂在怀里。但小猫是要吃奶的，而奶正是虎子所缺的。于是小猫暴躁不安，虎子眉头一皱，计上心来，叼起小猫，到处追着咪咪，要它给小猫喂奶，还真像一个姥姥样子。但是小咪咪并不领情，依旧不给小猫喂奶。有几天的时间，虎子不吃不喝，瞪着两只闪闪发光的眼睛，嘴里叼着小猫,从这屋赶到那屋,一转眼又赶了回来。小猫大概真是受不了啦,便辞别了这个世界。

我看了这一出猫家庭里的悲剧又是喜剧,实在是爱莫能助,惋惜了很久。

我同虎子和咪咪都有深厚的感情。每天晚上,它们俩抢着到我床上去睡觉。在冬天,我在棉被上面特别铺上了一块布,供它们躺卧。我有时候半夜里醒来,神志一清醒,觉得有什么东西重重地压在我身上,一股暖气仿佛透过了两层棉被,扑到我的双腿上。我知道,小猫睡得正香,即使我的双腿由于僵卧时间过久,又酸又痛,但我总是强忍着,决不动一动双腿,免得惊了小猫的轻梦。它此时也许正梦着捉住了一只耗子,只要我的腿一动,它这耗子就吃不成了,岂非大煞风景吗?

这样过了几年,小咪咪大概有八九岁了。虎子比它大三岁,十一二岁的光景,依然威风凛凛,脾气暴烈如故,见人就咬,大有死不改悔的神气。而小咪咪则出我意料地露出了下世的光景。常常到处小便,桌子上,椅子上,沙发上,无处不便。如果到医院里去检查的话,大夫在列举的病情中一定会有一条的:小便失禁。最让我心烦的是,它偏偏看上了我桌子上的稿纸。我正写着什么文章,然而它却根本不管这一套,跳上去,屁股往下一蹲,一泡猫尿流在上面,还闪着微弱的光。说我不急,那不是真的。我心里真急,但是,我谨遵我的一条戒律:决不打小猫一掌,在任何情况之下,也不打它。此时,我赶快把稿纸拿起来,抖掉了上面的猫尿,等它自己干。心里又好气,又好笑，真是哭笑不得。家人对我的嘲笑，我置若罔闻，"全等秋风过耳边"。

我不信任何宗教，也不皈依任何神灵。但是，此时我却有点想迷信一下。我期望会有奇迹出现，让咪咪的病情好转。可世界上是没有什么奇迹的，咪咪的病一天一天地严重起来。它不想回家，喜欢在房外荷塘边上石头缝里待着，或者藏在小山的树木丛里。它再也不在夜里睡在我的被子上了。每当我半夜里醒来，觉得棉被上轻飘飘的，我惘然若有所失，甚至有点悲伤了。我每天凌晨起来，第一件事情就是拿着手电到房外塘边山上去找咪咪。它浑身雪白，是很容易找到的。在薄暗中，我眼前白白地一闪，我就知道是咪咪。见了我，"咪噢"一声，起身向我走来。我把它抱回家，给它东西吃，它似乎根本没有口味。我看了直想流泪。有一次，我拖着疲惫的身子，走几里路，到海淀的肉店里去买猪肝和牛肉。拿回来，喂给咪咪，它一闻，似乎有点儿想吃的样子；但肉一沾唇，它立即又把头缩回去，闭上眼睛，不闻不问了。

有一天傍晚，我看咪咪神情很不妙，我预感要发生什么事情。我唤它，它不肯进屋。我把它抱到篱笆以内，窗台下面。我端来两只碗，一只盛吃的，一只盛水。我拍了拍它的脑袋，它偎依着我，"咪噢"叫了两声，便闭上了眼睛。我放心进屋睡觉。第二天凌晨，我一睁眼，三步并作一步，手里拿着手电，到外面去看。哎呀不好！两碗全在，猫影顿杳。我心里非常难过，说不出是什么滋味。我手持手电找遍了塘边，山上，树后，草丛，深沟，石缝。有时候，眼前白光一闪。"是咪咪！"我狂喜。走近一看，是一张白纸。我嗒然若丧，心头仿佛被挖掉了点儿什么。"屋前屋后搜之遍，几处茫茫皆不见。"从此我就失掉了咪咪，它从我的生命中消逝了，永远永远地消逝了。我简直像是失掉了一个好友，一个亲人。至今回想起来，我内心里还颤抖不止。

在我心情最沉重的时候，有一些通达世事的好心人告诉我，猫们有一种特殊的本领，能知道自己什么时候寿终。到了此时此刻，它们决不待在主人家里，让主人看到死猫，感到心烦，或感到悲伤。它们总是逃了出去，到一个最僻静、最难找的角落里，地沟里，山洞里，树丛里，等候最后时刻的到来。因此，养猫的人大都在家里看不见死猫的尸体。只要自己的猫老了，病了，出去几天不回来，他们就知道，它已经离开了人世，不让举行遗体告别的仪式，永远永远不再回来了。

我听了以后，憬然若有所悟。我不是哲学家，也不是宗教家，但却读过不少哲学家和宗教家谈论生死大事的文章。这些文章多半有非常精辟的见解，闪耀着智慧的光芒，我也想努力从中学习一些有关生死的真理，结果却是毫无所得。那些文章中，除了说教以外，几乎没有什么有用的东西。大半都是老生常谈，不能解决什么实际问题，没能给我留下深刻的印象。现在看来，倒是猫们临终时的所作所为，即使仅仅是出于本能吧，却给了我很大的启发。人们难道就不应该向猫们学习这一点儿经验吗？有生必有死，这是自然规律，谁都逃不过。中国历史上的赫赫有名的人物，秦皇、汉武，还有唐宗，想方设法，千方百计，想求得长生不老。到头来仍然是竹篮子打水一场空，只落得黄土一抔，"西风残照汉家陵阙"。我辈平民百姓又何必煞费苦心呢？一个人早死几个小时，或者晚死几个小时，甚至几天，实在是无所谓的小事，绝影响不了地球的转动、社会的前进。再退一步想，现在有些思想开明的人士，不想长生不死，不想在大地上再留黄土一抔；甚至开明到不要遗体告别，不要开追悼会。但是仍会给后人留下一些麻烦：登报，发讣告，还要打电话四处通知，总得忙上一阵。何不学一学猫们呢？它们这样处理生死大事，干得何等干净利索呀！一点儿痕迹也不留，走了，走了，永远地走了，让这花花世界的人们不见猫尸，用不着落泪，照旧做着花花世界的梦。

　　我忽然联想到我多次看过的敦煌壁画上的西方净土。所谓"净土"，指的就是我们常说的天堂、乐园。是许多宗教信徒烧香念佛，查经祷告，甚至实行苦行，折磨自己，梦寐以求想到达的地方。据说在那里可以享受天福，得到人世间万万得不到的快乐。我看了壁画上画的房子、街道、树木、花草，以及大人、小孩，林林总总，觉得十分热闹。可我觉得没有什么出奇之处。只有一件事给我留下了永不磨灭的印象，那就是，那里的人们都是笑口常开，没有一个人愁眉苦脸，他们的日子大概过得都很惬意。不像在我们人间有这样许多不如意的事情，有时候办点儿事，还要找后门，钻空子。在他们的商店里——净土里面还实行市场经济吗？他们还用得着商店吗？——售货员大概都很和气，不给人白眼，不训斥"上帝"，不扎堆闲侃，不给人钉子碰。这样的天堂乐园,我也真是心向往之的。但是给我印象最深,使我最为吃惊或者羡慕的还是他们对待要死的人的态度。那里的人,大概同人世间的猫们差不多,能预先知道自己寿终的时刻。到了此时,要死的老嬷嬷或者老头儿,健步如飞地走在前面,身后簇拥着自己的子子孙孙、至亲好友,个个喜笑颜开,全无悲戚的神态,仿佛是去参加什么喜事一般,一直把老人送进坟墓。后事如何,壁画不是电影,是不能动的。然而画到这个程序,以后的事尽在不言中。如果一定要画上填土封坟,反而似乎是多此一举了。我觉得,净土中的人们给我们人类争了光。他们这一手比猫们又漂亮多了。知道必死,而又兴高采烈,多么豁达!多么聪明!猫们能做得到吗?这证明,净土里的人们真正参透了人生奥秘,真正参透了自然规律。人为万物之灵,他们为我们人类在同猫们对比之下真真增了光!真不愧是净土!

上面我胡思乱想得太远了,还是回到我们人世间来吧。我坦白承认,我对人生的奥秘参透得还不够,我对自然规律参透得也还不够。我仍然十分怀念我的咪咪。我心里仿佛有一个空白,非填起来不行。我一定要找一只同咪咪一模一样的白色波斯猫。后来果然朋友又送来了一只,浑身长毛,洁白如雪,两只眼睛全是绿的,亮晶晶像两块绿宝石。为了纪念死去的咪咪,我仍然为它命名"咪咪",见了它,就像见到老咪咪一样。过了大约又有一年的光景,友人又送了我一只据说是纯种的波斯猫,两只眼睛颜色不同,一黄一蓝。在太阳光下,黄的特别黄,蓝的特别蓝，像两颗黄蓝宝石，闪闪发光，竞妍争艳。这只猫特别调皮，简直是胆大无边，然而也因此就更特别可爱。这一下子又忙坏了虎子，它认为这两只小猫都是自己的亲生女儿，硬逼着它们吮吸自己那干瘪的奶头。只要它走出去，不知在什么地方弄到了小鸟、蚱蜢之类，就带回家来，给两只小猫吃。好久没有听到的"咪噢"唤小猫的声音，现在又听到了。我心里漾起了一丝丝甜意。这大大地减轻了我对老咪咪的怀念。

可是岁月不饶人，也不会饶猫的。这一只"土猫"虎子已经活到十四岁。据通达世情的人们说，猫的十四岁，就等于人的八九十岁。这样一来,我自己不是成了虎子的同龄"人"了吗？这个虎子却也真怪，有时候，颇现出一些老相。两只炯炯有神的眼睛里忽然被一层薄膜蒙了起来。嘴里流出了哈喇子，胡子上都沾得亮晶晶的。不大想往屋里来，日日夜夜趴在阳台上蜂窝煤堆上，不吃，不喝。我有了老咪咪的经验，知道它快不行了。我也跑到海淀，去买来牛肉和猪肝，想让它不要饿着肚子离开这个世界。我随时准备着：第二天早晨一睁眼，虎子不见了。结果虎子并没有这样干。我天天凌晨第一件事就是来看虎子；隔着窗子，依然黑乎乎的一团，卧在那里，我心里感到安慰。有时候，它也起来走动了。我在本文开头时写的就是去年深秋一个下雨天我隔窗看到的虎子的情况。

到了今天，半年又过去了。虎子不但没有走，而且顽健胜昔，仍然是天天出去。有时候在晚上，窗外的布帘子的一角蓦地被掀了起来，一个丑角似的三花脸一闪。我便知道，这是虎子回来了，连忙开门，放它进来。大概同某一些老年人一样——不是所有的老年人——到了暮年就改恶向善，虎子的脾气大大地改变了。几乎再也不咬人了。我早晨摸黑起床，写作看书累了，常常到门外湖边山下去走一走。此时，我冷不防脚下忽然踢着了一团软乎乎的东西。这是虎子，它在夜里不知道在什么地方待了一夜，现在看到了我，一下子蹿了出来，用身子蹭我的腿，在我身前和身后转悠。它跟着我，亦步亦趋，我走到哪里，它就跟到哪里，寸步不离。我有时故意爬上小山，以为它不会跟来了，然而一回头，虎子正跟在身后。猫是从来不跟人散步的，只有狗才这样干。有时候碰到过路的人，他们见了这情景，都大为吃惊。"你看猫跟着主人散步哩！"他们说，露出满脸惊奇的神色。最近一个时期，虎子似乎更精力旺盛了，它返老还童了。有时候竟带一个它重孙辈的小公猫到我们家阳台上来。"今夜我们相识。"虎子用不着介绍就相识了。看样子，虎子一去不复返的日子遥遥无期了。我成了拥有三只猫的家庭的主人。

我养了十几年猫，前后共有四只。猫们向人们学习什么，我不通猫语，无法询问。我作为一个人却确实向猫学习了一些有用的东西。上面讲过的对处理死亡的办法，就是一个例子。我自己毕竟年纪已经很大了，常常想到死的问题。鲁迅五十多岁就想到了，我真是瞠乎后矣。人生必有死，这是无法抗御的。而且我还认为，死也是好事情。如果世界上的人都不死，连我们的轩辕老祖和孔老夫子今天依然峨冠博带，坐着奔驰车，到天安门去遛弯儿，你想人类世界会成一个什么样子！人是百代的过客，总是要走过去的，这绝不会影响地球的转动和人类社会的进步。每一代人都只是一场没有终点的长途接力赛的一环。前不见古人，后不见来者，是宇宙常规。人老了要死，像在净土里那样，应该算是一件喜事。老人跑完了自己的一棒，把棒交给后人，自己要休息了，这是正常的。不管快慢，他们总算跑完了一棒，总算对人类的进步做出了贡献，总算尽上了自己的天职。年老了要退休，这是身体精神状况所决定的，不是哪个人能改变的。老人们会不会感到寂寞呢？我认为，会的。但是我却觉得，这寂寞是顺乎自然的，从伦理的高度来看，甚至是应该的。我始终主张，老年人应该为青年人活着，而不是相反。青年人有接力棒在手，世界是他们的，未来是他们的，希望是他们的。吾辈老年人的天职是尽上自己仅存的精力，帮助他们前进，必要时要躺在地上，让他们踏着自己的躯体前进，前进。如果由于害怕寂寞而学习《红楼梦》里的贾母，让一家人都围着自己转，这不但是办不到的，而且从人类前途利益来看是犯罪的行为。我说这些话，也许有人怀疑，我是不是碰到了什么不如意的事，才说出这样令某些人骇怪的话来。不，不，绝不。我现在身体顽健，家庭和睦，在社会上广有朋友，每天照样读书、写作、会客、开会不辍。我没有不如意的事情，也没有感到寂寞。不过自己毕竟已逾耄耋之年，面前的路有限了。不免有时候胡思乱想。而且，我同猫们相处久了，觉得它们有些东西确实值得我们学习，我们这些万物之灵应该屈尊一下。学习学习。即使只学到猫们处理死亡大事这一手，我们社会上会减少多少麻烦呀！

"那么，你是不是准备学习呢？"我仿佛听到有人这样质问了。是的，我心里是想学习的。不过也还有些困难。我没有猫的本能，我不知道自己的大限何时来到。而且我还有点儿担心，如果我真正学习了猫，有一天忽然偷偷地溜出了家门，到一个旮旯里、树丛里、山洞里、河沟里，一头钻进去，藏了起来，这样一来，我们人类社会可不像猫社会那样平静，有些人必然认为这是特大新闻，指手画脚，喊喊喳喳。如果是在旧社会里或者在今天的香港等地的话，这必将成为头版头条的爆炸性新闻，不亚于当年的杨乃武和小白菜。我的亲属和朋友也必将派人出去寻找，派的人也许比寻找彭加木的人还要多。这是多么可怕的事呀！因此我就迟疑起来。至于最后究竟何去何从，我正在考虑、推敲、研究。

1992 年 2 月 17 日

咪咪二世

凌晨四时,如在冬天,夜气犹浓,黑暗蔽空。我起床,打开电灯,拉开窗帘,玻璃窗外窗台上两股探照灯似的红光正对准我射过来。我知道,小猫咪咪二世已等我给她开门了。

我连忙拿起手电筒,开门,走到黑暗的楼道里,用电筒对着黑暗的门外闪上两闪。立即有一股白烟似的东西,窜到我的脚下,用浑身白而长的毛蹭我的腿,用嘴咬我的裤腿,用软软的爪子挠我的脚,使我步都迈不开。看样子真好像是多年未见了。实际上昨天晚上我才开门放她出去的。

进屋以后,我给她极小一块猪肝或牛肉,她心满意足了。跳上电冰箱的顶,双眼一眯,呼噜呼噜念起经来了。

多少年来,我一日之计就是这样开始的。

咪咪就完了,为什么还要加上"二世"?原来我养过一只纯白的波斯猫,后来寿限已到,不知道寿终什么寝了。她的名字叫咪咪，她的死让我非常悲哀，我发誓要找一只同样毛长尾粗的波斯猫。皇天不负有心人，后来果然找到了。为了区别于她的前任，我仿效秦始皇的办法，命名为"二世"。是不是也蕴含着一点儿传之万世而无穷的意思呢？没有，咪咪和我都没有秦始皇那样的雄才大略。

不管怎样，咪咪二世已经成了我每天的不太多的喜悦的源泉。在白天，我看书写作一疲倦，就往往到楼外小山下池塘边去散一会儿步。这时候，忽然出我意料，又有一股白烟从草丛里，从野花旁，蓦地窜了出来，用长而白的毛蹭我的腿，用嘴咬我的裤腿，用软软的爪子挠我的脚，使我步都迈不开。我努力迈步向前走，她就跟在我身后，陪我散步，山上，池边，我走到哪里，她跟到哪里。据有经验的老人说，只有狗才跟人散步，猫是决不肯干的。可是我们的咪咪二世却敢于打破猫们的旧习，

季羡林先生与咪咪二世

成为猫世界的"叛逆的女性"。于是,小猫跟季羡林散步,就成为燕园的一奇,可惜宣传跟不上,否则,这一奇景将同英国王宫卫队换岗一样,名扬世界了。

1993 年 12 月 13 日

喜鹊窝

我是乡下人,小时候在乡下住过几年。乡下,树多,鸟多,树上的鸟窝多。秋冬之际,树上的叶子落光,抬头就能看到高树顶上的许多鸟窝,宛如一个个的黑色蘑菇。

但是,我同许多乡下人一样,对鸟并不特别感兴趣。我感兴趣的是昆虫中的知了(我们那里读如 jie liu,也就是蝉),在水族中是虾。夏天晚上,在场院里乘凉,在大柳树下,用麦秸点上一把火。赤脚爬上树去,用力一摇晃,知了便像雨点儿似的纷纷落下。如果嫌热,就跳到苇坑里,在苇丛中伸手一摸,就能摸到一些个儿不小的虾,带着双夹,齐白石画的就是这一种虾。

鸟却不能带给我这样的快乐,我有时甚至还感到厌烦。麻雀整天喳喳乱叫,还偷吃庄稼。乌鸦穿一身黑色的晚礼服,名声一向不好,乡下人总把它同死亡联系起来,"哇!哇!"两声,叫得人身上起鸡皮疙瘩。只有喜鹊沾了"喜"字的光,至少不引起人们的反感。那时候,乡下人饿着肚皮,又不是诗人,哪里会有什么闲情雅兴来欣赏鸟的鸣声呢?连喜鹊"喳,喳"的叫声也不例外。我虽然只有几岁,乡下人的偏见我都具备。只有一件事现在回想起来还能聊以自慰:我从来没有爬上树去掏喜鹊的窝。

后来我到了城里,变成了城里人。初到的时候,我简直像是进入迷宫。这么多人,这么多车,这么多商店,这么多大街小巷。我吃惊得目瞪口呆。有一年,母亲在乡下去世了,我回家奔丧。小时候的大娘、大婶见了我就问:

"寻(读音xín)了媳妇没有?"

这问题好回答。我敬谨答曰:

"寻了。"

"是一个庄上的吗?"

我一时语塞,知道乡下人没有进过城,他们不知道城里不是村庄。想解释一下,又怕三言两语说不清楚,最终还是弄一个"丈二和尚,摸不着头脑"。我一时灵机一动,采用了鲁迅先生的办法,含糊答曰:

"唔!唔!"

谁也不知道"唔,唔"是什么意思。妙就妙在谁也不知道是什么意思。乡下的大娘、大婶不是哲学家,不懂什么逻辑思维,她们不"打破砂锅问到底"。我的口试就算及了格。

这一件小事虽小,它却充分说明了乡下人和城里人的思维和情趣是多么不同。回头再谈鸟儿。城里不是鸟的天堂。除了麻雀以外，别的鸟很少见到。常言道：物以稀为贵。于是城里的鸟就"贵"起来了，城里一些人对鸟也就有了感情。如果碰巧能看到高树顶端上的鸟窝，那简直是一件稀罕事儿。小孩子会在树下面拍手欢跳。

中国古代的诗人，虽然有的出生在乡下，但是科举，当官一定是在城里。既然是诗人，感情定是十分细腻。这种细腻表现在方方面面，也表现在对鸟，特别是对鸟鸣的喜爱上。这样的诗句，用不着去查书，一回想就能够想到一大堆。"鸟鸣山更幽"，"月出惊山鸟，时鸣春涧中"，"两个黄鹂鸣翠柳，一行白鹭上青天"，"荡胸生层云，决眦入归鸟"，"人归山郭暗，雁下芦洲白"，"微雨霭芳原，春鸠鸣何处"，"空山百鸟散还合，万里浮云阴且晴。嘶酸雏雁失群夜，断绝胡儿恋母声"，"川为静其波，鸟亦罢其鸣"，等等，用不着再多举了。中国古代诗人对鸟和鸟鸣感情之深概可想见了。

只有陶渊明的一句诗，我觉得有点怪。"犬吠深巷中，鸡鸣桑树颠"。鸡飞上树去高声鸣叫，我确实没有见过。"鸡鸣桑树巅"，这一句话颇为突兀。难道晋朝江西的鸡真有飞到桑树顶上去高叫的脾气吗？

不管怎样，中国古代诗人对鸟及其鸣声特别敏感，已是一个彰明昭著的事实。再看一看西方文学，不能不感到其间的差别。西方诗歌中，除了云雀和夜莺外，其他的鸟及其鸣声似乎很少受诗人的垂青。这里面是否也含有很深的审美情趣的差别呢？是否也含有东西方诗人，再扩而大之是一般人之间对大自然的关系的差别呢？姑妄言之。

我绕弯子说了半天，无非是想说中国的城里人对鸟比较有感情而已。我这个由乡下人变为城里人的人，也逐渐爱起鸟来。可惜我半辈子始终是在大城市里转，在中国是如此，在德国和瑞士仍然是如此。空有爱鸟之心，爱的对象却难找到，在心灵深处难免感到惆怅。

一直到四十多年前，我四十多岁了，才从沙滩——真像是一片沙漠——搬到风光旖旎林木蓊郁的燕园里来。这里虽处城市，却似乡村，真正是鸟的天堂。我又能看到鸟了；不是一只，而是成群；不是一种，而是多种；不但看到它们飞，而且听到它们叫；不但看到它们在草地上蹦跳，而且看到高树顶上搭窝。我真是顾而乐之，多年干涸的心灵似乎又注入了一股清泉。

在众多的鸟中，给我印象最深、我最喜爱的还是喜鹊。在我住的楼前，沿着湖畔，有一排高大的垂柳，在马路对面则是一排高耸入云的杨树。楼西和楼后，小山下面，有几棵高大的榆树，小山上有一棵至少有六七百年的古松。可以说我们的楼是处在绿色丛中。我原住在西门洞的二楼上，书房面西，正对着那几棵榆树。一到春天，喜鹊和其他鸟的叫声不停。喜鹊不知道是通过什么方式，大概是既无父母之命，也没有媒妁之言，自由恋爱，结成了情侣，情侣不停地在群树之间穿梭飞行，嘴里往往叼着小树枝，想到什么地方去搭窝。我天天早上最大的乐趣就是看喜鹊们箭似的飞翔，喳喳地欢叫，往往能看上、听上半天。

有一天，完全出我的意料，然而又合乎我的心愿，窗外大榆树上有一团黑色的东西，我豁然开朗：这是喜鹊在搭窝。我现在不用出门就能够看到喜鹊窝了，乐何如之。从此我的眼睛和耳朵完全集中到这一对喜鹊和它们的窝上，其他的鸟鸣声仿佛都不存在了。每次我看书写作疲倦了，就向窗外看一看。一看到喜鹊窝就像郑板桥看到白银那样，"心花怒放，书画皆佳"。我的灵感风起云涌，连记忆力都仿佛是变了样子，大有过目不忘之慨了。

光阴流转，转瞬已是春末夏初。窝里的喜鹊小宝宝看样子已经成长起来了。每当刮风下雨，我心里就揪成一团，我很怕它们的窝经受不住风吹雨打。当我看到，不管风多么狂，雨多么骤，那一个黑蘑菇似的窝仍然固若金汤，我的心就放下了。我幻想，此时喜鹊妈妈和喜鹊爸爸正在窝里伸开了翅膀，把小宝宝遮盖得严严实实，喜鹊一家正在做着甜美的梦，梦到燕园风和日丽；梦到燕园花团锦簇；梦到小虫子和小蚱蜢自己飞到窝里来，小宝宝食用不尽；梦到湖光塔影忽然移到了大榆树下面……

这一切原本都是幻影，然而我却泪眼模糊，再也无法幻想下去了。我从小失去了慈母，失去了母爱。一个失去了母爱的人，必然是一个心灵不完整或不正常的人。在七八十年的漫长时期中，不管是什么时候，也不管我是在什么地方，只要提到了失去母爱，失去母亲，我必然立即泪水盈眶。对人是如此，对鸟兽也是如此。中国古人常说"终天之恨"，我这真正是"终天之恨"了，这个恨只能等我离开人世才能消泯，这是无可怀疑的了。

中国古诗说："劝君莫打三春鸟，子在巢中待母归。"真是蔼然仁者之言，我每次暗诵，都会感到心灵震撼的。

但是，天有不测风云，鸟有旦夕祸福。正当我为这一家幸福的喜鹊感到幸福而自我陶醉的时候，祸事发生了。一天早上，我坐在书桌前，真是无巧不成书，我一抬头正看到一个小男孩赤脚爬上了那一棵榆树，伸手从喜鹊窝里把喜鹊宝宝掏了出来。掏了几只，我没有看清，不敢瞎说。总之是掏走了。只看这一个小男孩像猿猴一般，转瞬跳下树来，前后也不过几分钟，手里抓着小喜鹊，消逝得无影无踪了。我很想下楼去干预一下；但是一想到在浩劫中我头上戴的那一摞可怕的沉重的帽子，都还在似摘未摘之间，我只能规规矩矩，不敢乱说乱动。如果那一个小男孩是工人的孩子，那岂不成了"阶级报复"了吗！我吃了老虎心、豹子胆，也不敢动一动呀。我只有伏在桌上，暗自啜泣。

完了，完了，一切全完了。喜鹊的美梦消失了，我的美梦也消失了。我从此抑郁不乐，甚至不敢再抬头看窗外的大榆树。喜鹊妈妈和喜鹊爸爸的心情我不得而知。他们痛失爱子，至少也不会比我更好过。一连好几天，我听到窗外这一对喜鹊喳喳哀鸣，绕树千匝，无枝可依。我不忍再抬头看它们。不知什么时候，这一对喜鹊不见了。它们大概是怀着一颗破碎的心，飞到什么地方另起炉灶去了。过了一两年，大榆树上的那一个喜鹊窝，也由于没加维修，鹊去窝空，被风吹得无影无踪了。

我却还并没有死心，那一棵大榆树不行了，我就寄希望于其他树木。喜鹊们选择搭窝的树，不知道是根据什么标准。根据我这个人的标准，我觉得，楼前，楼后，楼左，楼右，许多高大的树都合乎搭窝的标准。我于是就盼望起来，年年盼，月月盼，盼星星，盼月亮，盼得双眼发红光。一到春天，我出门，首先抬头往树上瞧，枝头光秃秃的，什么东西也没有。我有时候真有点儿发急，甚至有点儿发狂，我想用眼睛看出一个喜鹊窝来。然而这一切都白搭，都徒然。

今年春天，也就是现在，我走出楼门，偶尔一抬头，我在上面讲的那一棵大榆树上，在光秃秃的枝干中间，又看到一团黑乎乎的东西。连年来我老眼昏花，对眼睛已经失去了自信力，我在惊喜之余，连忙擦了擦眼，又使劲瞪大了眼睛，我明白无误地看到了：是一个新搭成的喜鹊窝。我的高兴是任何语言文字都无法形容的。然而福不单至。过了不久，临湖的一棵高大的垂柳顶上，一对喜鹊又在忙忙碌碌地飞上飞下，嘴里叼着小树枝，正在搭一个窝。这一次的惊喜又远远超过了上一回。难道我今生的华盖运真已经交过了吗？

当年爬树掏喜鹊窝的那一个小男孩，现在早已长成大人了吧。他或许已经留了洋，或者下了海，或者成了"大款"。此事他也许早已忘记了。我潜心默祷，希望不要再出这样一个孩子，希望这两个喜鹊窝能够存在下去，希望在燕园里千百棵大树上都能有这样黑蘑菇似的喜鹊窝，希望在这里，在全中国，在全世界，人与鸟都能和睦融洽像一家人一样生活下去，希望人与鸟共同造成一个和谐的宇宙。

1994 年 2 月 25 日

一只小猴①

只有几秒钟,也许连几秒钟都不到,我抬眼瞥见了一只小猴,在泰国的旅游胜地帕塔亚,在华灯初上的黄昏时分,在车水马龙的大马路旁,在五光十色的霓虹灯照耀下,在黑发和黄发、黑眼睛和蓝眼睛交互混杂的人流中……

小猴真正是小,看模样,也不过几个月大。它睁大一双圆溜溜的眼睛,惊奇地瞅着这非我族类的人类的闹嚷喧腾的花花世界,心里不知做何感想。它被搂在一个十几岁的小男孩子怀中,脖子上拴着链子,链子的另一端就攥在小男孩手中。它左顾右盼,上蹿下跳,焦躁不安,瞬息不停。但小男孩却像如来佛的巨掌,猴子无论如何也逃脱不出去。

小男孩也焦躁不安,神情凄凉,他在费尽心血,向路人兜

---

①本文选自《曼谷行》。

售这一只小猴。不管他怎样哀告，路人却像顽石一般，决不点头。黑头发不点头，黄头发也不点头。黑眼睛不眨眼。蓝眼睛也不眨眼，小男孩的神情更加凄凉了。

只有几秒钟，也许连几秒钟都不到，我把这一切都看在眼里，我的心蓦地猛烈地震动了一下：小猴的天真无邪的模样，小孩的焦急凄凉的神态，撞击着我的心。我回头注视着猴子和孩子，在霓虹灯照亮了的黑头发和黄头发的人流中，注视，再注视，一直到什么都看不见为止。

小猴和小孩的影子在我眼前消逝了，却沉重地落在我的心头。随之而来的是无穷无尽的问号：小猴是从哪里捉来的呢？是从深山老林里吗？它有没有妈妈呢？如果有，猴妈妈不想自己的孩子吗？小猴不想自己的妈妈吗？茂密不透阳光的森林同眼前的五光十色的人类的花花世界给小猴什么样的印象呢？小猴喜欢不喜欢这个拴住自己的小男孩呢？小男孩家里什么样呢？是否他父母在倚间望子等小男孩卖掉了小猴买米下锅呢？小男孩卖不掉小猴心里想些什么呢？

我的思绪一转，立刻又引来了另外一系列的问号：小猴卖出去了没有呢？如果已经卖了出去，是黑头发黑眼睛的人买了去的呢？还是碧眼黄发的人买了去的？如果是后者的话，说不定明天一早，小猴就上了豪华的客机穿云越海而去。小猴有什么感觉呢？这样一来，小猴不用悬梁刺股拼命考"托福"就不费吹灰之力到了某些中国人眼中心中的天堂乐园。小猴翘不翘尾巴呢？它感不感到光荣呢？……

无穷无尽的问号萦绕在我的心头,我跟随着大伙儿来到了帕塔亚有名的海鲜餐厅,嘴里品尝着大个儿的新鲜的十分珍贵的龙虾,味道确实鲜美。但是我脑袋里想的是小猴,它那两只漆黑锃亮的圆圆的眼睛,在我眼前飘动。我们走进了世界著名的人妖歌舞厅,台上五彩缤纷,歌声嘹亮入云,舞姿轻盈曼妙,台下欢声雷动。但是我脑袋里想的是小猴。一直到深夜转回雍容华贵的大旅馆,我脑袋里想的仍然是小猴,那一只在不到几秒钟内瞥见的小猴。

　　小猴在我脑海里变成了一个永恒的问号。

1994年5月4日

鳄鱼湖[1]

人是不应该没有一点儿幻想的,即使是胡思乱想,甚至想入非非,也无大碍,总比没有要强。

要举例子嘛,那真是俯拾即是。古代的英雄们看到了皇帝老子的荣华富贵,口出大言"彼可取而代也",或者"大丈夫当如是也"。我认为,这就是幻想。牛顿看到苹果落地而悟出了地心吸力,最初难道也不就是幻想吗?有幻想的英雄们,有的成功,有的失败,这叫作天命,新名词叫机遇。有幻想的科学家们则在人类科学史上占了光辉的位置。科学不能靠天命,靠的是人工。

我说这些空话,是想引出一个真人来,引出一件实事来。这个人就是泰国北榄鳄鱼湖动物园的园主杨海泉先生。

鳄鱼这玩意儿,凶狠丑陋,残忍狞恶,从内容到形式,从

---

[1] 本文选自《曼谷行》。

内心到外表，简直找不出一点儿美好的东西。除了皮可以为贵夫人、贵小姐制造小手提包，增加她们的娇媚和骄纵外，浑身上下简直一无可取。当年韩文公驱逐鳄鱼的时候，就称它们为"丑类"，说它们"睅然不安溪潭，据处食民畜、熊、豕、鹿、獐，以肥其身，以种其子孙"。到了今天，鳄鱼本性难移，毫无改悔之意，谁见了谁怕，谁见了谁厌；然而又无可奈何，只有怕而远之了。

然而唯独一个人不怕不厌，这个人就是杨海泉先生。他有幻想，有远见。幻想与远见相隔一毫米，有时候简直就是一码事。他独具慧眼，竟然在这个"丑类"身上看出了门道。他开始饲养起鳄鱼来。他的事业发展的过程，我并不清楚。大概也必然是经过了千辛万苦，三灾八难，他终于成功了。他成了蜚声寰宇的也许是唯一的一个鳄鱼大王，被授予了名誉科学博士学位。关于他的故事在世界上纷纷扬扬，流传不已。鳄鱼，还有人妖，成了泰国旅游的热点，大有"不看鳄鱼非好汉"之慨了。

今天我来到了鳄鱼湖。天气晴朗，热浪不兴，是十分理想的旅游天气。我可绝没有想到，杨先生竟在百忙中亲自出来接待我们。我同他一见面，心里就吃了一惊：站在我面前的难道就是杨海泉先生本人吗？这样一个传奇式的人物，即使不是三头六臂，朱齿獠牙，至少也应该有些特点。干脆说白了吧，我心中想象的杨先生应该粗一点儿，壮一点儿，甚至野一点儿。一个不是大学出身，不是科举出身，而又天天同吃人不眨眼的"丑类"打交道的人，没有上面说的三个"一点儿"，怎么能行呢？

然而站在我面前的人，温文尔雅，谦虚热情，话说不多，诚恳却溢于言表，同我的想象大相径庭。然而，事实就是这个样子，我只有心悦诚服地接受了。

杨先生不但会见了我们，而且还亲自陪我们参观，这样一个世界知名的鳄鱼湖，又有这样理想的天气。园子里挤满了游人，黑眼黑发，碧眼黄发，耄耋老人，童稚少年，摩登女郎，淳朴村妇，交相辉映，满园喧腾，好一派热闹景象。我看，我们中国大陆来的人，心情都很好，在热带阳光的照晒下，满面春风。

我们先在一座大会议厅里看了本园概况和发展历史的影片，然后走出来参观。但是，偌大一个园子，简直如一部二十四史，不知从何处看起，幸亏园主就在我们眼前，还是听他调度吧。

他先带我们到一个完全出乎我意料的地方去：一个地上趴着一只猛虎的亭子里，我原以为是一个老虎标本，摆在那儿，供人照相用作背景的。因为这里并没有像其他动物园里那样有庞大的铁笼子，没有铁笼子怎么敢养老虎呢？然而，我仔细一看，地上趴的确确实实是一只活老虎，脖子上拴着铁链子。一个小男孩蹲在虎的背后，面对老虎的是几个拍照的小姑娘。我一看，倒抽了一口冷气；说老实话，双腿都有些发颤了。我看了看那几个泰国的男女小孩，又看了看园主，只见他们面色怡然，神情坦然，我也只好强压下紧张的情绪，走了进去。跨过一个铁槛杆，主人领我转到老虎背后，要与虎合影，我战战兢兢地跟在主人身后，同园主一起，摆好了照相的架势。园主示意我用手抚摩老虎的脖子。俗话说："老虎屁股摸不得。"老虎的屁股都摸不得,哪里还敢抚摩老虎的脖子呢?我曾在印度海德拉巴的动物园中摸过老虎的屁股;但那是老虎被锁在仅容一身的铁笼子里,人站在笼子外面,哆里哆嗦地摸上一把,自己就仿佛成了一个准英雄了。今天是同老虎在一起,中间没有铁栏杆,我的手实在不敢往下放。正在这关键时刻,也许是由于园主的示意,饲虎的小男孩用一根木棒捣了老虎一下,老虎大怒,猛张血盆大口,吼声震耳欲聋,好像是晴天的霹雳,吓得我浑身汗毛都竖了起来,此情此景,大概我一生只仅有这一次——然而这一次已经足够足够了。

此时,我真是五体投地地佩服园主,我佩服他的幻想,一个没有幻想的人,能想得出这样前无古人的绝招吗?

紧接着是参观真正的鳄鱼湖。鳄鱼被养在池塘中。池塘有大有小,有方有圆,没有一定的规格,看样子是利用迁就原来的地形,只稍稍加以整修。我们走过跨在湖上的骑湖楼,楼全是木结构,中间铺木板,两旁有栏杆。前后左右全是池塘,池塘养着多寡不等的鳄鱼。据主人告诉我们说,这样的池塘群还有十五个,水面面积之大可想而知。鳄鱼是按照种类,按照年龄分池饲养的。这样多的鳄鱼,水里的鱼早被吃光了,只能每天按时用鱼来饲养。我看鳄鱼条条肥壮,足征它们的饭食是不错的。池中的鳄鱼千姿百态,有的趴在岸边,有的游在水里。我们走过一个池塘,里面的鳄鱼,条条都长过一丈。行动迟缓,有的一动也不动,有的趴在太阳里,好像是在那里负暄,修身养性。主人说,这个池塘是专门饲养五六十岁以上的老年鳄鱼。

在人类社会中,近些年来,中外都有一些人高喊什么老龄社会,大有惶惶不可终日之慨。鳄鱼大概还没有进化到这个程度,不会关心什么老龄不老龄。然而这个鳄鱼湖的主人却为它们操心,给它们创建了这个舒适的干休所,它们可以在这里颐养天年了。至于变成了女士们的手提包,鳄鱼们是不会想到的。有一个问题我们参观的人都很关心,我想别的人也一样,这就是:这个鳄鱼湖究竟饲养了多少条鳄鱼。主人说是四万条。这真是一个惊人的数字。我想,在茫茫大地上,在任何地方,即使是鳄鱼最集中的地方,也绝不会四万条聚集在一起的。

此时,我更是五体投地地佩服我们的园主,佩服他的幻想。一个没有幻想的人能够把四万条鳄鱼集中在一起成为人类的奇迹吗?

紧接着我们走上了林荫大道,浓荫匝地,暑意全消。蒙杨海泉先生照顾,因为我年纪最大,他特别调来了一辆只能坐两人的敞篷车,看样子是他专用的。我们俩坐上,开到了一个像体育馆似的地方。周围是看台,有木凳可坐。园主请中国客人坐在最前排。下面是鳄鱼的运动场。周围环水,中间有块陆地,有几条鳄鱼在上面睡觉,还有几条在水里露出脑袋来。走进来了两个男孩子,穿着颇为鲜艳的衣服。他们俩向周围看台上的泰外观众合十致敬,然后走到水中拉出几条大鳄鱼,是拽着尾巴拉的,都拉到环水的陆地上。一个男孩掀开一条鳄鱼的大嘴,不知道是念了一个什么咒,鳄鱼的嘴就大张着,上下颚并不并拢起来。没看清男孩是用什么东西,戳鳄鱼的什么地方,只听得乓的一声巨响，又乓的一声，不知道是从哪里发出来的声音。小男孩又把自己的脑袋伸入鳄鱼嘴中，在上下两排剑一般的巨齿中间，莞尔而笑。然后抽出脑袋，把鳄鱼举在手中，放在脖子上。又让鳄鱼趴在地上，他踏上它的背部。两个孩子把几条吃人不眨眼的鳄鱼耍弄得服服帖帖。有时候我们真替他们捏一把汗；然而两个孩子却怡然自得，光着脚丫，在水中和陆上来回奔波。

　　走出了鳄鱼馆，又来到了另一个也像体育场似的场所。周围也是看台，同样是坐满了全世界许多国家的旅游者。但这里是大象和杂技表演的场所，台下没有水，而是一片运动场似的地。场中有几个同样穿着彩衣的男女青年。他们先把一大堆玻璃瓶之类的东西砸碎，然后有一个男孩光着膀子，躺在碎玻璃碴子上，打滚，翻筋斗，耍出种种的花样。最后又有一个男孩踩在他身上。在他身子下面，碎玻璃仿佛变成了棉花或者羊毛或者鸭绒什么的，简直是柔软可爱。看了这些表演，对中国人来说，这简直是司空见惯；然而对碧眼黄发的人来说，却是颇为值得惊奇的。于是一阵阵的掌声就从周围的看台上响起了。接着进场的是几头大象，脖子上戴着花环，背上，毋宁说是鼻子上骑着一个男孩子。先绕场一周，向观众致敬，大象无法用泰国常见的方式，合十致敬，只能把鼻子高高举，表达一番敬意了。大象在小孩子的指挥下，表演了许多精彩的节目。然后又绕场走起来。我原以为这只是节目结束后例行的仪式，然而，我立刻就看到，看台上懂行的观众，掏出了硬币，投向场中，不管硬币多么小,大象都能用鼻子一一捡起,递到骑在鼻子上的小孩的手中。坐在前排的观众,掏出了纸币,塞到大象的嘴里——请注意,是嘴,不是鼻子——,大象叼起来,仍然递到小孩子手中。我同园主坐在前排正中,大概男孩知道,园主正陪贵宾坐在那里,于是就用不知什么方法示意大象,大象摇晃着鼻子来到我们眼前。我一下子窘了起来,我口袋中既无硬币,也无纸币。聪明的主人立刻递给我几个硬币和几张纸币,这就给我解了围。我把纸币放在大象嘴中,又把硬币放到伸到我眼前的鼻子中,我的手碰到了大象柔软的鼻尖上的小口,一阵又软又滑又湿的感觉,从我的手指头尖上直透我的全身,有一种无法用言语形容舒适清凉的 ecstasy,我的全身仿佛在颤抖。

此时,我更真正是五体投地地佩服我们的园主,佩服他的幻想。一个没有幻想的人能够想出这样训练鳄鱼,这样训练大象吗?

我们的参观结束了,但是我的感触却没有结束,而且永远也不会结束。杨海泉先生养的虽然是极为丑陋凶狠的鳄鱼,然而他的目标却是:

> 绍述文化今鉴古——
> 卿云霭霭,邹鲁遗风。
> 作圣齐贤吾辈事,
> 民胞物与,人和政通。
> 世变沧桑俱往矣!

忠荩毋我，天下为公。
静、安、虑、得、勤观照，
辉煌禹甸，乐见群龙。
忠孝礼义仁为本，
发聋启瞆新民丰。

　　杨先生的广阔的胸襟可见一斑了。他这一番奇迹般的伟大事业，已经给寰宇的炎黄子孙增添了光彩，已经给世界文化增添了光彩，已经给炎黄文化增添了光彩，已经给泰华文化增添了光彩。对于这一点我焉能漠然淡然没有感触呢？海泉先生虽然已经做出了这样的事业，但看上去他仍然是充满了青春活力的。他那令人吃惊的幻想能力已经呈现出极大的辉煌；但是看来还大有用武之地，还是前途无量的。我相信，等我下一次再来曼谷时，还会有更伟大更辉煌的奇迹在等候着我。这是我坚定不移的信念。

1994 年 5 月 7 日

第三辑 草木寄情

我还有点自知之明,我注定是一个渺小的人,也甘于如此,我甘为一些小猫小狗小花小草流泪叹气。

枸杞树

在不经意的时候,一转眼便会有一棵苍老的枸杞树的影子飘过。这使我困惑。最先是去追忆:什么地方我曾看见这样一棵苍老的枸杞树呢?是在某处的山里吗?是在另一个地方的一个花园吗?但是,都不像。最后,我想到才到北平时住的那个公寓;于是我想到这棵苍老的枸杞树。

我现在还能很清晰地温习一些事情:我记得初次到北平时,在前门下了火车以后,这古老都市的影子,更像一个秤锤,沉重地压在我的心上。我迷茫地上了一辆洋车,跟着木屋似的电车向北跑。远处是红的墙,黄的瓦。我是初次看到电车的;我想,"电"不是很危险吗?后面的电车上的脚铃响了;我坐的洋车仍然在前面悠然地跑着。我感到焦急,同时,我的眼仍然"如入山阴道上,应接不暇",我仍然看到,红的墙,黄的瓦。终于,在焦急、又因为初踏入一个新的境地而生的迷惘的心情下,折过了不知道多少满填着黑土的小胡同以后，我被拖到西城的某一个公寓里去了。我仍然非常迷惘而有点儿近于慌张，眼前的一切的仿佛给一层轻烟笼罩起来似的。我看不清院子里有什么东西，我甚至也没有看清我住的小屋。黑夜跟着来了，我便糊里糊涂地睡下去，做了许许多多离奇古怪的梦。

虽然做了梦，但是却没有能睡得很熟。刚看到墙上有点儿发白，我就起来了。因为心比较安定一点儿，我才开始看得清楚：我住的是北屋，屋前的小院里，有不算小的一缸荷花，四周错落地摆了几盆茶花。我记得很清楚：这些花里面有一棵仙人头，几天后，还开了很大的一朵白花，但是最惹我注意的，却是靠墙长着的一棵枸杞树，已经长得高过了屋檐，枝干苍老钩曲，像千年的古松，树皮皱着，色是黝黑的，有几处已经开了裂。幼年在故乡的时候，常听人说，枸杞树是长得非常慢的，很难成为一棵树。现在居然有这样一棵虬干的老枸杞树站在我面前，真像梦；梦又掣开了轻渺的网，我这是站在公寓里吗？于是，我问公寓的主人，这枸杞有多大年龄了，他也渺茫：他初次来这里来公寓时，这树就是现在，这样三十年来，没有多少变动。这更使我惊奇，我用惊奇的眼光注视着这苍老的枝干在沉默着，又注视着接连着树顶的蓝蓝的长天。

就这样，我每天看书乏了，就总到这棵树底下徘徊。在细弱的枝条上，蜘蛛结了网，间或有一片树叶儿或苍蝇蚊子之流的尸体粘在上面。在有太阳或灯光照上去的时候，这小小的网也会反射出细弱的清光来。倘若再走进一点儿，你又可以看到许多叶上都爬着长长的绿色的虫子，在爬过的叶上留下了半圆的缺口。就在这有着缺口的叶片上，你可以看到各样的斑驳陆离的彩痕。对了这彩痕，你可以随便想到什么东西：想到地图，想到水彩画，想到被雨水冲过的墙上的残痕，再玄妙一点儿，想到宇宙，想到有着各种彩色的迷离的梦影。这许许多多的东西，都在这小的叶片上呈现给你。当你想的地图的时候，你可以任意指定一个小的黑点儿，算作你的故乡。再大一点儿的黑点儿，算作你曾游过的湖或山，你不是也可以在你心的深处浮起点儿温热的感觉吗？这苍老的枸杞树就是我的宇宙。不，这叶片就是我的全宇宙。我替它把长长的虫子拿下来，摔在地上。对着它，我描画着自己种种涂着彩色的幻想，拴在这苍老的枝干上。

在雨天，牛乳色的轻雾给每件东西涂上一层淡影。这苍黑的枝干更显得黑了。雨住了的时候，有一两个蜗牛在上面悠然地爬着，散步似的从容。蜘蛛网上残留的雨滴，静静地发着光。一条虹从北屋的脊上伸展出去，像拱桥不知伸到什么地方去了。这枸杞的顶尖就正顶着这桥的中心。不知从什么地方来的阴影，渐渐地爬过了西墙。墙隅的蜘蛛网，树叶浓密的地方仿佛把这阴影捉住了一把似的，渐渐地黑起来。只剩了夕阳的余晖返照在这苍老的枸杞树的圆圆的顶上，淡红的一片，熠耀着，俨然如来佛头顶上金色的圆光。

以后，黄昏来了，一切角隅皆为黄昏所占领了。我同几个朋友出去到西单一带散步。穿过了花市，晚香玉在薄暗里发着幽香。不知在什么时候，什么地方，我曾读过一句诗："黄昏里充满了木樨花的香。"我觉得很美丽。虽然我从来没有闻到过木樨花的香，虽然我明知道闻到的是晚香玉的香。但是我总觉得我到了那种缥缈的诗意的境界似的。在淡黄色的灯光下，我们摸索着转进了幽黑的小胡同，走回了公寓。这苍老的枸杞树只剩下了一团凄迷的影子，靠北墙站着。

跟着来的是个长长的夜。我坐在窗前读着预备考试的功课。大头尖尾的绿色小虫，在糊了白纸的玻璃窗外有所寻觅似的撞击着。不一会儿，一个从缝里挤进来了，接着又一个，又一个。成群地围着灯飞。当我听到卖"玉米面饽饽"曳长的永远带点儿寒冷的声音，从远处的小巷子里越过了墙飘过来的时候，我便捻熄了灯，睡下去。于是又开始了同蚊子和臭虫的争斗。在静静的长夜里，忽然醒了，残梦依然压在我心头，倘若我听到又有窸窣的声音在这棵苍老的枸杞树周围，我便又知道外面又落了雨。我注视着这神秘的黑暗，我描画给自己：这枸杞树的苍黑的枝干该更黑了吧；那只蜗牛有所趋避该匆匆地在向隐蔽处爬去了罢；小小的圆的蜘蛛网，该又捉住雨滴了罢；这雨滴在黑夜里能不能静静地发着光呢？我做着天真的童话般的梦。我梦到了这棵苍老的枸杞树——这枸杞树也做梦吗？第二天早晨起来，外面真的还在下着雨。空气里充满了清新的沁人心脾的清香。荷叶上顶着珠子似的雨滴，蜘蛛网上也顶着，静静地发着光。

在如火如荼的盛夏转入初秋的澹远里去的时候，我这种诗意的，又充满了稚气的生活，终于不能继续下去。我离开这公寓,离开这苍老的枸杞树,移到清华园来。到现在差不多四年了。这园子素来是以水木著名的。春天里,满园怒放着红的花,远处看,红红的一片火焰。夏天里,垂柳拂着地,浓翠扑上人的眉头。红霞般的爬山虎给冷清的深秋涂上一层凄艳的色彩。冬天里,白雪又把这园子安排成为一个银的世界。在这四季,又都有西山的一层轻渺的紫气,给这园子添了不少的光辉。这一切颜色:红的,白的,紫的,混合地涂上了我的心,在我心里幻成一幅绚烂的彩画。我做着红色的,白色的,紫色的,各样颜色的梦。论理说起来,我在西城公寓做的童话般的梦,早该被挤到不知什么地方去了。但是,我自己也不了解,在不经意的时候,总有一棵苍老的枸杞树的影子飘过。飘过了春天的火焰似的红花;飘过了夏天的垂柳的浓翠;飘过了红霞似的爬山虎,一直到现在,是冬天,白雪正把这园子装成银的世界。混合了氤氲的西山的紫气,静定在我的心头。在一个浮动的幻影里,我仿佛看到:有夕阳的余晖返照在这棵苍老的枸杞树的圆圆的顶上,淡红的一片,熠耀着,像如来佛头顶上的金光。

                        1933 年 12 月 8 日 雪之下午

马缨花

曾经有很长的一段时间,我孤零零一个人住在一个很深的大院子里。从外面走进去,越走越静,自己的脚步声越听越清楚,仿佛从闹市走向深山。等到脚步声成为空谷足音的时候,我住的地方就到了。

院子不小,都是方砖铺地,三面有走廊。天井里遮满了树枝,走到下面,浓荫匝地,清凉蔽体。从房子的气势来看,从梁柱的粗细来看,依稀还可以看出当年的富贵气象。

这富贵气象是有来源的。在几百年前,这里曾经是明朝的东厂。不知道有多少忧国忧民的志士曾在这里被囚禁过,也不知道有多少人在这里受过苦刑,甚至丧掉性命。据说当年的水牢现在还有迹可寻哩。

等到我住进去的时候,富贵气象早已成为陈迹,但是阴森凄苦的气氛却是原封未动。再加上走廊上陈列的那一些汉代的石棺石椁,古代的刻着篆字和隶字的石碑,我一走回这个院子里,就仿佛进入了古墓。这样的环境,这样的气氛,把我的记忆提到几千年前去;有时候我简直就像是生活在历史里,自己俨然成为古人了。

这样的气氛同我当时的心情是相适应的,我一向又不相信有什么鬼神,所以我住在这里,也还处之泰然。

但是也有紧张不泰然的时候。往往在半夜里,我突然听到推门的声音,声音很大,很强烈。我不得不起来看一看。那时候经常停电,我只能在黑暗中摸索着爬起来,摸索着找门,摸索着走出去。院子里一片浓黑,什么东西也看不见,连树影子也仿佛同黑暗粘在一起,一点儿都分辨不出来。我只听到大香椿树上有一阵窸窸窣窣的声音,然后咪噢的一声,有两只小电灯似的眼睛从树枝深处对着我闪闪发光。

这样一个地方,对我那些经常来往的朋友们来说,是不会引起什么好感的。有几位在白天还有兴致来找我谈谈,他们很怕在黄昏时分走进这个院子。万一有事,不得不来,也一定在大门口向工友再三打听,我是否真在家里,然后才有勇气,跋涉过那一个长长的胡同,走过深深的院子,来到我的屋里。有一次,我出门去了,看门的工友没有看见,一位朋友走到我住的那个院子里。在黄昏的微光中,只见一地树影,满院石棺,我那小窗上却没有灯光。他的腿立刻抖了起来,费了好大力量,才拖着它们走了出去。第二天我们见面时,谈到这点经历,两人相对大笑。

我是不是也有孤寂之感呢？应该说是有的。当时正是"万家墨面没蒿莱"的时代，北京城一片黑暗。白天在学校里的时候，同青年同学在一起，从他们那蓬蓬勃勃的斗争意志和生命活力里，还可以汲取一些力量和快乐，精神十分振奋。但是，一到晚上，当我孤零一个人走回这个所谓家的时候，我仿佛遗世而独立。没有人声，没有电灯，没有一点儿活气。在煤油灯的微光中，我只看到自己那高得、大得、黑得惊人的身影在四面的墙壁上晃动，仿佛是有个巨灵来到我的屋内。寂寞像毒蛇似的偷偷地袭来，折磨着我，使我无所逃于天地之间。

在这样无可奈何的时候，有一天，在傍晚的时候，我从外面一走进那个院子，蓦地闻到一股似浓似淡的香气。我抬头一看，原来是遮满院子的马缨花开花了。在这以前，我知道这些树都是马缨花；但是我却没有十分注意它们。今天它们用自己的香气告诉了我它们的存在。这对我似乎是一件新事。我不由得就站在树下，仰头观望：细碎的叶子密密地搭成了一座天棚，天棚上面是一层粉红色的细丝般的花瓣，远处望去，就像是绿云层上浮上了一团团的红雾。香气就是从这一片绿云里洒下来的，洒满了整个院子，洒满我的全身，使我仿佛游泳在香海里。

花开也是常有的事，开花有香气更是司空见惯。但是，在这样一个时候，这样一个地方，有这样的花，有这样的香，我就觉得很不寻常；有花香慰我寂寥，我甚至有一些近乎感激的心情。从此，我就爱上了马缨花，把它当成了自己的知心朋友。

北京终于解放了。1949年的10月1日给全国带来了光明与希望,给全世界带来了光明与希望。这一个具有重大意义的日子在我的生命里画上了一道鸿沟,我仿佛重新获得了生命。可惜不久我就搬出了那个院子,同那些可爱的马缨花告别了。

时间也过得真快,到现在,才一转眼的工夫,已经过去了十三年。这十三年是我生命史上最重要、最充实、最有意义的十三年。我看了许多新东西,学习了很多新东西,走了很多新地方。我当然也看了很多奇花异草。我曾在亚洲大陆最南端科摩林海角看到高凌霄汉的巨树上开着大朵的红花;我曾在缅甸的避暑胜地东枝看到开满了小花园的火红照眼的不知名的花朵;我也曾在塔什干看到长得像小树般的玫瑰花。这些花都是异常美妙动人的。

然而使我深深地怀念的却仍然是那些平凡的马缨花,我是多么想见到它们呀!

最近几年来,北京的马缨花似乎多起来了。在公园里,在马路旁边,在大旅馆的前面,在草坪里,都可以看到新栽种的马缨花。细碎的叶子密密地搭成了一座座的天棚,天棚上面是一层粉红色的细丝般的花瓣。远处望去,就像是绿云层上浮上了一团团的红雾。这绿云红雾飘满了北京,衬上红墙、黄瓦,给人民的首都增添了绚丽与芬芳。

我十分高兴,我仿佛是见了久别重逢的老友。但是,我却隐隐约约地感觉到,这些马缨花同我回忆中的那些很不相同。叶子仍然是那样的叶子,花也仍然是那样的花;在短短的十几年以内,它绝不会变了种。它们不同之处究竟何在呢?

我最初确实是有些困惑,左思右想,只是无法解释。后来,我扩大了我回忆的范围,不把回忆死死地拴在马缨花上面,而是把当时所有同我有关的事物都包括在里面。不管我是怎样喜欢院子里那些马缨花,不管我是怎样爱回忆它们,回忆的范围一扩大,同它们联系在一起的不是黄昏,就是夜雨,否则就是迷离凄苦的梦境。我好像是在那些可爱的马缨花上面从来没有见到哪怕是一点点阳光。

然而,今天摆在我眼前的这些马缨花,却仿佛总是在光天化日之下。即使是在黄昏时候,在深夜里,我看到它们,它们也仿佛是生气勃勃,同浴在阳光里一样。它们仿佛想同灯光竞赛,同明月争辉。同我回忆里那些马缨花比起来,一个是照相的底片,一个是洗好的照片;一个是影,一个是光。影中的马缨花也许是值得留恋的,但是光中的马缨花不是更可爱吗?

我从此就爱上了这光中的马缨花,而且我也爱藏在我心中的这一个光与影的对比。它能告诉我很多事情,带给我无穷无尽的力量,送给我无限的温暖与幸福;它也能促使我前进。我愿意马缨花永远在这光中含笑怒放。

1962 年 10 月 1 日

夹竹桃

夹竹桃不是名贵的花,也不是最美丽的花;但是,对我说来,它却是最值得留恋最值得回忆的花。

不知道由于什么缘故,也不知道从什么时候起,在我故乡的那个城市里,几乎家家都种上几盆夹竹桃,而且都摆在大门内影壁墙下,正对着大门口。客人一走进大门,扑鼻的是一阵幽香,入目的是绿蜡似的叶子和红霞或白雪似的花朵,立刻就感觉到仿佛走进自己的家门口,大有宾至如归之感了。

我们家的大门内也有两盆,一盆红色的,一盆白色的。我小的时候,天天都要从这下面走出走进。红色的花朵让我想到火,白色的花朵让我想到雪。火与雪是不相容的;但是,这两盆花却融洽地开在一起,宛如火上有雪,或雪上有火。我顾而乐之,小小的心灵里觉得十分奇妙,十分有趣。

只有一墙之隔,转过影壁,就是院子。我们家里一向是喜欢花的；虽然没有什么非常名贵的花，但是常见的花却是应有尽有。每年春天，迎春花首先开出黄色的小花，报告春的消息。以后接着来的是桃花、杏花、海棠、榆叶梅、丁香等，院子里开得花团锦簇。到了夏天，更是满院葳蕤。凤仙花、石竹花、鸡冠花、五色梅、江西腊等，五彩缤纷，美不胜收。夜来香的香气熏透了整个的夏夜的庭院，是我什么时候也不会忘记的。一到秋天，玉簪花带来凄清的寒意，菊花报告花事的结束。总之，一年三季，花开花落，没有间歇；情景虽美，变化亦多。

然而，在一墙之隔的大门内，夹竹桃却在那里静悄悄地一声不响，一朵花败了，又开出一朵；一嘟噜花黄了，又长出一嘟噜；在和煦的春风里，在盛夏的暴雨里，在深秋的清冷里，看不出什么特别茂盛的时候，也看不出什么特别衰败的时候，无日不迎风弄姿，从春天一直到秋天，从迎春花一直到玉簪花和菊花，无不奉陪。这一点韧性，同院子里那些花比起来，不是形成一个强烈的对照吗？

但是夹竹桃的妙处还不止于此。我特别喜欢月光下的夹竹桃。你站在它下面，花朵是一团模糊；但是香气却毫不含糊，浓浓烈烈地从花枝上袭了下来。它把影子投到墙上，叶影参差，花影迷离，可以引起我许多幻想。我幻想它是地图，它居然就是地图了。这一堆影子是亚洲，那一堆影子是非洲，中间空白的地方是大海。碰巧有几只小虫子爬过，这就是远渡重洋的海轮。我幻想它是水中的荇藻，我眼前就真的展现出一个小池塘。夜蛾飞过映在墙上的影子就是游鱼。我幻想它是一幅墨竹，我就真看到一幅画。微风乍起,叶影吹动,这一幅画竟变成活画了。

有这样的韧性,能这样引起我的幻想,我爱上了夹竹桃。

好多好多年,我就在这样的夹竹桃下面走出走进。最初我的个儿矮,必须仰头才能看到花朵。后来,我逐渐长高了,夹竹桃在我眼中也就逐渐矮了起来。等到我眼睛平视就可以看到花的时候,我离开了家。

我离开了家,过了许多年,走过许多地方。我曾在不同的地方看到过夹竹桃,但是都没有留下深刻的印象。

两年前,我访问了缅甸。在仰光开过几天会以后,缅甸的许多朋友们热情地陪我们到缅甸北部古都蒲甘去游览。这地方以佛塔著名,有"万塔之城"的称号。据说,当年确有万塔。到了今天,数目虽然没有那样多了,但是,纵目四望,嶙嶙峋峋,群塔簇天,一个个从地里涌出,宛如阳朔群山,又像是云南的石林,用"雨后春笋"这一句老话,差堪比拟。虽然花草树木都还是绿的,但是时令究竟是冬天了,一片萧瑟荒寒气象。

然而就在这地方,在我们住的大楼前,我却意外地发现了老朋友夹竹桃。一株株都跟一层楼差不多高,以至我最初竟没有认出它们来。花色比国内的要多,除了红色的和白色的以外,记得还有黄色的。叶子比我以前看到的更绿得像绿蜡,花朵开在高高的枝头,更像片片的红霞、团团的白雪、朵朵的黄云。苍郁繁茂,浓翠逼人,同荒寒的古城形成了强烈的对比。

我每天就在这样的夹竹桃下走出走进。晚上同缅甸朋友们在楼上凭栏闲眺,畅谈各种各样的问题,谈蒲甘的历史,谈中缅文化交流，谈中缅两国人民的胞波的友谊。在这时候，远处的古塔渐渐隐入暮霭中，近处的几个古塔上却给电灯照得通明，望之如灵山幻境。我伸手到栏外，就可以抓到夹竹桃的顶枝。花香也一阵一阵地从下面飘上楼来，仿佛把中缅友谊熏得更加芬芳。

就这样，在对于夹竹桃的婉美动人的回忆里，又涂上了一层绚烂夺目的中缅人民友谊的色彩。我从此更爱夹竹桃。

1962 年 10 月 1 日

槐花

　　自从移家朗润园,每年在春夏之交的时候,我一出门向西走,总是清香飘拂,溢满鼻官。抬眼一看,在流满了绿水的荷塘岸边,在高高低低的土山上面,就能看到成片的洋槐,满树繁花,闪着银光;花朵缀满高树枝头,开上去,开上去,一直开到高空,让我立刻想到新疆天池上看到的白皑皑的万古雪峰。

　　这种槐树在北方是非常习见的树种。我虽然也陶醉于氤氲的香气中,但却从来没有认真注意过这种花树——惯了。

　　有一年,也是在这样春夏之交的时候,我陪一位印度朋友参观北大校园。走到槐花树下,他猛然用鼻子吸了吸气,抬头看了看,眼睛瞪得又大又圆。我从前曾看到一幅印度人画的人像,为了夸大印度人眼睛之大,他把眼睛画得扩张到脸庞的外面。这一回我真仿佛看到这一位印度朋友瞪大了的眼睛扩张到了面孔以外来了。

"真好看呀！这真是奇迹！"

"什么奇迹呀？"

"你们这样的花树。"

"这有什么了不起呢？我们这里多得很。"

"多得很就不了不起了吗？"

我无言以对，看来辩论下去已经毫无意义了。可是他的话却对我起了作用：我认真注意槐花了，我仿佛第一次见到它，非常陌生，又似曾相识。我在它身上发现了许多新的以前从来没有发现的东西。

在沉思之余，我忽然想到，自己在印度也曾有过类似的情景。我在海德拉巴看到耸入云天的木棉树时，也曾大为惊诧。碗口大的红花挂满枝头，殷红如朝阳，灿烂似晚霞，我不禁大为慨叹：

"真好看呀！简直神奇极了！"

"什么神奇？"

"这木棉花。"

"这有什么神奇呢？我们这里到处都有。"

陪伴我们的印度朋友满脸迷惑不解的神气。我的眼睛瞪得多大，我自己看不到。现在到了中国，在洋槐树下，轮到印度朋友（当然不是同一个人）瞪大眼睛了。

在我们的日常生活中，我们都有这样一个经验：越是看惯了的东西，便越是习焉不察，美丑都难看出。这种现象在心理学上是容易解释的：一定要同客观存在的东西保持一定的距离，才能客观地去观察。难道我们就不能有意识地去改变这种习惯吗？难道我们就不能永远用新的眼光去看待一切事物吗？

我想自己先试一试看，果然有了神奇的效果。我现在再走过荷塘看到槐花，努力在自己的心中制造出第一次见到的幻想，我不再熟视无睹，而是尽情地欣赏。槐花也仿佛是得到了知己，大大小小、高高低低的洋槐，似乎在喃喃自语，又对我讲话。周围的山石树木，仿佛一下子活了起来，一片生机，融融氤氲。荷塘里的绿水仿佛更绿了；槐树上的白花仿佛更白了；人家篱笆里开的红花仿佛更红了。风吹，鸟鸣，都洋溢着无限生气。一切眼前的东西连在一起，汇成了宇宙的大欢畅。

1986 年 6 月 3 日

怀念西府海棠

暮春三月，风和日丽。我偶尔走过办公楼前面。在盘龙石阶的两旁，一边站着一棵翠柏，浑身碧绿，扑入眉宇，仿佛是从地心深处涌出来的两股青色的力量，喷薄腾越，顶端直刺蔚蓝色的晴空，其气势虽然比不上杜甫当年在孔明祠堂前看到的那一些古柏："霜皮溜雨四十围，黛色参天二千尺。"然而看到它，自己也似乎受到了感染，内心里溢满了力量。我顾而乐之，流连不忍离去。

然而，我的眼前蓦地一闪，就在这两棵翠柏站立的地方出现了两棵西府海棠，正开着满树繁花，已经绽开的花朵呈粉红色，没有绽开的骨朵呈鲜红色，粉红与鲜红，纷纭交划，宛如半天的粉红色彩云。成群的蜜蜂飞舞在花朵丛中，嗡嗡的叫声有如春天的催眠曲。我立刻被这色彩和声音吸引住，沉醉于其中了。眼前再一闪，翠柏与海棠同时站立在同一个地方，两者的影子重叠起来，翠绿与鲜红纷纭交错起来了。

这是怎么一回事呢？

我一时有点儿茫然、懵然；然而不需要半秒钟，我立刻就意识到，眼前的翠柏与海棠都是现实，翠柏是眼前的现实，海棠则是过去的现实，它确曾在这个地方站立过，而今这两个现实又重叠起来，可是过去的现实早已化为灰烬，随风飘零了。

事情就发生在"十年浩劫"期间。一时忽然传说：养花是修正主义，最低的罪名也是玩物丧志。于是"四人帮"一伙就在海内名园燕园大肆"斗私、批修"，先批人，后批花木，几十年上百年的老丁香花树砍伐殆尽，屡见于清代笔记中的几架古藤萝也被斩草除根，几座楼房外面墙上爬满了的爬山虎统统拔掉，办公楼前的两棵枝干繁茂绿叶葳蕤的西府海棠也在劫难逃。总之，一切美好的花木，也像某一些人一样，被打翻在地，身上踏上了一千只脚，永世不得翻身了。

这两棵西府海棠在老北京是颇有一点儿名气的。据说某一个文人的笔记中还专门讲到过它。熟悉北京掌故的人，比如邓拓同志等，生前每到春天都要来园中探望一番。我自己不敢说对北京掌故多么熟悉，但是，每当西府海棠开花时，也常常自命风雅，到树下流连徘徊，欣赏花色之美，听一听蜜蜂的鸣声，顿时觉得人间毕竟是非常可爱的，生活毕竟是非常美好的，胸中的干劲陡然腾涌起来，我的身体好像成了一个蓄电瓶，看到了西府海棠，便仿佛蓄满了电，能够在自己所从事的工作中精神抖擞地驰骋一气了。

中国古代的诗人中，喜爱海棠者颇不乏人。大家欣赏海棠之美，但颇以海棠无香为憾，在古代文人的笔记和诗话中，有很多地方谈到这个问题，可见文人墨客对海棠的关心。宋代著名的爱国大诗人陆游有几首《花时遍游诸家园》的诗，其中之一是讲海棠的：

> 为爱名花抵死狂，
> 只愁风日损红芳。
> 绿章夜奏通明殿，
> 乞借春阴护海棠。

陆游喜爱海棠达到了何等疯狂的地步啊！稍有理智的人都应当知道，海棠与人无争，与世无忤，绝不会伤害任何人的；它只能给人间增添美丽，给人们带来喜悦，能让人们热爱自然，热爱祖国。然而，就连这样天真无邪的海棠也难逃"四人帮"的毒手。燕园内的两棵西府海棠现在已经不知道消逝到什么地方去了，这也算是一种"含冤逝世"吧。代替它站在这里的是两棵翠柏。翠柏也是我所喜爱的，它也能给人们带来美感享受，我毫无贬低翠柏的意思。但是，以燕园之大，竟不能给海棠留一点儿立足之地，一定要铲除海棠，栽上翠柏，一定要争这方尺之地，翠柏而有知，自己挤占了海棠的地方，也会感到对不起海棠吧！

"四人帮"要篡党夺权，有一些事情容易理解；但是砍伐花木,铲除海棠,仿佛这些花木真能抓住他们那罪恶的黑手,令人百思不得其解。宋代苏洵在《辨奸论》中说:"凡事之不近人情者,鲜不为大奸慝。"砍伐西府海棠之不近人情,一望而知。爱好美好的东西是人类的天性,任何人都有权利爱好美好的东西,花木当然也包括在里面。然而"四人帮"却偏要违反人性,必欲把一切美好的东西铲除净尽而后快。他们这一伙人是大奸慝,已经丝毫无可怀疑了。

事情已经过去了将近二十年,为什么西府海棠的影子今天又忽然展现在我的眼前呢?难道说是名花有灵,今天向我"显圣"来了吗?难道说它是向我告状来了吗?可惜我一非包文正,二非海青天,更没有如来佛起死回生的神通,我所有的能耐至多也只能一洒同情之泪,我还有什么话可说呢?

我从来不相信什么神话,但是现在我真想相信起来,我真希望有一个天国。可是我知道,须弥山已经为印度人所独占,他们把自己的天国乐园安放在那里。昆仑山又为中国人所垄断,王母娘娘就被安顿在那里。我现在只能希望在辽阔无垠的宇宙中间还能有那么一块干净的地方,能容得下一个阆苑乐土。那里有四时不谢之花、八节长春之草,大地上一切花草的魂魄都永恒地住在那里,随时、随地都是花团锦簇,五彩缤纷。我们燕园中被无端砍伐了的西府海棠的魂灵也遨游其间。我相信,它绝不会忘记了自己待了多年的美丽的燕园,每当三春繁花盛开之际,它一定会来到人间,驾临燕园,风前月下,凭吊一番。"环佩空归月下魂",明妃之魂归来,还有环佩之声。西府海棠之魂归来时，能有什么迹象呢？我说不出，我只能时时来到办公楼前，在翠柏影中，等候倩魂。我是多么想为海棠招魂啊！结果恐怕只能是"上穷碧落下黄泉，两处茫茫皆不见"了。奈何，奈何！

在这风和日丽的三月，我站在这里，浮想联翩，怅望晴空，眼睛里流满了泪水。

1987 年 3 月 18 日

神奇的丝瓜

今年春天,孩子们在房前空地上,斩草挖土,开辟出来了一个一丈见方的小花园。周围用竹竿扎了一个篱笆,移来了一棵玉兰花树,栽上了几株月季花,又在竹篱下面随意种上了几棵扁豆和两棵丝瓜。土壤并不肥沃,虽然也铺上了一层河泥,但估计不会起很大的作用,大家不过是玩玩而已。过了不久,丝瓜竟然长了出来,而且日益茁壮、长大。这当然增加了我们的兴趣。但是我们也并没有过高的期望。我自己每天早晨工作疲倦了,常到屋旁的小土山上走一走,站一站,看看墙外马路上的车水马龙和亚运会招展的彩旗,顾而乐之,只不过顺便看一看丝瓜罢了。

丝瓜是普通的植物,我也并没有想到会有什么神奇之处。可是忽然有一天,我发现丝瓜秧爬出了篱笆,爬上了楼墙。以后,每天看丝瓜,总比前一天向楼上爬了一大段;最后竟从一楼爬上了二楼,又从二楼爬上了三楼。说它每天长出半尺,绝非夸大之词。丝瓜的秧不过像细绳一般粗。如不注意,连它的根在什么地方,都找不到。这样细的一根秧竟能在一夜之间输送这样多的水分和养料,供应前方,使得上面的叶子长得又肥又绿,爬在灰白色的墙上,一片浓绿,给土墙增添了无量活力与生机。

这当然让我感到很惊奇,我的兴趣随之大大地提高。每天早晨看丝瓜成了我的主要任务。爬小山反而成为次要的了。我往往注视着细细的瓜秧和浓绿的瓜叶,陷入沉思,想得很远,很远……

又过了几天,丝瓜开出了黄花。再过几天,有的黄花就变成了小小的绿色的瓜。瓜越长越长,越长越大,重量当然也越来越增加,最初长出的那一个小瓜竟把瓜秧坠下来了一点儿,直挺挺地悬垂在空中,随风摇摆。我真是替它担心,生怕它经不住这一分重量,会整个地从楼上坠了下来落到地上。

然而不久就证明了,我这种担心是多余的。最初长出来的瓜不再长大,仿佛得到命令停止了生长。在上面,在三楼一位一百〇二岁的老太太的窗外窗台上,却长出来了两个瓜。这两个瓜后来居上,发疯似的猛长,不久就长成了小孩胳膊一般粗了。这两个瓜加起来恐怕有五六斤重,那一根细秧怎么能承担得住呢?我又担心起来。没过几天,事实又证明了我是杞人忧天。两个瓜不知从什么时候忽然弯了起来,把躯体放在老太太的窗台上,从下面看上去,活像两个粗大变弯的绿色牛角。

不知道从哪一天起,我忽然又发现,在两个大瓜的下面,在二、三楼之间,在一根细秧的顶端,又长出来了一个瓜,垂直地悬在那里。我又犯了担心病:这个瓜上面够不到窗台,下面也是空空的;总有一天,它越长越大,会把上面的两个大瓜也坠了下来,一起坠到地上,落叶归根,同它的根部聚合在一起。

然而今天早晨,我却看到了奇迹。同往日一样,我习惯地抬头看瓜:下面最小的那一个早已停止生长,孤零零地悬在空中,似乎一点儿分量都没有;上面老太太窗台上那两个大的,似乎长得更大了,威武雄壮地压在窗台上;中间的那一个却不见了。我看看地上,没有看到掉下来的瓜。等我倒退几步抬头再看时,却看到那一个我认为失踪了的瓜,平着身子躺在抗震加固时筑上的紧靠楼墙凸出的一个台子上。这真让我大吃一惊。这样一个原来垂直悬在空中的瓜怎么忽然平身躺在那里了呢?这个凸出的台子无论是从上面还是从下面都是无法上去的,决不会有人把丝瓜摆平的。

我百思不得其解,徘徊在丝瓜下面,像达摩老祖一样,面壁参禅。我仿佛觉得这棵丝瓜有了思想,它能考虑问题,而且还有行动,它能让无法承担重量的瓜停止生长;它能给处在有利地形的大瓜找到承担重量的地方,给这样的瓜特殊待遇,让它们疯狂地长;它能让悬垂的瓜平身躺下。如果不是这样的话,无论如何也无法解释我上面谈到的现象。但是,如果真是这样的话,又实在令人难以置信。丝瓜用什么来思想呢?丝瓜靠什么来指导自己的行动呢?上下数千年,纵横几万里,从来也没有人说过,丝瓜会有思想。我左考虑,右考虑,越考虑越糊涂。

我无法同丝瓜对话,这是一个沉默的奇迹。瓜秧仿佛成了一根神秘的绳子,绿叶子照旧浓翠扑人眉宇。我站在丝瓜下面,陷入梦幻。而丝瓜则似乎心中有数,无言静观,它怡然、泰然、悠然、坦然,仿佛含笑面对秋阳。

1990 年 10 月 9 日

幽径悲剧

出家门，向右转，只有二三十步，就走进一条曲径。有二三十年之久，我天天走过这一条路，到办公室去。因为天天见面，也就成了司空见惯，对它有点儿漠然了。

然而，这一条幽径却是大大有名的。记得在50年代，我在故宫的一个城楼上，参观过一个有关《红楼梦》的展览。我看到由几幅山水画组成的组画，画的就是这一条路。足证这一条路是同这一部伟大的作品有某一些联系的。至于是什么联系，我已经记忆不清。留在我记忆中的只是一点儿印象：这一条平平常常的路是有来头的，不能等闲视之。

这一条路在燕园中是极为幽静的地方。学生们称之为"后湖"，他们很少到这里来的。我上面说它平平常常，这话有点儿语病，它其实是颇为不平常的。一面傍湖，一面靠山，蜿蜒曲折，实有曲径通幽之趣。山上苍松翠柏，杂树成林。无论春夏秋冬，总有翠色在目。不知名的小花,从春天开起,过一阵换一个颜色,一直开到秋末。到了夏天,山上一团浓绿,人们仿佛是在一片绿雾中穿行。林中小鸟,枝头鸣蝉,仿佛互相应答。秋天,枫叶变红,与苍松翠柏,相映成趣,凄清中又饱含浓烈。几乎让人不辨四时了。

小径另一面是荷塘,引人注目主要是在夏天。此时绿叶接天,红荷映日。仿佛从地下深处爆发出一股无比强烈的生命力,向上,向上,向上,欲与天公试比高,真能使懦者立怯者强,给人以无穷的感染力。

不管是在山上,还是在湖中,一到冬天,当然都有白雪覆盖。在湖中,昔日的潋滟的绿波为坚冰所取代。但是在山上,虽然落叶树都把叶子落掉,可是松柏反而更加精神抖擞,绿色更加浓烈,意思是想把其他树木之所失,自己一手弥补过来,非要显示出绿色的威力不行。再加上还有翠竹助威,人们置身其间,绝不会感到冬天的萧索了。

这一条神奇的幽径,情况大抵如此。

在所有的这些神奇的东西中,给我印象最深、让我最留恋难忘的是一株古藤萝。藤萝是一种受人喜爱的植物。清代笔记中有不少关于北京藤萝的记述。在古庙中,在名园中,往往都有几棵寿达数百年的藤萝,许多神话故事也往往涉及藤萝。北大现住的燕园,是清代名园,有几棵古老的藤萝,自是意中事。我们最初从城里搬来的时候,还能看到几棵据说是明代传下来的藤萝。每年春天,紫色的花朵开得满棚满架,引得游人和蜜蜂猬集其间，成为春天一景。

但是，根据我个人的评价，在众多的藤萝中，最有特色的还是幽径的这一棵。它既无棚，也无架，而是让自己的枝条攀附在邻近的几棵大树的干和枝上，盘曲而上，大有直上青云之慨。因此，从下面看，除了一段苍黑古劲像苍龙般的粗干外，根本看不出是一株藤萝。每天春天，我走在树下，眼前无藤萝，心中也无藤萝。然而一股幽香蓦地闯入鼻官，嗡嗡的蜜蜂声也袭人耳内，抬头一看，在一团团的绿叶中——根本分不清哪是藤萝叶，哪是其他树的叶子——隐约看到一朵朵紫红色的花，颇有万绿丛中一点红的意味。直到此时，我才清晰地意识到这一棵古藤的存在，顾而乐之了。

经过了史无前例的"十年浩劫"，不但人遭劫，花木也不能幸免。藤萝们和其他一些古丁香树等，被异化为"修正主义"，遭到了无情的诛伐。六院前的和红二、三楼之间的那两棵著名的古藤，被坚决、彻底、干净、全部地消灭掉。是否也被踏上一千只脚，没有调查研究，不敢瞎说；永世不得翻身，则是铁一般的事实了。

茫茫燕园中，只剩下了幽径的这一棵藤萝了。它成了燕园中藤萝界的鲁殿灵光。每到春天，我在悲愤、惆怅之余，唯一的一点儿安慰就是幽径中这一棵古藤。每次走在它下面，嗅到淡淡的幽香，听到嗡嗡的蜂声，顿觉这个世界还是值得留恋的，人生还不全是荆棘丛。其中情味，只有我一个人知道，不足为外人道也。

《幽径悲剧》手稿（一）

《幽径悲剧》手稿（二）

然而，我快乐得太早了，人生毕竟还是一个荆棘丛，绝不是到处都盛开着玫瑰花。今年春天，我走过长着这棵古藤的地方，我的眼前一闪，吓了一大跳：古藤那一段原来凌空的虬干，忽然成了吊死鬼，下面被人砍断，只留上段悬在空中，在风中摇曳。再抬头向上看，藤萝初绽出来的一些淡紫的成串的花朵，还在绿叶丛中微笑。它们还没有来得及知道，自己赖以生存的根干已经被砍断，脱离了地面，再没有水分供它们生存了。它们仿佛成了失掉了母亲的孤儿，不久就会微笑不下去，连痛哭也没有地方了。

我是一个没有出息的人。我的感情太多，总是供过于求，经常为一些小动物、小花草惹起万斛闲愁，真正的伟人们是绝不会这样的。反过来说，如果他们像我这样的话，也绝不能成为伟人。我还有点儿自知之明，我注定是一个渺小的人，也甘于如此，我甘于为一些小猫小狗小花小草流泪叹气。这一棵古藤的灭亡在我心灵中引起的痛苦，别人是无法理解的。

从此以后，我最爱的这一条幽径，我真有点儿怕走了。我不敢再看那一段悬在空中的古藤枯干，它真像吊死鬼一般，让我毛骨悚然。非走不行的时候，我就紧闭双眼，疾趋而过。心里数着数：一，二，三，四，一直数到十，我估摸已经走到了小桥的桥头上，吊死鬼不会看到了，我才睁开眼走向前去。此时，我简直是悲哀至极，哪里还有什么闲情逸致来欣赏幽径的情趣呢？

但是，这也不行。眼睛虽闭，但耳朵是关不住的。我隐隐约约听到古藤的哭泣声,细如蚊蝇,却依稀可辨。它在控诉无端被人杀害。它在这里已经待了二三百年,同它所依附的大树一向和睦相处。它虽阅尽人间沧桑,却从无害人之意。每到春天,就以自己的花朵为人间增添美丽。焉知一旦毁于愚氓之手。它感到万分委屈,又投诉无门。它的灵魂死守在这里,每到月白风清之夜,它会走出来显圣的。在大白天,只能偷偷地哭泣。山头的群树,池中的荷花是对它深表同情的,然而又受到自然的约束,寸步难行,只能无言相对。在茫茫人世中,人们争名于朝,争利于市,哪里有闲心来关怀一棵古藤的生死呢?于是,它只有哭泣,哭泣,哭泣……

世界上像我这样没有出息的人,大概是不多的。古藤的哭泣声恐怕只有我一个能听到。在浩茫无际的大千世界上,在林林总总的植物中,燕园的这一棵古藤,实在渺小得不能再渺小了。你倘若问一个燕园中人,绝不会有任何人注意到这一棵古藤的存在的,绝不会有任何人关心它的死亡的,绝不会有任何人为之伤心的。偏偏出了我这样一个人,偏偏让我住到这个地方,偏偏让我天天走这一条幽径,偏偏又发生了这样一个小小的悲剧;所有这一些偶然性都集中在一起,压到了我的身上。我自己的性格制造成的这一个十字架,只有我自己来背了。奈何,奈何!

但是,我愿意把这个十字架背下去,永远永远地背下去。

1992年9月13日

二月兰

一转眼，不知怎样一来，整个燕园竟成了二月兰的天下。

二月兰是一种常见的野花。花朵不大，紫白相间。花形和颜色都没有什么特异之处。如果只有一两棵，在百花丛中，绝不会引起任何人的注意。但是它却以多胜，每到春天，和风一吹拂，便绽开了小花；最初只有一朵，两朵，几朵。但是一转眼，在一夜间，就能变成百朵，千朵，万朵。大有凌驾百花之势了。

我在燕园里已经住了四十多年。最初我并没有特别注意到这种小花。直到前年，也许正是二月兰开花的大年，我蓦地发现，从我住的楼旁小土山开始，走遍了全园，眼光所到之处，无不有二月兰在。宅旁，篱下，林中，山头，土坡，湖边，只要有空隙的地方，都是一团紫气，间以白雾，小花开得淋漓尽致，气势非凡，紫气直冲云霄，连宇宙都仿佛变成紫色的了。

我在迷离恍惚中，忽然发现二月兰爬上了树，有的已经爬上了树顶，有的正在努力攀登，连喘气的声音似乎都能听到。我这一惊可真不小：莫非二月兰真成了精了吗？再定睛一看，原来是二月兰丛中的一些藤萝，也正在开着花，花的颜色同二月兰一模一样，所差的就仅仅只缺少那一团白雾。我实在觉得我这个幻觉非常有趣。带着清醒的意识，我仔细观察起来：除了花形之外，颜色真是一般无二。反正我知道了这是两种植物，心里有了底，然而再一转眼，我仍然看到二月兰往枝头爬。这是真的呢？还是幻觉？——由它去吧。

自从意识到二月兰存在以后，一些同二月兰有联系的回忆立即涌上心头。原来很少想到的或根本没有想到的事情，现在想到了；原来认为十分平常的琐事，现在显得十分不平常了。我一下子清晰地意识到，原来这种十分平凡的野花竟在我的生命中占有这样重要的地位。我自己也有点儿吃惊了。

我回忆的丝缕是从楼旁的小土山开始的。这一座小土山，最初毫无惊人之处，只不过二三米高，上面长满了野草。当年歪风狂吹时，每次"打扫卫生"，全楼住的人都被召唤出来拔草，不是"绿化"，而是"黄化"。我每次都在心中暗恨这小山野草之多。后来不知由于什么原因，把山堆高了一两米。这样一来，山就颇有一点儿山势了。东头的苍松，西头的翠柏，都仿佛恢复了青春，一年四季，郁郁葱葱。中间一棵榆树，从树龄来看，只能算是松柏的曾孙，然而也枝干繁茂，高枝直刺入蔚蓝的晴空。

我不记得从什么时候起我注意到小山上的二月兰。这种野花开花大概也有大年小年之别的。碰到小年，只在小山前后稀

207

《二月兰》手稿（一）

花,花的颜色同二月兰一模一样。所奇怪的仅仅是缺少那一团香气。我实在觉得我这个幻觉非常有趣。带着清醒的意识,我仔细观察秋天：除了我桐之外,腊道真是一般无二。至此我知道了这是两种植物,心里有了底。然而日有时眩,我们然愿到二月兰往校长吧。这难道幻觉?还是幻觉?一切去吧。

自从意识到二月兰的存在以后,一些同二月兰有联系的回忆立即涌上心头。原来很少想到的或根本没有想到的事情,现在想到了；原来认为十分平常的琐事,现在显得十分不平常了。我一下子惊讶地意识到,原来这种十分平凡的野花竟在我的生命中占这样重要的地位,我自己也有点吃惊了。

我回忆的缨缕是从楼旁的小土山开始的。这一座小土山,最初竟无惊人之处,只不过二三米高,上面长满了野草。每年春风狂吹时,每次扫却卫生,全楼住的人都被吊唤出来拔草,不是绿化,而是黄化。我每次都在心中暗忆这小山野草之多。后来不知由于什么原因,把山堆高了一两米。这样一来,山就颇有一点山势了。东头的苍松,西头的翠柏,都特别挺发了青春。一年四季,都郁郁葱葱。中间一棵榆树,不知多少年,只能算是枉长的青松,却向上一枝干繁茂,高枝直刺入蔚蓝的晴空。

《二月兰》手稿(二)

疏地开上那么几片。遇到大年,则山前山后开成大片。二月兰仿佛发了狂。我们常讲什么什么花"怒放",这个"怒"字用得真是无比地奇妙。二月兰一"怒",仿佛从土地深处吸来一股原始力量,一定要把花开遍大千世界,紫气直冲云霄,连宇宙都仿佛变成紫色的了。

东坡的词说:"人有悲欢离合,月有阴晴圆缺,此事古难全。"但是花们好像是没有什么悲欢离合。应该开时,它们就开;该消失时,它们就消失。它们是"纵浪大化中",一切顺其自然,自己无所谓什么悲与喜。我的二月兰就是这个样子。

然而,人这个万物之灵却偏偏有了感情,有了感情就有了悲欢。这真是多此一举,然而没有法子。人自己多情,又把情移到花,"泪眼问花花不语",花当然"不语"了。如果花真"语"起来,岂不吓坏了人!这些道理我十分明白。然而我仍然把自己的悲欢挂到了二月兰上。

当年老祖还活着的时候,每到春天二月兰开花的时候,她往往拿一把小铲,带一个黑书包,到成片的二月兰旁青草丛里去搜挖荠菜。只要看到她的身影在二月兰的紫雾里晃动,我就知道在午餐或晚餐的餐桌上必然弥漫着荠菜馄饨的清香。当婉如还活着的时候,她每次回家,只要二月兰正在开花,她离开时,她总穿过左手是二月兰的紫雾,右手是湖畔垂柳的绿烟,匆匆忙忙走去,把我的目光一直带到湖对岸的拐弯处。当小保姆杨莹还在我家时,她也同小山和二月兰结上了缘。我曾套宋词写过三句话:"午静携侣寻野菜,黄昏抱猫向夕阳,当时只道是寻常。"我的小猫虎子和咪咪还在世的时候,我也往往在二月兰丛里看到她们:一黑一白,在紫色中格外显眼。

所有这些琐事都是寻常到不能再寻常了。然而,曾几何时,到了今天,老祖和婉如已经永远永远地离开了我们。小莹也回了山东老家。至于虎子和咪咪也各自遵循猫的规律,不知钻到了燕园中哪一个幽暗的角落里,等待死亡的到来。老祖和婉如的走,把我的心都带走了。虎子和咪咪我也忆念难忘。如今,天地虽宽,阳光虽照样普照,我却感到无边的寂寥与凄凉。回忆这些往事,如云如烟。原来是近在眼前,如今却如蓬莱灵山,可望而不可即了。

对于我这样的心情和我的一切遭遇,我的二月兰一点儿也无动于衷,照样自己开花。今年又是二月兰开花的大年。在校园里,眼光所到之处,无不有二月兰在。宅旁,篱下,林中,山头,土坡,湖边,只要有空隙的地方,都是一团紫气,间以白雾,小花开得淋漓尽致,气势非凡,紫气直冲霄汉,连宇宙都仿佛变成紫色的了。

这一切都告诉我,二月兰是不会变的,世事沧桑,于它如浮云。然而我却是在变的,月月变,年年变。我想以不变应万变,然而办不到。我想学习二月兰,然而办不到。不但如此,它还硬把我的记忆牵回到我一生最倒霉的时候。在"十年浩劫"中,我自己跳出来反对北大那一位"老佛爷",被抄家,被打成了"反革命"。正是在二月兰开花的时候,我被管制劳动改造。有很长一段时间,我每天到一个地方去捡破砖碎瓦,还随时准备着被红卫兵押解到什么地方去"批斗"，坐喷气式，还要挨上一顿揍，打得鼻青脸肿。可是在砖瓦缝里二月兰依然开放，怡然自得，笑对春风，好像是在嘲笑我。

我当时日子实在非常难过。我知道正义是在自己手中，可是是非颠倒，人妖难分，我呼天天不应，叫地地不答，一腔义愤，满腹委屈，毫无人生之趣。在很长一段时间内，我成了"不可接触者"，几年没接到过一封信，很少有人敢同我打个招呼。我虽处人世，实为异类。

然而我一回到家里，老祖、德华她们，在每人每月只能得到恩赐十几元钱生活费的情况下，殚思竭虑，弄一点儿好吃的东西，希望能给我增加点营养；更重要的恐怕还是，希望能给我增添点儿生趣。婉如和延宗也尽可能地多回家来。我的小猫憨态可掬，偎依在我的身旁。她们不懂哲学，分不清两类不同性质的矛盾。人视我为异类，她们视我为好友，从来没有表态，要同我划清界限。所有这一些极其平常的琐事，都给我带来了无量的安慰。窗外尽管千里冰封，室内却是暖气融融。我觉得，在世态炎凉中，还有不炎凉者在。这一点儿暖气支撑着我，走过了人生最艰难的一段路，没有堕入深涧，一直到今天。

我感觉到悲，又感觉到欢。

到了今天，天运转动，否极泰来，不知怎么一来，我一下子成为"极可接触者"，到处听到的是美好的言辞，到处见到的是和悦的笑容。我从内心里感激我这些新老朋友，他们绝对是真诚的。他们鼓励了我，他们启发了我。然而，一回到家里，虽然德华还在,延宗还在,可我的老祖到哪里去了呢?我的婉如到哪里去了呢?还有我的虎子和咪咪一世到哪里去了呢?世界虽照样朗朗,阳光虽照样明媚,我却感觉异样的寂寞与凄凉。

我感觉到欢,又感觉到悲。

我年届耄耋,前面的路有限了。几年前,我写过一篇短文,叫《老猫》,意思很简明,我一生有个特点:不愿意麻烦人。了解我的人都承认。难道到了人生最后一段路上我就要改变这个特点吗?不,不,不想改变。我真想学一学老猫,到了大限来临时,钻到一个幽暗的角落里,一个人悄悄地离开人世。

这话又扯远了。我并不认为眼前就有制订行动计划的必要。我还有很多事情要做,而且我的健康情况也允许我去做。有一位青年朋友说我忘记了自己的年龄。这话极有道理。可我并没有全忘。有一个问题我还想弄弄清楚哩。按说我早已到了"悲欢离合总无情"的年龄,应该超脱一点儿了。然而在离开这个世界以前,我还有一件心事:我想弄清楚,什么叫"悲"?什么又叫"欢"?是我成为"不可接触者"时悲呢?还是成为"极可接触者"时欢?如果没有老祖和婉如的逝世,这问题本来是一清二白的,现在却是悲欢难以分辨了。我想得到答复。我走上了每天必登临几次的小山,我问苍松,苍松不语;我问翠柏,翠柏不答。我问三十多年来亲眼目睹我这些悲欢离合的二月兰,这也沉默不语,兀自万朵怒放,笑对春风,紫气直冲霄汉。

1993 年 6 月 11 日写完

清塘荷韵

楼前有清塘数亩。记得三十多年前初搬来时,池塘里好像是有荷花的,我的记忆里还残留着一些绿叶红花的碎影。后来时移事迁,岁月流逝,池塘里却变得"半亩方塘一鉴开,天光云影共徘徊",再也不见什么荷花了。

我脑袋里保留的旧的思想意识颇多,每一次望到空荡荡的池塘,总觉得好像缺点什么。这不符合我的审美观念。有池塘就应当有点绿的东西,哪怕是芦苇呢,也比什么都没有强。最好的最理想的当然是荷花。中国旧的诗文中,描写荷花的简直是太多太多了。周敦颐的《爱莲说》读书人不知道的恐怕是绝无仅有的。他那一句有名的"香远益清"是脍炙人口的。几乎可以说,中国没有人不爱荷花的。可我们楼前池塘中独独缺少荷花。每次看到或想到,总觉得是一块心病。

有人从湖北来,带来了洪湖的几颗莲子,外壳呈黑色,极硬。

据说,如果埋在淤泥中,能够千年不烂。因此,我用铁锤在莲子上砸开了一条缝,让莲芽能够破壳而出,不至永远埋在泥中。这都是一些主观的愿望,莲芽能不能够出,都是极大的未知数。反正我总算是尽了人事,把五六颗敲破的莲子投入池塘中,下面就是听天命了。

这样一来,我每天就多了一件工作:到池塘边上去看上几次。心里总是希望,忽然有一天,"小荷才露尖尖角",有翠绿的莲叶长出水面。可是,事与愿违,投下去的第一年,一直到秋凉落叶,水面上也没有出现什么东西。经过了寂寞的冬天,到了第二年,春水盈塘,绿柳垂丝,一片旖旎的风光。可是,我翘盼的水面上却仍然没有露出什么荷叶。此时我已经完全灰了心,以为那几颗湖北带来的硬壳莲子,由于人力无法解释的原因,大概不会再有长出荷花的希望了。我的目光无法把荷叶

季羡林先生与他的荷塘

从淤泥中吸出。

但是，到了第三年，却忽然出了奇迹。有一天，我忽然发现，在我投莲子的地方长出了几个圆圆的绿叶，虽然颜色极惹人喜爱；但是却细弱单薄，可怜兮兮地平卧在水面上，像水浮莲的叶子一样。而且最初只长出了五六个叶片。我总嫌这有点儿太少，总希望多长出几片来。于是，我盼星星，盼月亮，天天到池塘边上去观望。有校外的农民来捞水草，我总请求他们手下留情，不要碰断叶片。但是经过了漫漫的长夏，凄清的秋天又降临人间，池塘里浮动的仍然只是孤零零的那五六个叶片。对我来说，这又是一个虽微有希望但究竟仍令人灰心的一年。

真正的奇迹出现在第四年上。严冬一过，池塘里又溢满了春水。到了一般荷花长叶的时候，在去年漂浮着五六个叶片的地方，一夜之间，突然长出了一大片绿叶，而且看来荷花在严冬的冰下并没有停止行动，因为在离开原有五六个叶片的那块基地比较远的池塘中心，也长出了叶片。叶片扩张的速度，扩张范围的扩大，都是惊人地快。几天之内，池塘内不小一部分，已经全为绿叶所覆盖。而且原来平卧在水面上的像是水浮莲一样的叶片，不知道是从哪里聚集来了力量，有一些竟然跃出了水面，长成了亭亭的荷叶。原来我心中还迟迟疑疑，怕池中长的是水浮莲，而不是真正的荷花。这样一来，我心中的疑云一扫而光：池塘中生长的真正是洪湖莲花的子孙了。我心中狂喜，这几年总算是没有白等。

天地萌生万物，对包括人在内的动植物等有生命的东西，总是赋予一种极其惊人的求生存的力量和极其惊人的扩展蔓延的力量,这种力量大到无法抗御。只要你肯费力来观摩一下,就必然会承认这一点。现在摆在我面前的就是我楼前池塘里的荷花。自从几个勇敢的叶片跃出水面以后,许多叶片接踵而至。一夜之间,就出来了几十枝,而且迅速地扩散、蔓延。不到十几天的工夫,荷叶已经蔓延得遮蔽了半个池塘。从我撒种的地方出发,向东西南北四面扩展。我无法知道,荷花是怎样在深水中淤泥里走动。反正从露出水面荷叶来看,每天至少要走半尺的距离,才能形成眼前这个局面。

光长荷叶,当然是不能满足的。荷花接踵而至,而且据了解荷花的行家说,我门前池塘里的荷花,同燕园其他池塘里的,都不一样。其他地方的荷花,颜色浅红;而我这里的荷花,不但红色浓,而且花瓣多,每一朵花能开出16个复瓣,看上去当然就与众不同了。这些红艳耀目的荷花,高高地凌驾于莲叶之上,迎风弄姿,似乎在睥睨一切。幼时读旧诗:"毕竟西湖六月中,风光不与四时同。接天莲叶无穷碧,映日荷花别样红。"爱其诗句之美,深恨没有能亲自到杭州西湖去欣赏一番。现在我门前池塘中呈现的就是那一派西湖景象。是我把西湖从杭州搬到燕园里来了。岂不大快人意也哉!前几年才搬到朗润园来的周一良先生赐名为"季荷"。我觉得很有趣,又非常感激。难道我这个人将以荷而传吗?

前年和去年,每当夏月塘荷盛开时,我每天至少有几次徘徊在塘边,坐在石头上,静静地吸吮荷花和荷叶的清香。"蝉噪林逾静，鸟鸣山更幽。"我确实觉得四周静得很。我在一片寂静中，默默地坐在那里，水面上看到的是荷花绿肥、红肥。倒影映入水中，风乍起，一片莲瓣堕入水中，它从上面向下落，水中的倒影却是从下边向上落，最后一接触到水面，二者合为一，像小船似的漂在那里。我曾在某一本诗话上读到两句诗："池花对影落，沙鸟带声飞。"作者深惜第二句对仗不工。这也难怪，像"池花对影落"这样的境界究竟有几个人能参悟透呢？

晚上，我们一家人也常常坐在塘边石头上纳凉。有一夜，天空中的月亮又明又亮，把一片银光洒在荷花上。我忽听扑通一声。是我的小白波斯猫毛毛扑入水中，它大概是认为水中有白玉盘，想扑上去抓住。它一入水，大概就觉得不对头，连忙矫捷地回到岸上，把月亮的倒影打得支离破碎，好久才恢复了原形。

今年夏天，天气异常闷热，而荷花则开得特欢。绿盖擎天，红花映日，把一个不算小的池塘塞得满而又满，几乎连水面都看不到了。一个喜爱荷花的邻居，天天兴致勃勃地数荷花的朵数。今天告诉我，有四五百朵；明天又告诉我，有六七百朵。但是，我虽然知道他为人细致，却不相信他真能数出确实的朵数。在荷叶底下，石头缝里，旮旮旯旯，不知还隐藏着多少花骨朵儿，都是在岸边难以看到的。粗略估计，今年大概开了将近一千朵。真可以算是洋洋大观了。

连日来，天气突然变寒。好像是一下子从夏天转入秋天。池塘里的荷叶虽然仍然是绿油一片，但是看来变成残荷之日也不会太远了。再过一两个月,池水一结冰,连残荷也将消逝得无影无踪。那时荷花大概会在冰下冬眠,做着春天的梦。它们的梦一定能够圆的。"既然冬天到了,春天还会远吗?"

我为我的"季荷"祝福。

1997 年 9 月 16 日中秋节

从南极带来的植物

小友兼老友唐老鸭(师曾)自南极归来。在北大为我举行九十岁华诞庆祝会的那一天,他来到了北大,身份是记者。全身披挂,什么照相机,录像机,这机,那机,我叫不出名堂来的一些机,看上去至少有几十斤重,活灵活现地重现海湾战争孤身采访时的雄风。一见了我,在忙着拍摄之余,从裤兜里掏出来一个信封,里面装着什么东西,郑重地递了给我。信封上写着几行字:

祝季老寿比南山

南极长城站的植物,每100年长一毫米,此植物已有6000岁。

唐老鸭敬上

这几行字真让我大吃一惊，手里的分量立刻重了起来。打开信封，里面装着一株长在仿佛是一块铁上面的"小草"。当时祝寿会正要开始，大厅里挤满了几百人，熙来攘往，拥拥挤挤，我没有时间和心情去仔细观察这一株小草。

夜里回到家里，时间已晚，没有时间和精力把这一株"仙草"拿出来仔细玩赏。第二天早晨才拿了出来。初看之下，觉得没有什么稀奇之处，这不就是一棵平常的"草"嘛，同我们这里遍地长满了的野草从外表上来看差别并不大。但是，当我擦了擦昏花的老眼再仔细看时，它却不像是一株野草，而像是一棵树，具体而微的树，有干有枝。枝子上长着一些黑色的圆果。我眼睛一花，原来以为是小草的东西，蓦地变成了参天大树，树上搭满鸟巢。树扎根的石块或铁块一下子变成了一座大山，巍峨雄奇。但是，当我用手一摸时，植物似乎又变成了矿物，是柔软的能屈能折的矿物。试想这一棵什么物从南极到中国，飞越千山万水，而一枝叶条也没有断，至今在我的手中也是一丝不断，这不是矿物又是什么呢？

我面对这一棵什么物，脑海里疑团丛生。

是草吗？不是。

是树吗？也不是。

是植物吗？不像。

是矿物吗？也不像。

它究竟是什么东西呢？我说不清楚。我只能认为它是从南极万古冰原中带来的一个奇迹。既然唐老鸭称之为植物，我们就算它是植物吧。我也想创造两个新名词：像植物一般的矿物，或者像矿物一般的植物。英国人有一个常用的短语：at one's wits' end，"到了一个人智慧的尽头"，我现在真走到了我的智慧的尽头了。

在这样智穷力尽的情况下，我面对这一个从南极来的奇迹，不禁浮想联翩。首先是它那六千年的寿命。在天文学上，在考古学上，在人类生活中，六千是一个很小的数目，没有什么值得大惊小怪的地方。但是，在人类有了文化以后的历史上，在国家出现的历史上，它却是一个很大的数目。中国满打满算也不过说有五千年的历史。连那一位玄之又玄的老祖宗黄帝，据一般词典的记载，也不过说他约生在公元前26世纪，距今还不满五千年。连世界上国家产生比较早的国家，比如古埃及和古印度，除了神话传说以外，也达不到六千年。我想，我们可以说，在这一株"植物"开始长的时候，人类还没有国家。说是"宇宙洪荒"，也许是太过了一点儿。但是，人类的国家，同它比较起来，说是瞠乎后矣，大概是可以的。

想到这一切，我面对这一株不起眼儿的"植物"，难道还能不惊诧得瞠目结舌吗？

再想到人类的寿龄和中国朝代的长短，更使我的心进一步地震动不已。古人诗说："人生不满百，常怀千岁忧。"在过去，人们总是互相祝愿"长命百岁"。对人生来说，百岁是长极长极了的。然而南极这一株"植物"在一百年内只长一毫米。中国历史上最长的朝代是周代，约有八百年之久。在这八百年中，人间发生了多么大的变动呀。春秋和战国都包括在这个期间。百家争鸣,何等热闹。云谲波诡,何等奇妙。然而,南极这一株"植物"却在万古冰原中,沉默着,忍耐着,只长了约八毫米。周代以后,秦始皇登场,修筑了令全世界惊奇的长城。接着登场的是赫赫有气的汉祖、唐宗等一批人物,半生征战,铁马金戈,杀人盈野,血流成河。一直到了清代末叶,帝制取消,军阀混战,最终是建成了中华人民共和国。两千多年的历史,千头万绪的史实,五彩缤纷,错综复杂,头绪无数,气象万千,现在大学里讲起中国通史,至少要讲上一学年,还只能讲一个轮廓。倘若细讲起来,还需要断代史,以及文学、哲学、经济、艺术、宗教、民族等的历史。至于历史人物,则有的成龙,有的成蛇;有的流芳千古,有的遗臭万年,成了人们茶余酒后谈古论今的对象。在这两千多年的漫长悠久的岁月中,赤县神州的花花世界里演出了多少幕悲剧、喜剧、闹剧;然而,这一株南极的"植物"却沉默着、忍耐着只长了两厘米多一点儿。多么艰难的成长呀!

想到这一切,我面对这一株不起眼儿的"植物"难道还能不惊诧得瞠目结舌吗?

我们的汉语中有"目击者"一个词儿,意思是"亲眼看到的人"。我现在想杜撰一个新名词儿"准目击者",意思是"有可能亲眼看到的人或物"。"物"分动植两种,动物一般是有眼睛的,有眼就能看到。但是,植物并没有眼睛,怎么还能"击"(看到)呢?我在这里只是用了一个诗意的说法,请大家千万不要"胶柱鼓瑟"地或者"刻舟求剑"地去推敲,就说是植物也能看见吧。孔子是中国的圣人，是万世师表，万人景仰。到了今天，除了他那峨冠博带的画像之外，人类或任何动物绝不会有孔子的目击者。植物呢，我想，连四川青城山上的那一株老寿星银杏树，或者陕西黄帝陵上那一些十几个人合抱不过来的古柏，也不会是孔子的目击者。然而，我们这一株南极的"植物"却是有这个资格的，孔子诞生的时候它已经有三千多岁了。对它来说，孔子是后辈又后辈了。如果它当时能来到中国，"目击"孔子不是轻而易举的事情吗？

我不是生物学家，没有能力了解，这一株"植物"究竟是什么东西，我也没有向唐老鸭问清楚：在南极有多少像这样的"植物"？

如果有多种的话，它们是不是都是六千岁？如果不是的话，它们中最老的有几千岁？这样的"植物"还会不会再长？这样一系列的问题萦绕在我脑海中。我感兴趣的问题是，我眼前的这一株"植物"，身高六厘米，寿高六千岁。如果它或它那些留在南极的伙伴还继续长的话，再过六千年，也不过高一分米二厘米，仍然是一株不起眼儿的可怜兮兮的"植物"，难登大雅之堂。然而，今后的六千年却大大地不同于过去的六千年了。就拿过去一百年来看吧，科技发展，日新月异，过去连想都不敢想的事情，现在做到了；过去认为是幻想的东西，现在是现实了。人类在太空可以任意飞行，连嫦娥的家也登门拜访到了。到了今天，更是分新秒异，谁也不敢说，新的科技将会把我们带向何方。一百年尚且如此，谁还敢想象六千年呢？到了那时候人类是否已经异化为非人类,至少是同现在的人类迥然不同的人类,谁又敢说呢?

想到这一切,念天地之悠悠,后不见来者,我面对这一株不起眼儿的"植物",我只能惊诧得瞠目结舌了。

2001 年 7 月 2 日

石榴花

我喜爱石榴,但不是它的果,而是它的花。石榴花,红得铿亮,红得耀眼,同宇宙间任何红颜色,都不一样。古人诗:"五月榴花照眼明。"著一"照"字,著一"明"字,而境界全出。谁读了这样的诗句,而不兴会淋漓的呢?

在中国,确有大片土地上栽种石榴的地方,比如陕西的秦始皇陵一带。从陵下一直到小山似的陵顶上,到处长满了一棵棵的石榴树,气势恢宏,绿意满天。可惜我到的时候,已经过了开花的季节。只见树上结满了个头极大的石榴,累累垂垂,盈树盈陵。可惜红花一朵也没有看到,实为莫大憾事。遥想旧历五月时节,花照眼明,满陵开成一片亮红,仿佛连天空都给染红了。那样的风光,现在只能意会神领了。

在我居住最久的两座城市里,在济南和北京,石榴却不是一种常见的植物。济南南关佛山街的老宅子,是一所典型的四合院。西屋是正房，房外南北两侧，各有一棵海棠花，早已高过了屋脊，恐怕已是百年旧树。春天满树繁花，引来了成群的蜜蜂，嗡嗡成一团。北屋门前左侧有一棵石榴树。石榴树本来就长不太高的，从来没有见过参天的石榴树。我们这一棵也不过丈八高，但树龄恐怕也有几十年了。每年夏初开花时，翠叶红花，把小院子照得一片亮红。

院子是个大杂院。我们家住北屋。南屋里住的是一家姓田的木匠。他有两个女儿，大的乳名叫小凤，小的叫小华。我决不迷信，但是我相信缘分，因为它确实存在，不相信是不行的。缘分的存在，小华和我的关系就能证明。她那时还不到两岁，路走不全，话也说不全。可是独独喜欢我。每次见到我，即使是正在母亲的怀抱里，也必挣扎出母亲的怀抱，张开小手，让我来抱。按流传的办法，她应该叫我"大爷"；但是两字相连，她发不出音来，于是缩减为一个"爷"字。抱在我怀里，她满嘴"爷""爷"，乐不可支。

这时正是夏初季气，石榴花开得正欢。有一天，吃过年饭，我躺在石榴树下一张躺椅上睡午觉。大概是睡得十分香甜。"大梦谁先觉？平生我自知。"可惜，诸葛亮知道，我却不知道。不知道睡了多久，我蒙眬醒来。睁眼一看，一个不满三块豆腐干高的小玩意儿，正站在我的枕旁，一声不响，大气不出，静静地等我醒来。一见我睁开惺忪的眼睛，立即活跃起来，一头扎在我的怀中，要我抱她，嘴里"爷！爷！"喊个不停。不是别人，正是小华。我又惊又喜，连忙把她抱了起来。抬头看到透过层层绿叶正开得亮红的石榴花。

以后,我出了国。在欧洲待了十一年以后,又回到祖国来,住在北京大学中关园第一公寓的一个单元里。我床头壁上挂着著名画家溥心畬画的一个条幅,上面画的是疏疏朗朗的一枝石榴,有一个果和一枝花,那一枝花颇能流露出石榴花特有的照眼明的神采。旁边题着两句诗:"只为归来晚,开花不及春。"多么神妙的幻想!石榴原来不是中原的植物,大约是在汉代从中亚安国等国传进来的,所以又叫"安石榴"。这情况到了诗人笔下,就被诗意化了。因为来晚了,所以没有赶得上春天开花,而是在夏历五月。等到百花都凋谢以后,石榴才一枝独秀,散发出亮红的光芒。

我那时候很忙,难得有睡懒觉的时间。偶尔在星期天睡上一次。躺在床上,抬眼看到条幅上画的榴花,思古之幽情,不禁油然而发。并没有古到汉代,只古到了二十几年前在佛山街住的时候。当时北屋前的那一棵石榴树是确确实实的存在物,而今却杳如黄鹤早已不存在了。而眼前画中的石榴,虽不是真东西却实实在在地存在着。世事真如电光石火,倏忽变化万端。我尤其忆念不忘的是当年只会喊"爷"的小华子。隔了二十多年,恐怕她早已是绿叶成荫子满枝了。奈之何哉!奈之何哉!

整整四十年前,我移家燕园内的朗润园。门前有小片隙地,遂圈以篱笆,辟为小小的花园,栽种了一些花木。十几年前,一位同事送给我一棵小石榴树,只有尺把高。我就把它栽在小花园里,绿叶滴翠,极惹人爱。我希望它第二年初夏能开出花来。但是,我失望了。又盼第三年,依然是失望。十几年下来,树已经长得很高,却仍然是只见绿叶,不见红花。我没有研究过植物学,但是听说,有的树木是有性别的。由树的性别,我忽然联想到了语言的性别。在现代语言中,法文名词有阴、阳二性;德文名词有阴、阳、中三性。古代梵文也有三性。在某些佛典中偶尔也有讲到语言的地方。一些译经的和尚把中性译为"黄的","黄的"者,太监也,非男非女之谓也。我惊叹这些和尚之幽默。却忽然想到,难道我们这一棵石榴树竟会是"黄的"吗?

然而,到了今年,奇迹却出现了。一天早晨,我站在阳台上看池塘中的新荷,我的眼前忽然一亮,"万绿丛中一点红"。我连忙擦了擦昏花的老眼,发现石榴树的绿叶丛中有一个亮红的小骨朵儿。我又惊又喜,我们的石榴树有喜了,它不是"黄的"了。我在大喜之余,遍告诸友。有人对我说:"你要走红运了!"我对张铁嘴、王半仙之流的讲运气的话,一向不信。但是,运气,同缘分一样,却是不能不信的。说白了是运气,说文了就是机遇。你能不相信机遇吗?

说老实话,今年确是有一些连做梦都想不到的怪事出现在我的身边。求全之毁,根本没有。不虞之誉却纷至沓来。难道我真交了好运了吗?我从来不认为自己有什么了不起。现在是收获得太多,而给予得太少,时有愧怍之感。我已经九十晋二,富贵于我真如浮云了。我只希望能壮壮实实地再活上一些年,再做一点儿对人有益的事情，以减少自己的愧怍之感。我尤其希望，在明年此时，榴花能再照亮我的眼睛。

2002 年 6 月 10 日

第四辑　北京回忆

我不是北京生人，但是前后在北京居住了将近五十年，算得上一个老北京了。六十年前，当我第一次从山东老家来北京的时候，我是一个不满十九岁的乡下人，没有见过大世面。一下火车，听到那些手里拿着布掸子给旅客掸土借以讨得几枚铜圆的老妇人，那一口抑扬顿挫嘹亮圆润的京片子，仿佛听到仙乐一般，震撼了我内心深处。

清华颂

清华园,永远占据着我的心灵。回忆起清华园,就像回忆我的母亲。

又怎能不这样呢?我离开清华已经四十多年了,中间只回去二三次。但是每次回到清华园,就像回到母亲的身边,我内心深处油然起幸福之感。在清华的四年生活,是我一生中最难忘、最愉快的四年。在那时候,我们国家民族正处在危急存亡的紧急关头,清华园也不可能成为世外桃源。但是园子内的生活始终是生气勃勃的,充满了活力的。民主的气氛,科学的传统,始终占着主导的地位。我同广大的清华校友一样,现在所以有这一点点知识,难道不就是在清华园中打下的基础吗?离开清华以后,我当然也学习了不少的新知识,但是在每一个阶段,只要我感觉到学习有所收获,我立刻想到清华园,没有在那里打下的基础,所有这一切都是不可能的。

季羡林先生题写的"悠悠母校情"

但是清华园却不仅仅是像我的母亲，而且像一首美丽的诗，它永远占据着我的心灵。

又怎能不这样呢？清华园这名称本身就充满了诗意。它的自然风光又是无限地美妙。每当严冬初过，春的信息，在清华园要比别的地方来得早，阳光似乎比别的地方多。这里的青草从融化过的雪地里探出头来，我们就知道：春天已经悄悄地来了。过不了多久，满园就开满了繁花，形成了花山、花海。再一转眼，就听到满园蝉声，荷香飘溢。等到蝉声消逝，荷花凋零，红叶又代替了红花，"霜叶红于二月花"。明月之夜，散步荷塘边上，充分享受朱自清先生所特别欣赏的"荷塘月色"。待到红叶落尽，白雪渐飘，满园就成了银妆玉塑，"既然冬天已经到了，春天还会远吗？"我们就盼望春天的来临了。在这四时变换、景色随时改变的情况下，有一个永远不变的背景，那就是西山的紫气。"烟光凝而暮山紫"，唐朝王勃已在一千多年以前赞美过这美妙绝伦的紫色了。这样，清华园不是一首诗而是什么呢？

在人生的道路上，我已经走了不短的一段路。看来我要走的道路也还不会是很短很短的，对我来说，清华园这一幅母亲的形象，这一首美丽的诗，将在我要走的道路上永远伴随着我，永远占据着我的心灵。

1981 年 1 月 22 日

梦萦未名湖

北京大学正在庆祝九十周年华诞。对一个人来说，九十周年是一个很长的时期，就是所谓耄耋之年。自古以来，能够活到这个年龄的只有极少数的人。但是，对一个大学来说，九十周年也许只是幼儿园阶段。北京大学肯定还要存在下去的，二百年，三百年，一千年，甚至更长的时期。同这样长的时间相比，九十周年难道还不就是幼儿园阶段吗？

我们的校史，还有另外一种计算方法，那就是从汉代的太学算起。这绝非我的发明创造，国外不乏先例。这样一来，我们的校史就要延伸到两千来年，要居世界第一了。就算是两千来年吧，我们的北大还要照样存在下去的。也许三千年，四千年，谁又敢说不行呢？同将来的历史比较起来，活了两千年也只能算是如日中天，我们的学校远远没有达到耄耋之年。

一个大学的历史存在于什么地方呢？在书面的记载里，在建筑的实物上，当然是的。但是，它同样也存在于人们的记忆中。相对而言，存在于人们的记忆中，时间是有限的，但它毕竟是存在，而且这个存在更具体、更生动、更动人心魄。在过去九十年中，从北京大学毕业的人数无法统计，每个人都有自己对母校的回忆。在这些人中，有许多在中国近代史上非常显赫的名字。离开这一些人，中国近代史的写法恐怕就要改变。这当然只是极少数人。其他绝大多数的人，尽管知名度不尽相同，也都在自己的工作岗位上，为祖国的建设事业做出了自己的贡献。他们个人的情况错综复杂，他们的工作岗位五花八门。但是，我相信，有一点却是共同的：他们都没有忘记自己的母校北京大学。本书中收集的几十篇文章完全可以证明这一点。母校像是一块大磁石吸引住了他们的心，让他们那记忆的丝缕永远同母校挂在一起，挂在巍峨的红楼上面，挂在未名湖的湖光塔影上面，挂在燕园的四时不同的景光上面：春天的桃杏藤萝，夏天的绿叶红荷，秋天的红叶黄花，冬天的青松瑞雪；甚至临湖轩的修篁，红湖岸边的古松，夜晚大图书馆的灯影，绿茵上飘动的琅琅书声，所有这一切无不挂上校友们回忆的丝缕，他们的梦永远萦绕在未名湖畔。《沙恭达罗》里面有一首著名的诗：

　　　　你无论走得多么远也不会走出了我的心，
　　　　　黄昏时刻的树影拖得再长也离不开树根。

　　北大校友们不完全是这个样子吗！

至于我自己,我七十多年的一生(我只是说到目前为止,并不想就要做结论),除了当过一年高中国文教员,在国外工作了几年以外,唯一的工作岗位就是北京大学,到现在已经四十多年了,占了我一生的一半还要多。我于1946年深秋回到故都,学校派人到车站去接。汽车行驶在十里长街上,凄风苦雨,街灯昏黄,我真有点儿悲从中来。我离开故都已经十几年了,身处万里以外的异域,作为一个海外游子经常给自己描绘重逢的欢悦情景。谁又能想到,重逢竟是这般凄苦?我心头不由自主地涌出了两句诗:"西风凋碧树,落叶满长安(长安街也)。"我心头有一个比深秋更深秋的深秋。

到了学校以后,我被安置在红楼三层楼上。在日寇占领时期,红楼驻有日寇的宪兵队,地下室就是行刑杀人的地方,传说里面有鬼叫声。我从来不相信有什么鬼神。但是,在当时,整个红楼上下五层,寥寥落落,只住着四五个人,再加上电灯不明,在楼道的薄暗处真仿佛有鬼影飘忽。走过长长的楼道,听到自己的脚音回荡,颇疑非置身人间了。

但是,我怕的不是真鬼,而是假鬼,这就是决不承认自己是魔鬼的国民党特务,以及由他们纠集来的当打手的天桥的地痞流氓。当时国民党反动派正处在垂死挣扎阶段。号称北平解放区的北大的民主广场,成了他们的眼中钉、肉中刺。红楼又是民主广场的屏障,于是就成了他们进攻的目标。他们白天派流氓到红楼附近来捣乱,晚上还想伺机进攻。住在红楼的人逐渐多起来了。大家都提高警惕,注意动静。我记得有几次甚至想用椅子堵塞红楼主要通道，防备坏蛋冲进来。这样紧张的气氛颇延续了一段时间。

延续了一段时间，恶魔们终于也没能闯进红楼，而北平却解放了。我于此时真正是耳目为之一新。这件事把我的一生明显地分成了两个阶段。从此以后，我的回忆也截然分成了两个阶段：一段是魑魅横行，黑云压城；一段是魍魉现形，天日重明。二者有天渊之别、云泥之分。北大不久就迁至城外有名的燕园中，我当然也随学校迁来，一住就住了将近四十年。我的记忆的丝缕会挂在红楼上面，会挂在截然不同的两个世界上，这是不言自喻的。

一住就是四十年，天天面对未名湖的湖光塔影。难道我还能有什么回忆的丝缕要挂在湖光塔影上面吗？别人认为没有，我自己也认为没有。我住房的窗子正面对未名湖畔的宝塔。一抬头，就能看到高耸的塔尖直刺蔚蓝的天空。层楼栉比，绿树历历，这一切都是活生生的现实，一睁眼，就明明白白能够看到，哪里还用去回忆呢？

然而，世事多变。正如世界上没有一条完全平坦笔直的道路一样，我脚下的道路也不可能是完全平坦笔直的。在魍魉现形、天日重明之后，新生的魑魅魍魉仍然可能出现。我在美丽的燕园中，同一些正直善良的人们在一起，又经历了一场群魔乱舞、黑云压城的特大暴风骤雨。这在中国人民的历史上是空前的（我但愿它也能绝后）！我同一些善良正直的人们被关了起来，一关就是八九个月。但是，终于又像"凤凰涅槃"一般，活了下来，遗憾的是，燕园中许多美好的东西遭到了破坏。许多楼房外面墙上的"爬山虎"、那些有一二百年寿命的丁香花、在北京城颇有一点儿名气的西府海棠、繁荣茂盛了三四百年的藤萝，都坚决、彻底、干净、全部地被消灭了。为什么世间一些美好的花草树木也竟像人一样成了"反革命"，成了十恶不赦的罪犯呢？我百思不得其解。

我自己总算侥幸活下来了。但是，这一些为人们所深深喜爱的花草树木，却再也不能见到了。如果它们也有灵魂的话（我希望它们有！），这灵魂也决不会离开美丽的燕园。月白风清之夜，它们也会流连于未名湖畔湖光塔影中吧！如果它们能回忆的话，它们回忆的丝缕也会挂在未名湖上吧！可惜我不是活神仙，起死无方，回生乏术。它们消逝了，永远消逝了。这里用得上一句旧剧的戏词："要相会，除非是梦里团圆。"

到了今天，这场噩梦早已消逝得无影无踪。我又经历了一次魑魅现形、天日重明的局面。我上面说到，将近四十年来，我一直住在燕园中、未名湖畔，我那记忆的丝缕用不着再挂在未名湖上。然而，那些被铲除的可爱的花草时来入梦。我那些本来应该投闲置散的回忆的丝缕又派上了用场。它挂在苍翠繁茂的爬山虎上，芳香四溢的丁香花上，红绿皆肥的西府海棠上，葳蕤茂密的藤萝花上。这样一来，我就同那些离开母校的校友一样，也梦萦未名湖了。

尽管我们目前还有这样那样的困难，但是我们未来的道路将会越走越宽广。我们今天回忆过去，绝不仅仅是发思古之幽情。我们回忆过去是为了未来。愿普天之下的北大校友：国内的、海外的、男的、女的、老的、少的，什么时候也不要割断你们对母校的回忆的丝缕，愿你们永远梦萦未名湖，愿我们大家在十年以后都来庆祝母校百岁华诞。"但愿人长久，千里共婵娟！"

1988年1月3日

梦萦水木清华

离开清华园已经五十多年了,但是我经常想到她,我无论如何也忘不掉清华的四年学习生活。如果没有清华母亲的哺育,我大概会是一事无成的。

在 30 年代初期,清华和北大的门槛是异常高的。往往有几千学生报名投考,而被录取的还不到十分甚至二十分之一。因此,清华学生的素质是相当高的,而考上清华,多少都有点自豪感。

我当时是极少数的幸运儿之一,北大和清华我都考取了。经过了一番艰苦的思考,我决定入清华。原因也并不复杂,据说清华出国留学方便些。我以后没有后悔。清华和北大各有其优点,清华强调计划培养,严格训练;北大强调兼容并包,自由发展,各极其妙,不可偏执。

在校风方面,两校也各有其特点。清华校风我想以八个字来概括:清新、活泼、民主、向上。我只举几个小例子。新生入学，第一关就是"拖尸"，这是英文字"toss"的音译。意思是，新生在报到前必须先到体育馆，旧生好事者列队在那里对新生进行"拖尸"。办法是，几个彪形大汉把新生的两手、两脚抓住，举了起来，在空中摇晃几次，然后抛到垫子上，这就算是完成了手续，颇有点像《水浒传》上提到的杀威棍。墙上贴着大字标语："反抗者入水！"游泳池的门确实在敞开着。我因为有同乡大学篮球队长许振德保驾，没有被"拖尸"。至今回想起来，颇以为憾：这个终生难遇的机会轻轻放过，以后想补课也不行了。

这个从美国输入的"舶来品"，是不是表示旧生"虐待"新生呢？我不认为是这样。我觉得，这里面并无一点儿敌意，只不过是对新伙伴开一点儿玩笑，其实是充满了友情的。这种表

1934年，同学们欢送季羡林（前排中）大学毕业时合影

示友情的美国方式,也许有人看不惯,觉得洋里洋气的。我的看法正相反。我上面说到清华校风清新和活泼,就是指的这种"拖尸",还有其他一些行动。

我为什么说清华校风民主呢?我也举一个小例子。当时教授与学生之间有一条鸿沟,不可逾越。教授每月薪金高达三四百元大洋,可以购买面粉二百多袋,鸡蛋三四万个。他们的社会地位极高,往往目空一切,自视高人一等。学生接近他们比较困难。但这并不妨碍学生开教授的玩笑。开玩笑几乎都在《清华周刊》上。这是一份由学生主编的刊物,文章生动活泼,而且图文并茂。现在著名的戏剧家孙浩然同志,就常用"古巴"的笔名在《周刊》上发表漫画。有一天,俞平伯先生忽然大发豪兴,把脑袋剃了个净光,大摇大摆,走上讲台,全堂为之愕然。几天以后,《周刊》上就登出了文章,讽刺俞先生要出家当和尚。第二件事情是针对吴雨僧(宓)先生的。他正教我们"中西诗之比较"这一门课。在课堂上,他把自己的新作十二首《空轩》诗印发给学生。这十二首诗当然意有所指,究竟指的是什么?我们说不清楚。反正当时他正在多方面地谈恋爱,这些诗可能与此有关。他热爱毛彦文是众所周知的。他的诗句:"吴宓苦爱(毛彦文),三洲人士共惊闻。"是夫子自道。《空轩》诗发下来不久,校刊上就刊出了一首七律今译,我只记得前一半:

一见亚北貌似花,顺着秫秸往上爬。
单独进攻忽失利,跟踪盯梢也挨刷。

最后一句是:"椎心泣血叫妈妈。"诗中的人物呼之欲出,熟悉清华今典的人都知道是谁。

学生同俞先生和吴先生开这样的玩笑,学生觉得好玩,威严方正的教授也不以为忤。这种气氛我觉得很和谐有趣。你能说这不民主吗?这样的琐事我还能回忆起一些来,现在不再啰唆了。

清华学生一般都非常用功,但同时又勤于锻炼身体。每天下午四点以后,图书馆中几乎空无一人,而体育馆内则是人山人海,著名的"斗牛"正在热烈进行。操场上也挤满了跑步、踢球、打球的人。到了晚饭以后,图书馆里又是灯火通明,人人伏案苦读了。

根据上面谈到的各方面的情况,我把清华校风归纳为八个字:清新、活泼、民主、向上。

我在这样的环境中生活、学习了整整四个年头,其影响当然是非同小可的。至于清华园的景色,更是有口皆碑,而且四时不同:春则繁花烂漫,夏则藤影荷声,秋则枫叶似火,冬则白雪苍松。其他如西山紫气,荷塘月色,也令人忆念难忘。

现在母校八十周年了,我可以说是与校同寿。我为母校祝寿,也为自己祝寿。我对清华母亲依恋之情,弥老弥浓。我祝她长命千岁,千岁以上。我祝自己长命百岁,百岁以上。我希望在清华母亲百岁华诞之日,我自己能参加庆祝。

1988 年 7 月 22 日

我爱北京

我爱北京！

我不是北京生人，但是前后在北京居住了将近五十年，算得上一个老北京了。60年前，当我第一次从山东老家来北京的时候，我是一个不满19岁的乡下人，没有见过大世面。一下火车，听到那些手里拿着布掸子给旅客掸土借以讨得几枚铜圆的老妇人，那一口抑扬顿挫嘹亮圆润的京片子，仿佛听到仙乐一般，震撼了我内心深处。我觉得北京真是一个奇妙的好地方，一个有文化有教养的城市。我从此学会了一件事：我爱北京。

在清华园里住了四年，然后回到故乡的一个高级中学里教了一年国文，就到欧洲去了。在那里一住就是将近十一年。1946年深秋，我终于倦鸟归林，又回到了北京。从那时到现在一住又是四十多年，没有迁移到任何别的城市去。今后我大概也不会移家他处，我要终老于斯了。

我爱北京!

在解放前的二十年中,北京基本上没有变,城垣高耸,宫阙连云,红墙黄瓦,相映生辉,驼铃与电车齐鸣,蓝天共碧水一色,一种古老的情味,弥漫一切。这是北京美的一方面。"无风三尺土,有雨一街泥",这是北京并不怎样美的一方面。不管美与不美,北京在我心中总是美的。在我离开北京远处异域的那十多年中,我不但经常想到北京,而且经常梦到北京,我是多么想赶快回到北京的怀抱里来呀!

中华人民共和国成立以后,北京,同全国人民一样,走上了一个崭新的发展阶段。城市面貌日新月异,真正达到了一天等于20年的速度。我记得曾读过老舍先生的一篇文章(也许是亲自听他说的),他说,他这老北京,只要几天不出门,出门就吃一惊:什么地方又起了一座摩天高楼,什么地方街道变了样子,他因此甚至迷路,走不回家来。

变化不是坏事,而是好事。可是人们的思想往往跟不上。50年代的前一半,有几年我是北京市人大代表。我记得最清楚的一件事,是拆除天安门前东西两座牌楼引起了风波。在人大全体会议上,代表们争论激烈,各不相让。最后请出了北京市主管交通的一个处长,到大会上来汇报,历数这两座牌楼造成的交通恶性事故,也举出了伤亡人数。在事实面前,大家终于统一了思想,举手通过拆除方案。市府立即下令执行。我是一个保守思想颇浓的人,我原来也属于反对拆除派。到了今天,天安门广场已经完全变了样子,成为世界上最大的

北京寄语　季羡林

不佞重申三论证：二十一世纪将为东方文化重现辉煌之世纪。西方科技文明虽曾于上一世纪立百大功利，此为举世人所公认者，但其唐吉诃德式之蛮诛之开始暴露人类生存所需进。举世对其侵夺传统之继承与发扬有之。此乃义理之所当持之。举世付已。此乃义理之所当坚之。此乃义理之所当行之。以此不得不尔也。

佛学为东方文化重要组成部分，唐玄奘西渡印度，以卫国弘扬于中华，迄今犹为后世纪中，吾辈之感奋印在焉，扬扬光大之。吾辈所孕育大志，必不可等闲视之。

一九九二年三月

季羡林先生书法作品《北京寄语》

广场。如果当年不拆除那两座牌楼,今天摆在那里,最多像两个火柴盒,在车水马龙中,不但影响交通,而且不也显得十分滑稽吗?

我们常说,看问题要有预见性。但是,说起来容易,做起来难。我们往往囿于眼前的情况,不能自拔。及至时过境迁,才豁然开朗,恍然大悟,狠狠地吃上一服后悔药。我自己不知吃了多少后悔药,头脑才比较清醒一点儿。我深深知道,今之视昔,亦犹后之视今。但前者易而后者难。我们不应该害怕变化,否则将来还要吃后悔药的。

但是,是不是所有的变化都是好事呢?也不见得。以北京为例。北京不是没有变,而是有的地方变得过了头,在大变中应该保留一点不变,那就好多了。比如北京城内的核心地区,以故宫为中心,就应该比较完整地保留下来。然而这一点我们并没能做到。新建的一些摩天大楼破坏了这个地区的完整性,实在很可惜。从前人们登上景山最高处或者北海白塔,纵目南望,在红墙中的黄琉璃瓦屋顶,在阳光中闪出金光,仿佛在那里波动,宛如一片黄色的海洋。这种景色世界上任何地方都是看不到的,然而现在已经遭到一些破坏,回天无术了。

又比如北京的城墙,完全可以像西安那样,有选择地保留几段,修成城垣公园,供国内外的游人登临欣赏,岂非天下乐事!现在却是完全、彻底、干净、全部地拆掉了。同样是回天无术了。

建设首都,可以允许同建设其他大城市有所不同。这种做法世界上不乏先例。比如说联邦德国的首都波恩，是一座相当小的城市。城内不允许建立重工业，连轻工业据说也只有一个小小的玻璃厂。城内既无污染，也没有噪音，街道洁净，空气新鲜，交通不拥挤，整个城市宛如一座安静的花园。我们为什么一定要把北京建成一座所谓"生产的"城市呢？我觉得，这也是一个走极端的例子。联邦德国有一个"消费城市"首都波恩，美国有一个"消费城市"首都华盛顿，难道影响了他们生产力的发展吗？

我上面谈到，我初到北京时，觉得北京真是一个有文化的城市，北京人待人接物都彬彬有礼。到了今天，这种风气似乎有点儿变样了。有一些人，特别是青年人，似乎没有为这种风气所感染，有点儿"异化"了。我只希望，这只是局部的现象。我希望，所有的新老北京人都想到自己所处的地位，努力把那种优良的风气发扬光大，使我们这个泱泱大国的首都真正成为一个有文化有教养的城市，不但能为全国各族人民的表率，而且能给国际友人以良好的印象。只有这样，我们才对得起这一个千年古都。

我始终认为，北京不仅是中国人民的北京，而且是世界的北京。我曾多次站在天安门广场上，浮想联翩，上天下地，觉得脚下踏的这一块土地，内联五湖，外达四海，上凌牛斗，下镇大地，呼吸与日月相通，颦笑与十亿共享，真是一块了不起的地方。我国各族人民对北京的爱，就是对祖国的爱。世界各国人民来访中国，必须先访北京。北京，在全国人民心中，在全世界人民心中，就占有这样特殊的位置。

今天，北京似乎返老还童了。北京已经变化了，正在变化着，而且还将继续变化下去。我以垂暮之年，能生活在这个城市里，真是莫大的幸福。

我爱北京！

1989年2月28日

我爱北京的小胡同

我爱北京的小胡同,北京的小胡同也爱我,我们已经结下了永恒的缘分。

六十多年来,我到北京来考大学,就下榻于西单大木仓里面一条小胡同中的一个小公寓里。白天忙于到沙滩北大三院去应试。北大与清华各考三天,考得我焦头烂额,精疲力尽。夜里回到公寓小屋中,还要忍受臭虫的围攻,特别可怕的是那些臭虫的空降部队,防不胜防。

但是,我们这一帮山东来的学生仍然能够苦中作乐。在黄昏时分,总要到西单一带去逛街。街灯并不辉煌,"无风三尺土,有雨一街泥",也会令人不快。我们却甘之若饴。耳听铿锵清脆,悠扬有致的京腔,如闻仙乐。此时鼻管里会蓦地涌入一股幽香,是从路旁小花摊上的栀子花和茉莉花那里散发出来的。回到公寓,又能听到小胡同中的叫卖声:"驴肉!驴肉!""王致和的臭豆腐！"其声悠扬、深邃，还含有一点儿凄清之意。这声音把我送入梦中，送到与臭虫搏斗的战场上。

将近五十年前，我在欧洲待了十年多以后，又回到了故都。这一次是住在东城的一条小胡同里：翠花胡同，与南面的东厂胡同为邻。我住的地方后门在翠花胡同，前门则在东厂胡同，据说就是明朝的特务机关东厂所在地，是折磨、囚禁、拷打、杀害所谓"犯人"的地方，冤死之人极多，他们的鬼魂据说常出来显灵。我是不相信什么鬼怪的。我感兴趣的不是什么鬼怪显灵，而是这一所大房子本身。它地跨两个胡同，其大可知。里面重楼复阁，回廊盘曲，院落错落，花园重叠，一个陌生人走进去，必然是如入迷宫，不辨东西。

然而，这样重复的内容，无论是从前面的东厂胡同，还是从后面的翠花胡同，都是看不出来的。外面十分简单，里面十分复杂；外面十分平凡，里面十分神奇。这是北京许多小胡同共有的特点。

据说当年黎元洪大总统在这里住过。我住在这里的时候，北大校长胡适住在黎住过的房子中。我住的地方仅仅是这个大院子中的一个旮旯，在西北角上。但是这个旮旯也并不小，是一个三进的院子，我第一次体会到"庭院深深深几许"的意境。我住在最深一层院子的东房中，院子里摆满了汉代的砖棺。这里本来就是北京的一所"凶宅"，再加上这些棺材，黄昏时分，总会让人感觉到鬼影憧憧，毛骨悚然。所以很少有人敢在晚上来拜访我。我每日"与鬼为邻"，倒也过得很安静。

第二进院子里有很多树木,我最初没有注意是什么树。有一个夏日的晚上,刚下过一阵雨,我走在树下,忽然闻到一股幽香。原来这些是马缨花树,树上正开着繁花,幽香就是从这里散发出来的。

这一下子让我回忆起十几年前西单的栀子花和茉莉花的香气。当时我是一个十九岁的大孩子,现在成了中年人。相距将近二十年的两个我,忽然融合到一起来了。

不管是六十多年,还是五十年,都成为过去了。现在北京的面貌天天在改变,层楼摩天,国道宽敞。然而那些可爱的小胡同,却日渐消逝,被摩天大楼吞噬掉了。看来在现实中小胡同的命运和地位都要日趋消沉,这是不可抗御的,也不一定就算是坏事。可是我仍然执着地关心我的小胡同。就让它们在我心中占一个地位吧,永远,永远。

我爱北京的小胡同,北京的小胡同也爱我。

1993 年 10 月 25 日

清华梦忆

人有人格,国有国格,校也有校格。

就以北大和清华而论,两校同为全国最高学府,共同之处当然很多;但是不同之处也颇突出。这就是所谓两校校格不同。

不同之处究竟何在呢?

这是一个大题目,恐怕开上几次国际研讨会,也难以说得明白的。我现在不揣谫陋,聊陈己见。

整整70年前,在1930年,我从山东到北京(北平)来考大学。来自五湖四海的五六千学生,心目中最高的目标就是北大和清华。但是这两所大学门槛是异常高的,往往是几十个学生中才能录取一个。我有幸两所大学都录取了。由于我幻想把自己这一个渺小粗陋的身躯镀上一层不管是多么薄的金子,好以此吓唬人,抢得一只好饭碗。而镀金只能出国留学,留学的机会清华比北大多一些。所以我就舍北大而取清华。

在清华住了一段时间以后，对清华的校格逐渐明确了，最后形成了初步的看法。我在北大有不少朋友，言谈之间，也了解到了北大的一些情况，于是对北大的校格也逐渐形成了一个明确的概念。我恍然小悟：两所大学的校格原来竟是有许多不同之处的。

　　我从小处谈起，先举一个小例子。在清华，呼唤服务的工人，一般都叫作"工友"。在北大，据说是叫"听差"。而在朝阳大学则是"茶房"。在清华，工人和教师、学生处于平等的地位上。在北大则处于主仆的地位。而在朝阳大学则是处于顾客与旅馆杂役的地位。这是一件十分细微的末节；然而却是多么生动，多么清楚，又多么耐人寻味。

　　其中原因，我认为，并不复杂。清华建立的基础是美国退还的庚子赔款，完全受美国的影响，受资本主义的影响，身上没有封建的包袱。而北大则是由京师大学堂转变成的，身上背着几千年的封建传统。好的方面是文化基础雄厚，坏的方面是封建主义严重。我听人说到过——据说这并不是笑话——北大初建时，学习西方，有体操一门课，聘请了专门的体操教员，这些人当然都是平头老百姓。而被他们训练的学生则很多都是世荫的二三品大员。教员发口令时，不敢明目张胆地喊出"立正""稍息"，于是想出了一个奇妙的办法，改变舶来的口令，大喊："老爷们立正！""老爷们稍息！"从这些小事儿也可以看出来，清华多的是资本主义，北大多的是封建主义。

　　但是，稍有一点儿辩证法常识的人都会知道，世间事物都是一分为二的。北大的封建主义也能产生好的效果,如果北大没有这样浓重的封建传统或者气氛,五四运动,即使是注定要爆发,也绝不会是在北大。你能够想象清华会爆发反封建的五四运动吗?即使1919年清华已经建成了大学,而不是留美预备学校,这样的事情也绝不会出现的。人们常说,坏事变好事,北大的封建传统促成了改变中国面貌的启蒙运动,不正证实了这一句话吗?

五四运动对中国,特别是对中国学界,更特别是对北大,留下了深远的影响。北大学生继承了自东汉太学生起就有了的关心国家大事,天下兴亡、匹夫有责的爱国主义传统,对政治动向特别敏感,到了五四运动,达到了一个高潮。从那以后,历届学生运动几乎都从北大开始就是一个证明。在这方面,清华并不落后,"一二·九"运动就是一个生动的例证。在这一点上,清华与北大是有相同之处的。

我在清华待了四年,而在北大则已经待了五十四年,是清华的十几倍。我一直到今天还在不断考虑两校同异的问题。我一向不赞成西方那种以分析的思维模式为基础的一、二、三、四,A、B、C、D的分析方法,而垂青于中国的以综合的思维模式为基础的评断方法。中国古代月旦人物,品评艺术,都不采用分析的方法,而是选用几个简单的、生动的、形象的,看似模糊而实则内涵极为丰富的词语,形神毕具,给人以无量的暗示能力,给人以无限的想象活动的余地。根据这一条准则,我用四个字来表示清华的校格,这四个字是:清新俊逸。给北大的则是：凝重深厚。二者各有千秋，无所轩轾于其间。但二者是能够，也是必须互相学习的。这样做是互补的，两利的。谁要是想成为"老子天下第一"，那就必然会是"可怜无补费精神"。

以上是我对北大和清华两校校格的看法，也是我对两校的希望和祝福。

在母校将庆祝成立九十年华诞之际，《清华大学学报》（哲社版）的副主编刘石教授写信给我，要我写点儿纪念文字。这是我义不容辞的。但是，可写的东西真是太多太多了。想来想去，终于决定了写上面这一番怪论。我自己说它是"怪论"，这是我以退为进的手法，我是一点儿也不觉得它有什么"怪"的。如果我真正认为它怪，我就决不会写出来出自己的丑。我认为，这是我一家之言，是长期思考的结果。我希望能够在北大、清华两校找到一些知音。

2000 年 11 月 7 日

第五辑　花开花落

水是能看得见,摸得着的。时间却看不见,摸不着的,它的流逝你感觉不到,然而确实是在流逝。

黄昏

  黄昏是神秘的,只要人们能多活下去一天,在这一天的末尾,他们便有个黄昏。但是,年滚着年,月滚着月,他们活下去有数不清的天,也就有数不清的黄昏。我要问:有几个人觉到过黄昏的存在呢?

  早晨,当残梦从枕边飞去的时候,他们醒转来,开始去走一天的路。他们走着,走着,走到正午,路陡然转了下去。仿佛只一溜,就溜到一天的末尾,当他们看到远处弥漫着白茫茫的烟,树梢上淡淡涂上了一层金黄色,一群群的暮鸦驮着日色飞回来的时候,仿佛有什么东西轻轻地压在他们的心头。他们知道:夜来了。他们渴望着静息,渴望着梦的来临。不久,薄冥的夜色糊了他们的眼,也糊了他们的心。他们在低隘的小屋里忙乱着,把黄昏关在门外,倘若有人问:你看到黄昏了没有?黄昏真美啊,他们却茫然了。

他们怎能不茫然呢？当他们再从崖里探出头来寻找黄昏的时候，黄昏早随了白茫茫的烟的消失，树梢上金色的消失，鸦背上日色的消失而消失了。只剩下朦胧的夜。这黄昏，像一个春宵的轻梦，不知在什么时候漫了来，在他们心上一掠，又不知在什么时候走了。

黄昏走了。走到哪里去了呢？不，我先问：黄昏从哪里来的呢？这我说不清。又有谁说得清呢？我不能够抓住一把黄昏，问它到底。从东方吗？东方是太阳出的地方。从西方吗？西方不正亮着红霞吗？从南方吗？南方只充满了光和热，看来只有说从北方来的最适宜了。倘若我们想了开去，想到北方的极端，是北冰洋，我们可以在想象里描画出：白茫茫的天地，白茫茫的雪原，和白茫茫的冰山。再往北，在白茫茫的天边上，分不清哪是天，是地，是冰，是雪，只是朦胧的一片灰白。朦胧灰白的黄昏不正应当从这里蜕化出来吗？

然而，蜕化出来了，却又扩散开去。漫过了大平原，大草原，留下了一层阴影；漫过了大森林，留下了一片阴郁的黑暗，漫过了小溪，把深灰色的暮色溶入玲琮的水声里，水面在阒静里透着微明；漫过了山顶，留给它们星的光和月的光；漫过了小村，留下了苍茫的暮烟……给每个墙角扯下了一片，给每个蜘蛛网网住了一把。以后，又漫过了寂寞的沙漠，来到我们的国土里。我能想象：倘若我迎着黄昏站在沙漠里，我一定能看着黄昏从辽远的天边上跑了来，像——像什么呢？是不是应当像一阵灰蒙的白雾？或者像一片扩散的云影？跑了来，仍然只是留下一片阴影,又跑了去,来到我们的国土里,随了弥漫在远处的白茫茫的烟,随了树梢上的淡淡的金黄色,也随了暮鸦背上的日色,轻轻地落在人们的心头,又被人们关在门外了。

但是,在门外,它却不管人们关心不关心,寂寞地,冷落地,替他们安排好了一个幻变的又充满了诗意的童话般的世界,朦胧微明,正像反射在镜子里的影子,它给一切东西涂上银灰的梦的色彩。牛乳色的空气仿佛真牛乳似的凝结起来。但似乎又在软软地黏黏地浓浓地流动里。它带来了阗静,你听:一切静静的,像下着大雪的中夜。但是死寂吗?却并不,再比现在沉默一点儿,也会变成坟墓般的死寂。仿佛一点儿也不多,一点儿也不少,幽美的轻适的阗静软软地黏黏地浓浓地压在人们的心头,灰的天空像一张薄幕;树木,房屋,烟纹,云缕,都像一张张的剪影,静静地贴在这幕上。这里,那里,点缀着晚霞的紫曛和小星的冷光。黄昏真像一首诗,一支歌,一篇童话;像一片月明楼上传来的悠扬的笛声,一声缭绕在长空里亮唳的鹤鸣;像陈了几十年的绍酒;像一切美到说不出来的东西。说不出来,只能去看;看之不足,只能意会;意会之不足,只能赞叹。——然而却终于给人们关在门外了。

给人们关在门外,是我这样说吗?我要小心,因为所谓人们,不是一切人们,也绝不会是一切人们的。我在童年的时候,就常常待在天井里等候黄昏的来临。我这样说,并不是想表明我比别人强。意思很简单,就是:别人不去,也或者是不愿意去这样做。我(自然也还有别人)适逢其会地常常这样做而已。

常常在夏天里,我坐在很矮的小凳上,看墙角里渐渐暗了起来,四周的白墙上也布上了一层淡淡的黑影。在幽暗里,夜来香的花香一阵阵地沁入我的心里。天空里飞着蝙蝠。檐角上的蜘蛛网,映着灰白的天空,在朦胧里,还可以数出网上的线条和粘在上面的蚊子和苍蝇的尸体。在不经意的时候蓦地再一抬头,暗灰的天空里已经嵌上闪着眼的小星了。在冬天,天井里满铺着白雪。我蜷伏在屋里。当我看到白的窗纸渐渐灰了起来,炉子里在白天里看不出颜色来的火焰渐渐红起来、亮起来的时候,我也会知道:这是黄昏了。我从风门的缝里望出去:灰白的天空,灰白的盖着雪的屋顶。半弯惨淡的凉月印在天上,虽然有点儿凄凉;但仍然掩不了黄昏的美丽。这时,连常常坐在天井里等着它来临的人也不得不蜷伏在屋里。只剩了灰蒙的雪色伴了它在冷清的门外,这幻变的朦胧的世界造给谁看呢?黄昏不觉得寂寞吗?

　　但是寂寞也延长不多久。黄昏仍然要走的。李商隐的诗说:"夕阳无限好,只是近黄昏。"诗人不正慨叹黄昏的不能久留吗?它也真地不能久留,一瞬眼,这黄昏,像一个轻梦,只在人们心上一掠,留下黑暗的夜,带着它的寂寞走了。

　　走了,真的走了。现在再让我问:黄昏走到哪里去了呢?这我不比知道它从哪里来得更清楚。我也不能抓住黄昏的尾巴,问它到底。但是,推想起来,从北方来的应该到南方去的罢。谁说不是到南方去的呢?我看到它怎样走的了。——漫过了南墙;漫过了南边那座小山,那片树林;漫过了美丽的南国。一直到辽旷的非洲。非洲有耸峭的峻岭;岭上有深邃的永古苍暗的大森林。再想下去，森林里有老虎——老虎？黄昏来了，在白天里只呈露着淡绿的暗光的眼睛该亮起来了吧。像不像两盏灯呢？森林里还该有莽苍葳蕤的野草，比人高。草里有狮子，有大蚊子，有大蜘蛛，也该有蝙蝠，比平常的蝙蝠大。夕阳的余晖从树叶的稀薄处，透过了架在树枝上的蜘蛛网，漏了进来，一条条灿烂的金光，照耀得全林子里都发着棕红色，合了草底下毒蛇吐出来的毒气，幻成五色绚烂的彩雾。也该有萤火虫吧，现在一闪一闪地亮起来了，也该有花，但似乎不应该是夜来香或晚香玉。是什么呢？是一切毒艳的恶之花。在毒气里，不正应该产生恶之花吗？这花的香慢慢融入棕红色的空气里，融入绚烂的彩雾里。搅乱成一团，滚成一团暖烘烘的热气。然而，不久这热气就给微明的夜色消融了。只剩一闪一闪的萤火虫，现在渐渐地更亮了。老虎的眼睛更像两盏灯了，在静默里瞅着暗灰的天空里才露面的星星。

然而，在这里，黄昏仍然要走的。再走到哪里去呢？这却真的没人知道了。——随了淡白的疏稀的冷月的清光爬上暗沉沉的天空里去吗？随了眨着眼的小星爬上了天河吗？压在蝙蝠的翅膀上钻进了屋檐吗？随了西天的晕红消融在远山的后面吗？这又有谁能明白地知道呢？我们知道的，只是：它走了，带了它的寂寞和美丽走了，像一丝微飔，像一个春宵的轻梦。

是了。——现在，现在我再有什么可问呢？等候明天吗？明天来了，又明天，又明天。当人们看到远处弥漫着白茫茫的烟，树梢上淡淡涂上了一层金黄色，一群群的暮鸦驮着日色飞回来的时候,又仿佛有什么东西压在他们的心头,他们又渴望着梦的来临。把门关上了。关在内外的仍然是黄昏,当他们再伸头出来找的时候,黄昏早已走了。从北冰洋跑了来,一过路,到非洲森林里去了。再到,再到哪里,谁知道呢?然而夜来了,漫漫的漆黑的夜,闪着星光和月光的夜,浮动着暗香的夜……只是夜,长长的夜,夜永远也不完,黄昏呢?——黄昏永远不存在在人们的心里的。只一掠,走了,像一个春宵的轻梦。

1934年1月4日

回忆

　　回忆很不好说，究竟什么才算是回忆呢？我们时时刻刻沿了人生的路向前走着，时时刻刻有东西映入我们的眼里。——即如现在吧，我一抬头就可以看到清浅的水在水仙花盆里反射的冷光，漫在水里的石子儿的晕红和翠绿，茶杯里残茶在软柔的灯光下照出的几点金星。但是，一转眼，眼前的这一切，早跳入我的意想里，成轻烟，成细雾，成淡淡的影子，再看起来，想起来，说起来的话，就算是我的回忆了。

　　只说眼前这一步，只有这一点儿淡淡的影子，自然是迷离的。但是我自从踏到世界上来，走过不知多少的路。回望过去的茫茫里，有着我的足迹叠成的一条白线，一直引到现在，而且还要引上去。我走过都市的路，看尘烟缭绕在栉比的高屋的顶上。我走过乡村的路，看似水的流云笼罩着远村，看金海似的麦浪。我走过其他许许多多的路，看红的梅，白的雪，激滟的流水，十里稷稷的松壑,死人的蜡黄的面色,小孩充满了生命力的踊跃。我在一条路上接触到种种的面影,熟悉的,不熟悉的。这一切的一切都在我走着的时候,蓦地成轻烟,成细雾,成淡淡的影子,储在我的回忆里。有的也就被埋在回忆的暗陬里,忘了。当我转向另一条路的时候,随时又有新的东西,另有一群面影凑集在我的眼前。蓦地又成轻烟,成细雾,成淡淡的影子,移入我的回忆里,自然也有的被埋在暗陬里,忘了。新的影子挤入来,又有旧的被挤到不知什么地方去幻灭,有的简直就被挤了出去。以后,当另一群更新的影子挤进来的时候,这新的也就追踪了旧的命运。就这样,挤出,挤进,一直到现在。我的回忆里残留着各样的影子,色彩。分不清先先后后,紫混成一团了。

我就带着这紫混的一团从过去的茫茫里走上来。现在抬头就可以看到水仙花盆里反射的水的冷光,水里石子儿的晕红和翠绿,残茶在灯下照出的几点金星。自然,前面已经说过,这些都要倏地变成影子,移入回忆里,移入这紫混的一团里,但是在未移动以前,这紫混的一团影子说不定就在我的脑海里浮动起来,我就自然陷入回忆里去了——陷入回忆里去,其实是很不费力的事。我面对着当前的事物。不知怎地,迷离里忽然电光似的一掣,立刻有灰蒙蒙的一片展开在我的意想里,仿佛是空空的,没有什么,但随便我想到曾经见过的什么,立刻便有影子浮现出来。跟着来的还不止一个影子,两个,三个,多,更多了。影子在穿梭,在紫混。又仿佛电光似的一掣,我又顺着一条线回忆下去——比如回忆到故乡里的秋吧。先仿佛看到

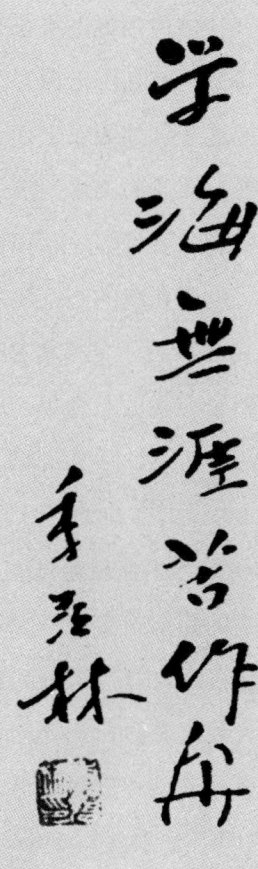

季羡林先生题写的"学海无涯苦作舟"

满场里乱摊着的谷子，黄黄的。再看到左右摆动的老牛的头，飘浮着云烟的田野，屋后银白的一片秋芦。再沉一下心，还仿佛能听到老牛的喘气，柳树顶蝉的曳长了的鸣声。豆荚在日光下毕剥的炸裂声。蓦地，有如阴云漫过了田野，只在我的意想里一恍，在故乡里的这些秋的影子上面，又挤进来别的影子了——红的梅，白的雪，潋滟的流水，十里稷稷的松壑，死人的蜡黄的面色，小孩充满了生命力的踊跃。同时，老牛的影，芦花的影，田野的影，也站在我的心里的一个角隅里。这许多的影子掩映着，混起来。我再不能顺着刚才的那条线想下去。又有许多别的历乱的影子在我的意念里跳动。如电光火石，炫了我的眼睛。终于我一无所见，一无所忆。仍然展开了灰蒙蒙的一片，空空的，什么也没有。我的回忆也就停止了。

　　我的回忆停止了，但是绝不能就这样停止下去的。我仍然说，我们时时刻刻沿着人生的路向前走着，时时刻刻就有回忆萦绕着我们。——再说到现在吧。灯光平流到我面前的桌上，书页映出了参差的黑影，看到这黑影，我立刻想到在过去不知什么时候看过的远山的淡影。玻璃杯反射着清光。看了这清光，我立刻想到月明下千里的积雪。我正写着字。看了这一颗颗的字，也使我想到阶下的蚁群……倘若再沉一下心，我可以想到过去在某处见过这样的山的淡影。在另一个地方也见过这样的影子，纷纷的一团。于是想了开去，想到同这影子差不多的影子。纷纷的一团。于是又想了开去，仍然是纷纷的一团影子。但是同这山的淡影，同这书页映出的参差的黑影却没有一点儿关系了。

这些影子还没幻灭的时候，又有别的影子隐现在他们后面，朦胧，暗淡，有着各样的色彩。再往里看，又有一层影子隐现在这些影子后面，更朦胧，更暗淡，色彩也更繁复……一层，一层，看上去，没有完。越远越暗淡了下去。到最后，只剩了那么一点儿绰绰的形象。就这样，在我的回忆里，一层一层地，这许许多多的影子，色彩，分不清先先后后，又紫混成一团了。

我仍然带了这紫混的一团影子走上去。倘若要问：这些影子都在什么地方呢？我却说不清了。往往是这样，一闭眼，先是暗冥冥的一片，再一看，里面就有影子。但再问：这暗冥冥的一片在什么地方呢？恐怕只有天知道吧。当我注视着一件东西发愣的时候，这些影子往往就叠在我眼前的东西上。在不经意的时候，我常把母亲的面影叠在茶杯上。把忘记在什么时候看见的一条长长的伸到水里去的小路叠在 Hölderlin 的全集上。把一树灿烂的海棠花叠在盛着花的土盆上。把大明湖里的塔影叠在桌上铺着的晶莹的清玻璃上。把晚秋黄昏的一天暮鸦叠在墙角的蜘蛛网上，把夏天里烈日下的火红的花团叠在窗外草地上半匐着的白雪上……然而，只要一经意，这些影子立刻又水纹似的幻化开去。同了这茶杯的，这 Hölderlin 全集的，这土盆的，这清玻璃的，这蜘蛛网的，这白雪的，影子，跳入我们的回忆里，在将来的不知什么时候，又要叠在另一些放在我眼前的东西上了。

将来还没有来。而且也不好说。但是，我们眼前的路不正引向将来去吗？我看过了清浅的水在水仙花盆里反射的冷光，映在水里的石子儿的晕红和翠绿，残茶在软柔的灯光下照出的那几点金星。也看过了茶杯，Hölderlin 全集，土盆，清玻璃，蜘蛛网，白雪，第二天我自然看到另一些新的东西，第三天我自然看到另一些更新的东西。第四天，第五天……看到的东西多起来，这些东西都要倏地成轻烟，成细雾，成淡淡的影子，储在我的回忆里吧。这一团紫混的影子，也要更紫混了。等我不能再走，不能再看的时候，这一团也随了我走应当走的最后路。然而这时候，我却将一无所见，一无所忆。这一团影子幻失到什么地方去了呢？随了大明湖里的倒影飘散到茫迷里去了吗？随了远山的淡霭被吸入金色的黄昏里去了吗？说不清；而且也不必说。——反正我有过回忆了。我还希望什么呢？

1934 年 1 月 14 日旧历年元旦灯下

寂寞

寂寞像大毒蛇，盘住了我整个的心，我自己也奇怪：几天前喧腾的笑声现在还萦绕在耳际，我竟然给寂寞克服了吗？

但是，克服了，是真的，奇怪又有什么用呢？笑声虽然萦绕在耳际，早已恍如梦中的追忆了，我只有一颗心，空虚寂寞的心被安放在一个长方形的小屋里。我看四壁，四壁冰冷像石板，书架上一行行排列着的书，都像一行行的石块，床上棉被和大衣的折纹也都变成雕刻家手下的作品了，死寂，一切死寂，更死寂的却是我的心，——我到了庞培（Pompaii）了吗？不，我自己证明没有，隔了窗子，我还可以看见袅动的烟缕，虽然还在袅动，但是又是怎样地微弱呢，——我到了西敏斯大寺（Westminster Abbey）了吗？我自己又证明没有，我看不到阴森的长廊，看不到诗人的墓圹，我只是被装在一个长方形的小屋里，四周圈着冰冷的石板似的墙壁，我究竟在什么地方呢？桌子上那两盆草的曼长嫩绿的枝条,反射在镜子里的影子,我透过玻璃杯看到的淡淡的影子;反射在电镀过的小钟座上的影子,在平常总轻轻地笼罩上一层绿雾,不是很美丽有生气的吗?为什么也变成浮雕般呆僵不动呢?——一切完了,一切都给寂寞吞噬了,寂寞凝定在墙上挂的相片上,凝定在屋角的蜘蛛网上,凝定在镜子里我自己的影子上……

一切都真的给寂寞吞噬了吗?不,还有我自己,我试着抬一抬胳膊,还能抬得起,我摆了摆头,镜子里的影子也还随着动,我自己问:是谁把我放在这里的呢?是我自己,现在我才发现,就是自己,我能逃……

我能逃,然而,寂寞又跟上我了呀!在平常我们跑着百米抢书的图书馆,不是很热闹的吗?现在为什么也这样冷清呢?我从这头看到那头,像看到一个蒙眬的残梦,淡黄的阳光从窗子里穿进来造成一条光的路,又射在光滑的桌面上,不耀眼,不辉腾,只是死死地贴在桌上,像——像什么呢?我不愿意说,像乡间黑漆棺材上贴的金边,寥寥的几个看书的,错落地散坐着,使我想起到月明夜天空的星子,但也都石像似的坐着,不响也不动,是人吗?不是,我左右看全不像,像木乃伊?又不像,因为我闻不到木乃伊应该有的那种香味,像死尸?有点,但也不全像——我看到他们僵坐的姿势了;我看到他们一个个的翻着的死白的眼了,我现在知道他们像什么,像鱼市里的死鱼,一堆堆地排列着,鼓着肚皮,翻着白眼,可怕!然而我能逃,然而寂寞又跟上了我,我向哪里逃呢?

到了世界的末日了吗？世界的末日，多可怕！以前我曾自己想象，自己是世界上最后的一个生物，因了这无谓的想象，我流过不知多少汗，但是现在却真教我尝到这个滋味了，天空倒挂着，像个盆，远处的西山，近处的楼台，都仿佛剪影似的贴在这灰白盆底上。小鸟缩着脖子站在土山上，不动，像博物馆里的标本，流水在冰下低缓地唱着丧歌，天空里破絮似的云片，看来像一贴贴的膏药，糊在我这寂寞的心上，枯枝丫杈着，看来像鱼刺，也刺着我这寂寞的心。

但是，我在身旁发现有人影在游动了，我知道，我自己不是世界上最后的生物，我在内心浮起一丝笑意，但是（又是但是）却怪没等这好意浮到脸上，我又看到我身旁的人也同样翻着死白的眼，像木乃伊？像僵尸？像鱼市上陈列的死鱼？谁耐心去管，战栗通过了我全身，我想逃，寂寞驱逐着我，我想逃，向哪里逃呢？——天哪！我不知道向哪里逃了。

夜来了，随了夜来的是更多的寂寞，当我从外面走回宿舍的时候，四周死一般沉寂，但总仿佛有窸窣的脚步声绕在我四围。说声，其实哪里有什么声呢？只是我觉得有什么东西跟着我而已，倘若在白天，我一定说这是影子；倘若睡着了，我一定说这是梦，究竟是什么呢？我知道，这是寂寞，从远处我看到压在黑暗的夜气下面的宿舍，以前不是每个窗子都射出温热的软光来吗？但是，变了，一切变了，大半的窗子都黑黑的，闭着寥寥的几个窗子，无力地迸射出几条光线来，又都是怎样暗淡灰白呢？——不，这不是窗子里射出来的灯光，这是墓地里的鬼火，这是魔窟里发出的魔光,我是到了鬼影憧憧的世界里了,我自己也成了鬼影了。

我平卧在床上,让柔弱的灯光流在我身上,让寂寞在我四周跳动,静听着远处传来的跫跫的足音,隐隐地,细细弱弱到听不清,听不见了,这声音从哪里传来的呢?是从辽远又辽远的国土里呀!是从寂寞的大沙漠里呀!但是,又像比辽远的国土更辽远;我的小屋是坟墓,这声音是从墓外过路人的脚下蹑出来的呀!离这里多远呢?想象不出,也不能想象,望吧!是一片茫茫的白海流布在中间,海里是什么呢?是寂寞。

隔了窗子,外面是死寂的夜,从蒙翳的玻璃里看出去,不见灯光;不见一切东西的清晰的轮廓,只是黑暗,在黑暗里的迷离的树影,丫杈着,刺着暗灰的天。在三个月前,这秃光的枯枝上,有过一串串的叶子,在萧瑟的秋风里打战,又罩上一层淡淡的黄雾。再往前,在五六个月以前吧,同样的这枯枝上织一丛丛的茂密的绿,在雨里凝成浓翠;在毒阳下闪着金光。倘若再往前推,在春天里,这枯枝上嵌着一颗颗火星似的红花,远处看,辉耀着,像火焰——但是,一转眼,溜到现在,现在怎样了呢?变了,全变了,只剩了秃光的枯枝,刺着天空,把小小的温热的生命力蕴蓄在这枯枝的中心,外面披上这层刚劲的皮,忍受着北风的狂吹;忍受着白雪的凝固;忍受着寂寞的来袭,同我一样。它也该同我一样切盼着春的来临,切盼着寂寞的退走吧。春什么时候会来呢?寂寞什么时候会走呢?这漫漫的长长的夜,这漫漫的更长的冬……

1934 年 1 月 22 日

寻 梦

　　夜里梦到母亲，我哭着醒来。醒来再想捉住这梦的时候，梦却早不知道飞到什么地方去了。

　　我瞪大了眼睛看着黑暗，一直看到只觉得自己的眼睛在发亮。眼前飞动着梦的碎片，但当我想到把这些梦的碎片捉起来凑成一个整个的时候，连碎片也不知道飞到什么地方去了。眼前剩下的就只有母亲依稀的面影……

　　在梦里向我走来的就是这面影。我只记得，当这面影才出现的时候，四周灰蒙蒙的，母亲仿佛从云堆里走下来，脸上的表情有点儿同平常不一样，像笑，又像哭，但终于向我走来了。

　　我是在什么地方呢？这连我自己也有点儿弄不清楚。最初我觉得自己是在现在住的屋子里。母亲就这样一推屋角上的小门，走了进来，橘黄色的电灯罩的穗子就罩在母亲头上。于是我又想了开去，想到哥廷根的全城：我每天去上课走过的两旁有惊人的粗的橡树的古旧的城墙，斑驳陆离的灰黑色的老教堂，教堂顶上的高得有点儿古怪的尖塔，尖塔上面的晴空。

然而，我的眼前一闪，立刻闪出一片芦苇。芦苇的稀薄处还隐隐约约地射出了水的清光。这是故乡里屋后面的大苇坑。于是我立刻感觉到，不但我自己是在这苇坑的边上，连母亲的面影也是在这苇坑的边上向我走来了。我又想到，当我童年还没有离开故乡的时候，每个夏天的早晨，天还没亮，我就起来，沿了这苇坑走去，很小心地向水里面看着。当我看到暗黑的水面下有什么东西在发着白亮的时候，我伸下手去一摸，是一只白而且大的鸭蛋。我写不出当时快乐的心情。这时再抬头看，往往可以看到对岸空地里的大杨树顶上正有一抹淡红的朝阳——两年前的一个秋天，母亲就静卧在这杨树的下面，永远地，永远地。现在又在靠近杨树的坑旁看到她生前八年没见面的儿子了。

但随了这苇坑闪出的却是一枝白色灯笼似的小花，而且就在母亲的手里。我真想不出故乡里什么地方有过这样的花。我终于又想了回来，想到哥廷根，想到现在住的屋子。屋子正中的桌子上两天前房东曾给摆上这样一瓶花。那么，母亲毕竟是到哥廷根来过了，梦里的我也毕竟在哥廷根见过母亲了。

想来想去，眼前的影子渐渐乱了起来。教堂尖塔的影子套上了故乡的大苇坑，在这不远的后面又现出一朵朵灯笼似的白花，在这一些的前面若隐若现的是母亲的面影。我终于也不知道究竟在什么地方看到母亲了。我努力压住思绪，使自己的心静了下来，窗外立刻传来潺潺的雨声，枕上也觉得微微有寒意。我起来拉开窗幔，一缕清光透进来。我向外怅望，希望发现母亲的足迹。但看到的却是每天看到的那一排窗户，现在都沉浸在静寂中，里面的梦该是甜蜜的吧！

  暗地替母亲担着心：这样的雨夜怎能跋涉这样长的路来看自己的儿子呢？此外，眼前只是一片空，什么东西也看不到了。

  天哪！连一个清清楚楚的梦都不给我吗？我怅望灰天，在泪光里，幻出母亲的面影。

1936 年 7 月 11 日于哥廷根

爽朗的笑声

据说，只有人是会笑的。我活在这个大地上几十年中，曾经笑过无数次，也曾看到别人笑过无数次。我从来没有琢磨过人会不会笑的问题，就好像太阳从东方出来，人们天天必须吃饭这样一些极其自然的、明明白白的、尽人皆知的、用不着去探讨的现象一样，无须再动脑筋去关心了。

然而，人是能够失掉笑的。

就连人能够失掉笑这个事实我以前也没有探讨过，不是用不着去探讨，而是没有想到去探讨，没有发现有探讨的必要；因为我从来还没有遇到过失掉了笑的人，没有想到过会有失掉了笑的人，好像没有遇到过鬼或者阴司地狱，没有想到过有鬼或者有阴司地狱那样。

人又怎能失掉笑呢？

我认识一位参加革命几十年的老干部。虽然他资格老，然而从来不摆老资格，不摆架子。我一向对老干部怀着说不出的、极其深厚的、出自内心的感情与敬佩。他们好像是我的一面镜子，可以照见自己的不足，激励自己前进。因此，我就很愿意接近他，愿意对他谈谈自己的思想。当然并不限于这些。我们有时简直是海阔天空，上下古今，文学艺术，哲学宗教，无所不谈。他给我留下了非常深刻的印象，特别是在闲谈时他的笑声更使我永生难忘。这不是会心的微笑，而是出自肺腑的爽朗的笑声。这笑声悠扬而清脆，温和而热情；它好像有极大的感染力，一听到它，顿觉满室生春，连一桌一椅都仿佛充满了生气，一花一草都仿佛洋溢出活力。有时候我甚至觉得这笑声冲破了高楼大厦，冲出了窗户和门，到处漂流回荡，响彻了整个燕园。

想当初当我听到这笑声的时候，我并没有觉得它怎样难能可贵，怎样不可缺少，就同日光空气一样，抬眼就可以看到，张嘴就可以吸入。又像春天的和风，秋日的细雨，只要有春天，有秋天，自然而然地就可以得到。中国古诗说"司空见惯浑闲事"，我一下子变成了古时候的司空了。

然而好景不长，天空里突然堆起了乌云，跟着来的是一场暴风骤雨。这一场暴风骤雨真是来得迅猛异常。不但我们自己没有经受过，而且也没有听说别人曾经经受过。我们都仿佛当头挨了一棒，直打得天旋地转，昏头昏脑。有一个时期，我们都失去了行动的自由，在一个阴森可怕得恐怕要超过"白公馆"和"渣滓洞"的地方住了一些时候。以后虽然恢复了自由，然而每个人的脑袋上还都戴着一大堆莫须有的帽子，天天过着如临深渊如履薄冰的日子,谨小慎微,瞻前顾后,唯恐言行有什么"越轨"之处,随时提防意外飞来的横祸。我们的处境真比旧社会的童养媳还要困难。我们每个人脑海里都有成百个问号,成千个疑团;然而问天天不语,问地地不应。我们只有沉默寡言,成为不折不扣的行尸走肉了。

在这期间,我也曾几次遇到过他,都是在路上。我看到他从远处走了过来,垂目低头,步履蹒跚。以前我看惯了的他那种矫健的步伐,轻捷的行姿,已经消逝得无影无踪了。我有时候下意识地迎上前去,好像是要做点什么;但是快到跟前的时候,最多也不过彼此相顾一下,立刻又低下了头,别转开脸,我们已经到了彼此不敢讲话,不能讲话的地步了。至于在这样的时刻他是怎样想的,我说不清楚。我心里只觉得一阵凄凉,眼泪立刻夺眶而出了。

有一次,我在校医院门前遇到了他。这一回不是孤身一人,而是有一个年老的妇女扶着他。他的身体似乎更不行了,路好像都走不稳,腿好像都迈不开,脚好像都抬不起,颤巍巍地好不容易地向前挪动,费了好大劲才挪进了医院的大门,看样子是患了病。我一时冲动,很想鼓足了勇气走上前去探问一声。然而我不敢。那暴风骤雨的情景猛不丁地展现在我眼前,我那一点儿剩勇好像是微弱的爝火,经雨一打,立刻就熄灭了。我不敢保证,如果再有一次那样的暴风骤雨,是否我还能经受得住。我硬是压下了那向前去探问的冲动,只是站在远处注视着他。我是多么关心他的身体啊!然而我无能为力,我只能站在一旁看。幸好他并没有注意到我,否则也会引起他内心的激动,这样的激动对他的身体肯定是没有好处的。我全神贯注地注视着他,看他走进了校医院的玻璃门,他的身影在里面直晃动,在挂号处停留了一会儿,又被搀扶到走廊里去,身影于是完全消逝,大概是到哪一个屋子门口去等候大夫呼唤了。

当时我虽然注视了他很久很久,但是在开头时并没有发现有什么特异的情况,对他的身体的关心占住了我整个的注意力。等到他的身影消逝以后,我猛然发现,他脸上一点儿笑容都没有,他成了一个不会笑的人,他已经把笑失掉,当然更不用说那爽朗的笑声了。我心里猛烈地一震,我自己的这一个平凡又伟大的发现使我吃惊。我从前只知道笑是人的本能;现在我又知道,人是连本能也会失掉的。我活了六十多年才发现了这样一个真理;然而这是一个多么残酷多么令人不寒而栗的真理啊!

我自己怎样呢?他在这里又在另外一种意义上成了我的一面镜子。拿这面镜子一照:我同他原来是一模一样,我脸上也是一点儿笑容都没有,我也成了一个不会笑的人,我也把笑失掉了。如果自己不拿这面镜子来照一照,这情况我是不会知道的。因为没有一个人会告诉我,没有一个人敢告诉我。像我这样的人,当时是没有几个人肯同我说话的。如果有大胆的人敢同我说上几句话,我反而感到不自然,感到受宠若惊。不时飞来的轻蔑的一瞥,意外遇到的大声的申斥,我倒安之若素,倒觉得很自然。我当时就像白天的猫头鹰,只要能避开人,我一定避开;只要有小路,我决不走大路;只要有房后的野径,我连小路也不走。

只要有熟人迎面走来,我远远地就垂下了头。我只恨地上没有洞;如果有的话,我一定会钻了进去,最好一辈子也不出来。在这样的情况下,一个人能笑得起来吗?让他把笑保留住不失掉能办得到吗?我也只能同那一位老干部一样变成了一个不会笑的人了。

通过那几年的切身经历,我深深地感觉到,一个人如果失掉了笑,那就意味着,同时也已经失掉了希望,失掉了生趣,失掉了一切。他活在世界上,在别人眼中,在他自己眼中,实际上成了一个多余的人,他只不过是行尸走肉,苟延残喘而已。什么清风,什么明月,什么春华,什么秋实,在别人眼中,当然都是非常可爱的;然而在他眼中,却什么快感也引不起来。他在这世界上如浮云,如幻影;世界对他也如浮云,如幻影。他自己就像一个幽灵,踽踽独行于遮天盖地的辽阔的寂寞中。他成了一个路人,一个"过客",在默默地等候大限的来临。

真理毕竟要胜利,乌云绝不会永在。经过了一番风雨,燕园里又出现了阳光,全中国也出现了阳光。记得是在一个座谈会上,我同这一位革命老前辈又见面了。他头发又白了很多,脸上皱纹也增添了不少,走路显得异常困难,说话声音很低。才几年的工夫,他好像老了二十年。我的心情很沉重,但是同时又很愉快。我发现他脸上又有了笑容,他又把笑找回来了。在谈到兴会淋漓的时候,他大笑起来,虽然声音较低,但毕竟是爽朗的笑声。这样的笑声我已经很久很久没有听到了。乍听之下,有如钧天妙乐,滋润着我的心灵,温暖着我的耳朵,怡悦着我的眼睛，激动着我的四肢。我觉得，这爽朗的笑声，就像骀荡的春风一样，又仿佛吹遍了整个燕园，响彻了整个燕园。我仿佛还听到它响彻了高山、密林、通都、大邑、工厂、农村、机关、学校，响彻了整个祖国大地，而且看样子还要永远响下去。

我现在不但在这位革命老前辈的脸上看到了已经失掉而又找回来的笑，而且在很多人的脸上都看到了笑容；老年人、中年人、青年人、妇女、儿童，无一例外。把笑失掉，是不容易的；把笑重新找回来，就更困难。我相信，一个在沧海中失掉了笑的人，绝不能做任何的事情。我也相信，一个曾经沧海又把笑找回来的人，却能胜任任何的艰巨。一个很多人失掉了笑而只有一小撮人能笑的民族，绝不能长久立于世界民族之林。只有能笑、会笑、敢笑、重新找回了笑的民族，才能创建宏伟的事业，才能在短期内实现四个现代化，才能阔步前进，建成社会主义，最终达到人类大同之域。

发现只有人是会笑的，是科学家。发现人也是能失掉笑的，是曾经沧海的人。两者都是伟大的发现。曾经沧海的人发现了这个真理，绝不会垂头丧气，而是加倍地精神抖擞。我认识的那一位革命老前辈，在这里又成了我的一面镜子。我们都要感激那个沧海，它在另一方面教育了我们。我从小就喜欢读苏东坡的词句："人有悲欢离合，月有阴晴圆缺，此事古难全。但愿人长久，千里共婵娟。"我想改一下最后两句："但愿人长笑，千里共婵娟。"我愿意永远永远听到那爽朗的笑声。

1979 年 1 月 31 日

重返哥廷根

我真是万万没有想到,经过了三十五年的漫长岁月,我又回到这个离开祖国几万里的小城里来了。

我坐在从汉堡到哥廷根的火车上,我简直不敢相信这是事实。难道是一个梦吗?我频频问着自己。这当然是非常可笑的,这毕竟就是事实。我脑海里印象历乱,面影纷呈。过去三十多年来没有想到的人,想到了;过去三十多年来没有想到的事,想到了。我那一些尊敬的老师,他们的笑容又呈现在我眼前。我那像母亲一般的女房东,她那慈祥的面容也呈现在我眼前。那个宛宛婴婴的女孩子伊尔穆嘉德,也在我眼前活动起来。那窄窄的街道、街道两旁的铺子、城东小山的密林、密林深处的小咖啡馆、黄叶丛中的小鹿,甚至冬末春初时分从白雪中钻出来的白色小花雪钟,还有很多别的东西,都一起争先恐后地呈现到我眼前来。一刹那,影像纷乱,我心里也像开了锅似的激烈地动荡起来了。

火车停,我飞也似的跳了下去,踏上了哥廷根的土地。忽然有一首诗涌现出来:

少小离家老大回,乡音无改鬓毛衰。
儿童相见不相识,笑问客从何处来。

怎么会涌现这样一首诗呢?我一时有点儿茫然、懵然。但又立刻意识到,这一座只有十来万人的异域小城,在我的心灵深处,早已成为我的第二故乡了。我曾在这里度过整整十年,是风华正茂的十年。我的足迹印遍了全城的每一寸土地。我曾在这里快乐过,苦恼过,追求过,幻灭过,动摇过,坚持过。这一座小城实际上决定了我一生要走的道路。这一切都不可避免地要在我的心灵上打上永不磨灭的烙印。我在下意识中把它看作第二故乡,不是非常自然的吗?

我今天重返第二故乡,心里面思绪万端,酸甜苦辣一齐涌上心头。感情上有一种莫名其妙的重压,压得我喘不过气来,似欣慰,似惆怅,似追悔,似向往。小城几乎没有变。市政厅前广场上矗立的有名的抱鹅女郎的铜像,同三十五年前一模一样。一群鸽子仍然像从前一样在铜像周围徘徊,悠然自得。说不定什么时候一声呼哨,飞上了后面大礼拜堂的尖顶。我仿佛昨天才离开这里,今天又回来了。我们走下地下室,到地下餐厅去吃饭。里面陈设如旧,座位如旧,灯光如旧,气氛如旧。

连那年轻的服务员也仿佛是当年的那一位。我仿佛昨天晚上才在这里吃过饭。广场周围的大小铺子都没有变。那几家著名的餐馆,什么"黑熊""少爷餐厅",等等,都还在原地。那两家书店也都还在原地。总之,我看到的一切都同原来一模一样。我真的离开这座小城已经三十五年了吗?

但是,正如中国古人所说的,江山如旧,人物全非。环境没有改变,然而人物却已经大大地改变了。我在火车上回忆到的那一些人,有的如果还活着的话年龄已经过了一百岁。这些人的生死存亡就用不着去问了。那些计算起来还没有这样老的人,我也不敢贸然去问,怕从被问者的嘴里听到我不愿意听的消息。我只绕着弯子问上那么一两句,得到的回答往往不得要领,模糊得很。这不能怪别人,因为我的问题就模糊不清。我现在非常欣赏这种模糊,模糊中包含着希望。可惜就连这种模糊也不能完全遮盖住事实。结果是:"访旧半为鬼,惊呼热中肠。"我只能在内心里用无声的声音来惊呼了。

在惊呼之余,我仍然坚持怀着沉重的心情去访旧。首先我要去看一看我住过整整十年的房子。我知道,我那母亲般的女房东欧朴尔太太早已离开了人世。但是房子却还存在,那一条整洁的街道依旧整洁如新。从前我经常看到一些老太太用肥皂来洗刷人行道,现在这人行道仍然像是刚才洗刷过似的,躺下去打一个滚,绝不会沾上一点儿尘土。街拐角处那一家食品商店仍然开着,明亮的大玻璃窗子里面陈列着五光十色的食品。主人却不知道已经换了第几代了。我走到我住过的房子外面,抬头向上看，看到三楼我那一间房子的窗户，仍然同以前一样摆满了红红绿绿的花草，当然不是出自欧朴尔太太之手。我蓦地一阵恍惚，仿佛我昨晚才离开，今天又回家了。我推开大门，大步流星地跑上三楼。我没有用钥匙去开门，因为我意识到，现在里面住的是另外一家人了。从前这座房子的女主人恐怕早已安息在什么墓地里了，墓上大概也栽满了玫瑰花吧。我经常梦见这所房子，梦见房子的女主人，如今却是人去楼空了。我在这里度过的十年中，有愉快，有痛苦，经历过轰炸，忍受过饥饿。男房东逝世后，我多次陪着女房东去扫墓。我这个异邦的青年成了她身边的唯一的亲人。无怪我离开时她号啕痛哭。我回国以后，最初若干年，还经常通信。后来时移事变，就断了联系。我曾痴心妄想，还想再见她一面。而今我确实又来到了哥廷根，然而她却再也见不到，永远永远地见不到了。

我徘徊在当年天天走过的街头，这里什么地方都有过我的足迹。家家门前的小草坪上依然绿草如茵。今年冬雪来得早了一点儿。十月中，就下了一场雪。白雪、碧草、红花，相映成趣。鲜艳的花朵赫然傲雪怒放，比春天和夏天似乎还要鲜艳。我在一篇短文《海棠花》里描绘的那海棠花依然威严地站在那里。我忽然回忆起当年的冬天，日暮天阴，雪光照眼，我扶着我的吐火罗文和吠陀语老师西克教授，慢慢地走过十里行街。心里面感到凄清，但又感到温暖。回到祖国以后，每当下雪的时候，我便想到这一位像祖父一般的老人。回首前尘，已经有四十多年了。

我也没有忘记当年几乎每一个礼拜天都到的席勒草坪。它就在小山下面,是进山必由之路。当年我常同中国学生或者德国学生,在席勒草坪散步之后,就沿着弯曲的山径走上山去。曾登上俾思麦塔,俯瞰哥廷根全城;曾在小咖啡馆里流连忘返;曾在大森林中茅亭下躲避暴雨;曾在深秋时分惊走觅食的小鹿,听它们脚踏落叶一路窸窸窣窣地逃走。甜蜜的回忆是写也写不完的,今天我又来到这里。碧草如旧,亭榭犹新。但是当年年轻的我已颓然一翁,而旧日游侣早已荡若云烟,有的离开了这个世界,有的远走高飞,到地球的另一半去了。此情此景,人非木石,能不感慨万端吗?

我在上面讲到江山如旧,人物全非。幸而还没有真正地全非。几十年来我昼思梦想最希望还能见到的人,最希望他们还能活着的人,我的"博士父亲",瓦尔德施米特教授和夫人居然还都健在。教授已经是83岁高龄,夫人比他寿更高,是86岁。一别三十五年,今天重又会面,真有相见疑梦之感。老教授夫妇显然非常激动,我心里也如波涛翻滚,一时说不出话来。我们围坐在不太亮的电灯光下,杜甫的名句一下子涌上我的心头:

人生不相见,动如参与商。
今夕复何夕?共此灯烛光。

四十五年前我初到哥廷根我们初次见面,以及以后长达十年相处的情景,历历展现在眼前。那十年是剧烈动荡的十年,中间插上了一个第二次世界大战,我们没有能过上几天好日子。最初几年,我每次到他们家去吃晚饭时,他那个十几岁的独生儿子都在座。有一次教授同儿子开玩笑:"家里有一个中国客人,你明天到学校去又可以张扬吹嘘一番了。"哪里知道,大战一爆发,儿子就被征从军,一年冬天,战死在北欧战场上。这对他们夫妇俩的打击,是无法形容的。不久教授也被征从军。他心里怎样想,我不好问,他也不好说。看来是默默地忍受痛苦。他预定了剧院的票,到了冬天,剧院开演,他不在家,每周一次陪他夫人看戏的任务,就落到我肩上。深夜,演出结束后,我要走很长的道路,把师母送到他们山下林边的家中,然后再摸黑走回自己的住处。在很长的时间内,他们那一座漂亮的三层楼房里,只住着师母一个人。

他们的处境如此,我的处境更要糟糕。烽火连年,家书亿金。我的祖国在受难,我的全家老老小小在受难,我自己也在受难。中夜枕上,思绪翻腾,往往彻夜不眠。而且头上有飞机轰炸,肚子里没有食品充饥。做梦就梦到祖国的花生米。有一次我下乡去帮助农民摘苹果,报酬是几个苹果和五斤土豆。回家后一顿就把五斤土豆吃了个精光,还并无饱意。

大概有六七年的时间,情况就是这个样子。我的学习、写论文、参加口试、获得学位,就是在这种情况下进行的。教授每次回家度假,都听我的汇报,看我的论文,提出他的意见。今天我会的这一点点东西,哪一点不包含着教授的心血呢?不管我今天的成就还是多么微小,如果不是他怀着毫不利己的心情对我这一个素昧平生的异邦的青年加以诱掖教导的话,我能够有什么成就呢?所有这一切能够忘记得了吗?

现在我们又会面了。会面的地方不是在我所熟悉的那一所房子里,而是在一所豪华的养老院里。别人告诉我,他已经把房子赠给哥廷根大学印度学和佛教研究所,把汽车卖掉,搬到这一所养老院里来了。院里富丽堂皇,应有尽有,健身房、游泳池,无不齐备。据说,饭食也很好。但是,说句不好听的话,到这里来的人都是七老八十的人,多半行动不便。对他们来说,健身房和游泳池实际上等于聋子的耳朵。他们不是来健身,而是来等死的。头一天晚上还在一起吃饭、聊天,第二天早晨说不定就有人见了上帝。一个人生活在这样的环境中,心情如何,概可想见。话又说了回来,教授夫妇孤苦伶仃,不到这里来,又到哪里去呢?

就是在这样一个地方,教授又见到了自己几十年没有见面的弟子。他的心情是多么激动,又是多么高兴,我无法加以描绘。我一下汽车就看到在高大明亮的玻璃门里面,教授端端正正地坐在圈椅上。他可能已经等了很久,正望眼欲穿哩。他瞪着慈祥昏花的双目瞧着我,仿佛想用目光把我吞了下去。握手时,他的手有点儿颤抖。他的夫人更是老态龙钟,耳朵聋,头摇摆不停,同三十多年前完全判若两人了。师母还专为我烹制了当年我在她家常吃的食品。两位老人齐声说:"让我们好好地聊一聊老哥廷根的老生活吧!"他们现在大概只能用回忆来填充日常生活了。我问老教授还要不要中国关于佛教的书,他反问我:"那些东西对我还有什么用呢?"我又问他正在写什么东西。他说:"我想整理一下以前的旧稿;我想,不久就要打住了!"从一些细小的事情上来看,老两口儿的意见还是有一些矛盾的。看来这相依为命的一双老人的生活是阴沉的、郁闷的。在他们前面,正如鲁迅在《过客》中所写的那样:"前面?前面,是坟。"

我心里陡然凄凉起来,老教授毕生勤奋,著作等身,名扬四海,受人尊敬,老年就这样度过吗?我今天来到这里,显然给他们带来了极大的快乐。一旦我离开这里,他们又将怎样呢?可是,我能永远在这里待下去吗?我真有点儿依依难舍,尽量想多待些时候。但是,千里凉棚,没有不散的筵席。我站起来,想告辞离开。老教授带着乞求的目光说:"才十点多钟,时间还早嘛!"我只好重又坐下。最后到了深夜,我狠了狠心,向他们说了声:"夜安!"站起来,告辞出门。老教授一直把我送下楼,送到汽车旁边,样子是难舍难分。此时我心潮翻滚,我明确地意识到,这是我们最后一面了。但是,为了安慰他,或者欺骗他,也为了安慰我自己,或者欺骗我自己,我脱口说了一句话:"过一两年,我再回来看你!"声音从自己嘴里传到自己耳朵,显得空荡、虚伪,然而却又真诚。这真诚感动了老教授,他脸上现出了笑容:"你可是答应了我了,过一两年再回来!"我还有什么话好说呢?我噙着眼泪,钻进了汽车。汽车开走时,回头看到老教授还站在那里,一动也不动,活像是一座塑像。

过了两天,我就离开了哥廷根。我乘上了一辆开到另一个城市去的火车。坐在车上,同来时一样,我眼前又是面影迷离,错综纷杂。我这两天见到的一切人和物，一一奔凑到我的眼前来；只是比来时在火车上看到的影子清晰多了，具体多了。在这些迷离错乱的面影中，有一个特别清晰、特别具体、特别突出，它就是我在前天夜里看到的那一座塑像。愿这一座塑像永远停留在我的眼前，永远停留在我的心中。

1980 年 11 月在西德开始
1987 年 10 月在北京写完

星光的海洋

星光，星光，星光……

到处都是星光。

是星光的瀚海，是星光的大洋；是星光的密林，是星光的丛莽。有红，有绿；有白，有黄；有大，有小；有弱，有强；有明，有暗；有高，有低；有远，有近；有疏，有密。有的成堆，有的成行；有的排成一线，有的组成一方。瞻之在前，忽焉在后；光辉灿烂，绵延数十里；汪洋浩瀚，好像充塞了天地。有时候，这星光的海洋似乎已经达到了黑暗的边缘；我满以为，在此之外，已是无边无际的大黑暗了。然而，只要一转瞬，再往上一看，依然是一片星光。

星光，星光，星光……

到处都是星光。

是夏夜的星空从天上落到地上来了吗？是哪一个神话世

界里的神灯从虚无缥缈的高天上飘到人间来了吗？我有点儿迷惑，有点儿恍惚。有点儿好奇，有点儿糊涂。我注意探讨，仔细研究，猛然发现，这些都不是，都不是。这根本不是星光，而是绵延不断的灯光。

我抬头向上看，在这一片我原来误认为是星光的灯光上面，亮晶晶的一大片，大大小小的一群在那里眨着眼睛，那才是真正的星光。我低头向下看，看到星光和灯光在水面上的倒影，金光闪闪，像一条条的金蛇。原来就在我脚下，在我伫立的一个小小的山头的下面几十米深的黑暗处，从左边流来了嘉陵江，从右边流来了不尽长江滚滚来的长江。江声低咽，金波摇影。我现在不是在天上，而是在人间；不是在人间别的地方，而是在嘉陵江和长江汇流处的重庆。嘉陵江上通四川辽阔的地区，长江下达更辽阔的地区，一直通到大海。我正站在祖国的大地上，我眼前是重庆，是重庆的夜晚。眼前的一片星光是这座山城高高低低的山坡上的群灯。

在白天里，我曾在这一座山城里蜂房般的鳞次栉比的房屋的迷宫中漫游。我曾出出进进于大小商店之中，看点儿什么。买点儿什么。我也曾在大街上滚滚的人流中漫步，没有什么固定的目的。只是作为一个外地人，一个旁观者看看而已。我看玻璃窗里陈列的五光十色的商品，我看街旁菜摊上摆的有一些我叫不出名的菜蔬。我间或也能看到一些少数民族的妇女穿着花团锦簇颜色鲜艳的服装，头上和手上戴着的首饰闪闪发出银白色的光芒。我顾而乐之，忘记了时间的流逝。

最使我难忘的是我瞻仰的一些革命圣地。比如红岩、曾家岩、周公馆、桂园等。特别是红岩，更给我留下了永不磨灭的印象。我怀着十分虔敬的心情在这个革命圣地里走上走下，在那些大大小小的房间里瞻望。我的步履很轻很轻，我几乎屏止住了呼吸。我一向景仰的那一些革命前辈仿佛还住在这里。我不敢放肆，我怕打扰了他们的清神。在院子里，虽然现在时令已是冬天，但是那些五颜六色的菊花却傲然凌霜怒放，显示出与众不同的骨气。最引起我注意的是一丛开着红色花朵的我不知道名字的蔓藤，红得像火焰，像朝霞，耀眼惊心。就在这红色花朵的旁边矗立着一棵高大的黄桷树。在那黑云压城特务横行的日子里，在这棵大树的向外面的一侧是阴间。过了这棵树是红岩的主楼，就是阳间。因此，人民群众把这棵大树称作阴阳树。今天我来到了这棵树下，看到它枝干突兀腾跃，矫健挺拔，尖顶直刺灰蒙蒙的天空，好像把我的心情也带向高处。站在树下，我久久不想离去。今天我们全国人民都住在阳间，阴间已经消失得无影无踪了。我心头之兴奋可以想见了。也许是由于兴奋过度，我没有注意树上是否有灯。即使有的话，我也绝不会把灯光误认为星光。

眼前白天已经转入暗夜，我登上了长江和嘉陵江汇流处的三角洲头。白天看到的那一些密密麻麻的大街、小巷、高楼、低舍，我都看不到了，都没入一片迷茫的黑暗中。我眼前看到的只有万家灯火，高高低低，前后左右，汇成了一片星光的海洋。

我当然不知道红岩、曾家岩、周公馆、桂园等都在什么地方。我更不知道，那里现在是否都亮起了红灯。但是，我确信，在这一片灯光的海洋中，有几盏灯就是挂在那里的。红岩、曾家岩、周公馆、桂园，每一个窗口都会有闪亮的红灯让灯光流出，汇入这浩渺的灯光的海洋里。其中那最明亮、最高大的一盏一定是挂在阴阳树上。在它辉耀的光线的照耀下，我仿佛看到了大树下那些傲霜怒放的菊花，小红灯笼似的累累垂垂的花朵，衬托着碧绿的叶子，散发出无穷的活力。当年在这一座黑暗弥天的山城里，那些向往光明的人们，特别是青年们，一定是望眼欲穿地望着阴阳树上的这一盏明灯而欢欣鼓舞。这明灯给他们以信心，给他们以勇气，给他们以方向，给他们以安身立命之地。他们终于在灯光的照耀下，慢慢地冲出黑暗，奔向光明。我那时虽然不在重庆，但是，我确信，一定是有这样一盏灯的，而这灯又必然是异常明亮，异常光辉灿烂的。

今天，弥天的黑暗已经永远消失了，光明降临到大地上。我来到了重庆，缅怀往事，心潮腾涌。我很后悔，为什么当年竟没能够来到这里，看一看红岩、曾家岩、周公馆和桂园等地，献上我的一瓣心香？现在，我站在两江汇流处的三角洲山头上，面对山城的万家灯火，五十年的往事一下子逗上心头。回首前尘，唯余感慨；瞻望未来，意气风发。我完完全全沉浸在幻想之中。一转瞬间，眼前的万家灯火又突然变成了星光，这星光把我带到天上去，带到那片能抒发畅想曲的碧落中去。

星光，星光，星光……
到处都是星光。

1981 年草稿
1984 年 12 月 13 日修改于深圳
1985 年 1 月 15 日抄于燕园

雾①

浓雾又升起来了。

近几天以来，我早晨起床后第一件事就是推开窗子，欣赏外面的大雾。

我从来没有喜欢过雾。为什么现在忽然喜欢起来了呢？这其中有一点儿因缘。前天在飞机上，当飞临西藏上空时，机组人员说，加德满都现在正弥漫着浓雾，能见度只有一百米，飞机降落怕有困难，加德满都方面让我们飞得慢一点儿。我当时一方面有点儿担心，害怕如果浓雾不消，我们将降落何方？另一方面，我还有点儿好奇：加德满都也会有浓雾吗？但是，浓雾还是消了，我们的飞机按时降落在尼泊尔首都机场，场上阳光普照。

---

①本文选自《尼泊尔随笔》。

因此,我就对雾产生了好奇心和兴趣。

抵达加德满都的第二天凌晨,我一起床,推开窗子:外面是大雾弥天。昨天下午我们从加德满都的大街上看到城北面崇山峻岭,层峦叠嶂,个个都戴着一顶顶的白帽子,这些都是万古雪峰,在阳光下闪出了耀眼的银光。这是我生平第一次看到这种景象,我简直像小孩子一般地喜悦。现在大雾遮蔽了一切,连那些万古雪峰也隐没不见,一点儿影子也不给留下。旅馆后面的那几棵参天古树,在平常时候,高枝直刺入晴空,现在只留下淡淡的黑影,衬着白色的大雾,宛如一张中国古代的画。昨天抵达旅馆下车时,我看到一个尼泊尔妇女背着一筐红砖,倒在一大堆砖上。现在我看到一个男子,手里拿着一堆红红的东西。我以为他拿的也是红砖,但是当他走得近了一点儿时,我才发现那一堆红红的东西簌簌抖动,原来是一束束红色的鲜花。我不禁自己笑了起来。

正当我失神落魄地自己暗笑的时候,忽然听到不知从哪里传来了咕咕的叫声。浓雾虽然遮蔽了形象,但是却遮蔽不住声音。我知道,这是鸽子的声音。当我倾耳细听时,又不知从哪里传来了阵阵的犬吠声。这都是我意想不到的情景。我万万没有想到,我在加德满都学会了喜欢的两种动物:鸽子和狗,竟同时都在浓雾中出现了。难道浓雾竟成了我在这个美丽的山城里学会欣赏的第三件东西吗?

世界上,喜欢雾的人似乎是并不多的。英国伦敦的大雾是颇有一点儿名气的。有一些作家写散文,写小说来描绘伦敦的雾,我们读起来觉得韵味无穷。对于尼泊尔文学我所知甚少，我不知道，是否也有尼泊尔作家专门写加德满都的雾。但是，不管是在伦敦，还是在加德满都，明目张胆大声赞美浓雾的人，恐怕是不会多的，其中原因我不甚了了，我也没有那种闲情逸致去钻研探讨。我现在在这高山王国的首都来对浓雾大唱赞歌，也颇出自己的意料。过去我不但没有赞美过雾，而且也没有认真去观察过雾。我眼前是由赞美而达到观察，由观察而加深了赞美。雾能把一切东西：美的、丑的、可爱的、不可爱的，一塌瓜子都给罩上一层或厚或薄的轻纱，让清楚的东西模糊起来，从而带来了另外一种美，一种在光天化日之下看不到的美，一种朦胧的美，一种模糊的美。

一些时候以前，当我第一次听到模糊数学这个名词的时候，我曾说过几句怪话：数学比任何科学都更要求清晰，要求准确，怎么还能有什么模糊数学呢？后来我读了一些介绍文章，逐渐了解了模糊数学的内容。我一反从前的想法，觉得模糊数学真是一个了不起的发现。在人类社会中，在日常生活中，在社会科学和自然科学中，有着大量模糊的东西。无论如何也无法否认这些东西的模糊性。承认这个事实，对研究学术和制定政策等都是有好处的。

在大自然中怎样呢？在大自然中模糊不清的东西更多。连审美观念也不例外。有很多东西，在很多时候，朦胧模糊的东西反而更显得美。月下观景，雾中看花，不是别有一番情趣在心头吗？在这里，观赏者有更多的自由，自己让自己的幻想插季羡林先生题写的"厚德载物"

上翅膀，上天下地，纵横六合，神驰于无何有之乡，情注于自己制造的幻象之中；你想它是什么样子，它立刻就成了什么样子，比那些一清见底、纤毫不遗的东西要好得多。而且绝对一清见底、纤毫不遗的东西，在大自然中是根本不存在的。

　　我的幻想飞腾，忽然想到了这一切。我自诧是神来之笔，我简直陶醉在这些幻象中了。这时窗外的雾仍然稠密厚重，它似乎了解了我的心情，感激我对它的赞扬。它无法说话，只是呈现出更加美妙更加神秘的面貌，弥漫于天地之间。

1986 年 11 月 26 日

晨趣

一抬头，眼前一片金光：朝阳正跳跃在书架顶上玻璃盒内日本玩偶藤娘身上，一身和服，花团锦簇，手里拿着淡紫色的藤萝花，都熠熠发光，而且闪烁不定。

我开始工作的时候，窗外暗夜正在向前走动。不知怎样一来，暗夜已逝，旭日东升。这阳光是从哪里流进来的呢？窗外一棵高大的梧桐树，枝叶繁茂，仿佛张开了一张绿色的网。再远一点儿，在湖边上是成排的垂柳。所有这一些都不利于阳光的穿透。然而阳光确实流进来了，就流在藤娘身上……

然而，一转瞬间，阳光忽然又不见了，藤娘身上，一片阴影。窗外，在梧桐和垂柳的缝隙里，一块块蓝色的天空。成群的鸽子正盘旋飞翔在这样的天空里，黑影在蔚蓝上面画上了弧线。鸽影落在湖中，清晰可见，好像比天空里的更富有神韵，宛如镜花水月。

朝阳越升越高,透过浓密的枝叶,一直照到我的头上。我心中一动,阳光好像有了生命,它启迪着什么,它暗示着什么。我忽然想到印度大诗人泰戈尔,每天早上对着初升的太阳,静坐沉思,幻想与天地同体,与宇宙合一。我从来没达到这样的境界,我没有这一份福气。可是我也感到太阳的威力,心中思绪腾翻,仿佛也能洞察三界,透视万物了。

现在我正处在每天工作的第二阶段的开头上。紧张地工作了一个阶段以后,我现在想缓松一下,心里有了余裕,能够抬一抬头,向四周,特别是窗外观察一下。窗外月光如旧,但是四季不同。春花,秋月,夏雨,冬雪,情趣各异,动人则一。现在正是夏季,浓绿扑人眉宇,鸽影在天,湖光如镜。多少年来,当然都是这个样子。为什么过去我竟视而不见呢?今天,藤娘身上一点闪光,仿佛照透了我的心,让我抬起头来,以崭新的眼光来衡量这一切,眼前的东西既熟悉,又陌生,我仿佛搬到了一个新的地方,把我好奇的童心一下子都引逗起来了。我注视着藤娘,我的心却飞越茫茫大海,飞到了日本,怀念起赠送给我藤娘的室伏千津子夫人和室伏佑厚先生一家来。真挚的友情温暖着我的心……

窗外太阳升得更高了。梧桐树椭圆的叶子和垂柳的尖长的叶子,交织在一起,椭圆与细长相映成趣。最上一层阳光照在上面,一片嫩黄;下一层则处在背阴处,一片墨绿。远处的塔影,屹立不动。天空里的鸽影仍然在划着或长或短、或远或近的弧线。再把眼光收回来,则看到里面窗台上摆着的几盆君子兰,深绿季羡林先生题写的"敬业博学　求实创新"

肥大的叶子，给我心中增添了绿色的力量。

多么可爱的清晨，多么宁静的清晨！

此时我怡然自得，其乐陶陶。我真觉得，人生毕竟是非常可爱的，大地毕竟是非常可爱的。我有点儿不知老之已至了。我这个从来不写诗的人心中似乎也有了一点儿诗意。

此身合是诗人未？
鸽影湖光入目明。

我好像真正成为一个诗人了。

1988 年 10 月 13 日晨

月是故乡明

每个人都有个故乡,人人的故乡都有个月亮。人人都爱自己故乡的月亮。事情大概就是这个样子。

但是,如果只有孤零零一个月亮,未免显得有点儿孤单。因此,在中国古代诗文中,月亮总有什么东西当陪衬,最多的是山和水,什么"山高月小""三潭印月",等等,不可胜数。

我的故乡是在山东西北部大平原上。我小的时候,从来没有见过山,也不知山为何物,我曾幻想,山大概是一个圆而粗的柱子吧,顶天立地,好不威风。以后到了济南,才见到山,恍然大悟:山原来是这个样子呀。因此,我在故乡里望月,从来不同山联系。像苏东坡说的"月出于东山之上,徘徊于斗牛之间",完全是我无法想象的。

至于水,我的故乡小村却大大地有。几个大苇坑占了小村面积一多半。在我这个小孩子眼中,虽不能像洞庭湖"八月湖水平"那样有气派，但也颇有一点儿烟波浩渺之势。到了夏天，黄昏以后，我在坑边的场院里躺在地上，数天上的星星。有时候在古柳下面点起篝火，然后上树一摇，成群的知了飞落下来。比白天用嚼烂的麦粒去粘要容易得多。我天天晚上乐此不疲，天天盼望黄昏早早来临。

到了更晚的时候，我走到坑边，抬头看到晴空一轮明月，清光四溢，与水里的那个月亮相映成趣。我当时虽然还不懂什么叫诗兴，但也顾而乐之，心中油然有什么东西在萌动。有时候在坑边玩很久，才回家睡觉。在梦中见到两个月亮叠在一起，清光更加晶莹澄澈。第二天一早起来，到坑边苇子丛里去捡鸭子下的蛋，白白地一闪光，手伸向水中，一摸就是一个蛋。此时更是乐不可支了。

我只在故乡待了六年，以后就背井离乡，漂泊天涯。在济南住了十多年，在北京度过四年，又回到济南待了一年。然后在欧洲住了近十一年，重又回到北京，到现在已经四十多年了。在这期间，我曾到过世界上将近三十个国家。我看过许许多多的月亮。在风光旖旎的瑞士莱芒湖上，在平沙无垠的非洲大沙漠中，在碧波万顷的大海中，在巍峨雄奇的高山上，我都看到过月亮，这些月亮应该说都是美妙绝伦的，我都异常喜欢。但是，看到它们，我立刻就想到我故乡中那个苇坑上面和水中的那个小月亮。对比之下，无论如何我也感到，这些广阔世界的大月亮，万万比不上我那心爱的小月亮。不管我离开我的故乡多少万里，我的心立刻就飞来了。我的小月亮，我永远忘不掉你！

我现在已经年近耄耋。住的朗润园是燕园胜地。夸大一点儿说，此地有茂林修竹，绿水环流，还有几座土山，点缀其间。风光无疑是绝妙的。前几年，我从庐山休养回来，一个同在庐山休养的老朋友来看我。他看到这样的风光，慨然说："你住在这样的好地方，还到庐山去干吗呢！"可见朗润园给人印象之深。此地既然有山，有水，有树，有竹，有花，有鸟，每逢望夜，一轮当空，月光闪耀于碧波之上，上下空蒙，一碧数顷，而且荷香远溢，宿鸟幽鸣，真不能不说是赏月胜地。荷塘月色的奇景，就在我的窗外。不管是谁来到这里，难道还能不顾而乐之吗？

然而，每值这样的良辰美景，我想到的却仍然是故乡苇坑里的那个平凡的小月亮。见月思乡，已经成为我经常的经历。思乡之病，说不上是苦是乐，其中有追忆，有惆怅，有留恋，有惋惜。流光如逝，时不再来。在微苦中实有甜美在。

月是故乡明。我什么时候能够再看到我故乡里的月亮呀！我怅望南天，心飞向故里。

1989 年 11 月 3 日

逛鬼城

豪华旅游轮"峨眉号"靠了岸。细雨霏霏,轻雾漫江,令人顿有荒寒之感。但一听到要逛鬼城丰都,船上的人,不管是中国人,还是日本人和韩国人;不管是老还是少,不管是男还是女,无不兴奋愉快,个个怀着惊喜又有点儿紧张的心情,鱼贯上了岸。

为什么对鬼城这样感兴趣呢?道理是不难明白的。一个活生生的人,在光天化日之下,要进鬼城游览,难道还有比这更富有刺激性的事情吗?

至于我自己,我在小学时就读过一本名叫《玉历至宝钞》的讲阴司地狱的书,粉纸石印,质量极差,大概是所谓"善书"之类,但对于我却有极大的吸引力。你想一想,书中图文并茂,什么十殿阎罗王,什么牛头、马面,什么生无常、死有分,什么刀山、油锅,等等。鲁迅所描绘的手持芭蕉扇、头戴高帽子的鬼卒，也俨然在内。这样一本有趣的书，对一个小孩子来说，比起那些言语乏味的教科书来，其吸收力之强真有若天壤了。

这样一本书，我在昏黄的油灯下，不知道翻看过多少遍。我对地狱里的情况真可以说是了若指掌。对那里的法规条文、工作程序也背得滚瓜烂熟。如果我到了那里，不用请律师，就能在阎王爷跟前为自己辩护，阎王爷对我一定毫无办法。至于在阴司里走后门，托人情，我也悟出了一点儿门道。因此，即使真进阴司，我也坦然，怡然，总有办法证明自己是一个好人，无所畏惧。

后来，我读西洋文学，读过但丁的《神曲》。再后一点，我又研究佛教，读了不少佛经，里面描绘阴司地狱的地方，颇为不少。我知道了，中国的阴司原来是印度的翻版，在印度原有的基础上，又加以去粗取精，深化改革，加以中国化，《玉历至宝钞》中的地狱描绘就是这样来的。尽管我对于自己的学识，从来不敢翘尾巴，但是对自己的地狱学却颇感自傲。而且对西方的地狱，正像但丁描绘的那样，极为卑视，觉得那太简单了，同东方地狱之博大精深相比，真如小巫见大巫。由此我曾萌发一个念头，想创立一门崭新的学科：比较地狱学。我深信，如果此学建成，我一定能蜚声国际士林，说不定就能成为诺贝尔奖奖金的候选人哩。

就这样，在即将进入鬼城的时候，我心里胡思乱想，几十年来对地狱的一些想法，一时逗上心头。在江雨霏霏中，神驰于三峡之外，仿佛已经走进地狱了。

多少年来，久闻丰都城的大名。我原以为丰都城会是在地下一个什么大洞中，哪能把阴司地狱摆在人世间繁华的闹市中呢？事实上，四川丰都的鬼城却确实是在繁华的闹市中。要到那里去，不是越走越深，而是拾级而上，越爬越高，地狱原来是在山顶上。山门牌坊上写着"鬼城"和"天下名山"六个大字。一进山门，就一路拾级而上，到达山顶，据说共有六百一十六级，从台阶数目上来看，恐怕要超过泰山南天门了。

山门内山明水秀，树木葱茏。时届深秋，浓绿中尚有红色和黄色的小花闪出异样的光彩，耀人眼睛。石阶砌得整整齐齐，花坛修得端端正正，毫无阴森凛冽之气。不信阴司地狱的外国旅游者当然不会有什么恐怖之感，连有些信阴司地狱的中国人也不会有这样的感觉。跟着我们走的导游小姐，是一个十七八岁的苗条秀丽的中学毕业生。她讲解得生动有趣，连印度神话中的阎摩（yama）和阎弥（yami）她都讲得头头是道。我搭讪着跟她聊天——

"你天天在阴司地狱里走，不害怕吗？"

"不害怕，只觉得很好玩。"

"你信不信阴司地狱？"

"不信。我的婆婆（奶奶）有点信的。"

"你为什么干这个工作？"

"我中学毕业后，上过训练班。有一门课，专门讲有关地狱的知识。"

"这鬼城里的老百姓不觉得阴森可怕吗？"

文化交流
中学西渐
弘扬和谐
全球共暖

季羡林
乙

季羡林先生书法作品

"一点儿也不，惯了。他们根本不想这里是鬼城！"

"你看过《玉历至宝钞》吗？"

"没有。"

我于是把书名告诉她，希望她能扩大关于地狱的知识面，把导游工作做得更丰富，更生动，更有趣。

同小女孩谈话以后，我原来那一点儿紧张别扭的心情一扫而光。还是专心致志地逛鬼城吧！我心里想。

山越爬越高，楼阁台榭等建筑越来越多。真个是："五步一楼，十步一阁，廊腰缦回，檐牙高啄，各抱地势，钩心斗角。"我没有见过阿房宫，我不知道，阿房宫是不是就是这个样子。反正这里的楼台殿阁真够繁复，真够宏伟。大概《玉历至宝钞》中所提到的楼阁，这里都有，而且还多出来了许多那里不见的宫殿。粗粗地数一下，就我记忆所及，就有下面的这些殿：报恩殿、寥阳殿、星辰墩、玉皇殿、曜灵殿，等等。报恩殿里塑着如来佛大弟子大目连的像，来自印度的"目连救母"的故事，在中国民间广泛流传。玉皇殿里供的当然就是天老爷。让我惊奇的是两边的众神像中，竟赫然有孙膑站在那里。孙膑同天老爷有什么瓜葛呢？这道理我还没有弄明白。

至于有名的鬼门关、奈河桥等，这里当然不会缺少。有趣的是奈河桥，确实是一座石桥，也并不威武雄壮。可是导游小姐却突然提高了声音说，谁要是能三步跨过这一座桥，就会有什么什么好处。大家一听，兴致猛涨，都想登桥尝试一下。我努了努力，用四步跨了过去。有的个儿矮的人，用五六步才能跨过。而身高一米九二、鹤立鸡群的冯骥才，只用了一步半，就跨过了奈河桥。大家一起起哄，说冯得到的好处最多。我自己虽然是落了第，恐怕得不到多少好处了，但我也不后悔。一个人如果真正到了奈河桥上，人世间的好处对他还有什么意义呢？即使是诺贝尔、奥斯卡，不也等于镜花水月了吗？

在另一个地方，好像是一座大殿的前面或者后面，在一个牌楼前，有一个石砌的四方形的栏杆，中间有一个球形的东西嵌在地面上，是铜？是铁？看不清楚，反正是非常光滑，闪着白光。导游小姐说，谁要是用一只脚，男左女右，在球上站上两秒钟，眼睛看着前面什么地方的四个字，他又会得到什么什么好处。干这种玩意儿，我决不后人。我走上去，站在球上，大概连半秒钟都没有，脚就滑了下来。我当然又不能得到那些好处了。我毫不在意。我那阿Q思想又抬了头：阴间的玩意儿实在非凡地平庸，即使能站上两秒钟，又待如何呢？

又到了一个什么殿，看到了地狱里的人事部长，手持生死簿，威风凛凛地站在那里。导游小姐高声问："有姓孙的没有？有属猴的没有？"我们团里的孙车民碰巧没有在，也没有什么人自报属猴。导游小姐说："当年孙悟空大闹天宫，跑到阴司地狱里来，一手抢过生死簿，把自己的名字一笔勾掉，从此姓孙的和属猴的就都簿中无名，阎王爷没有办法召唤他们了。"我突然想到，阴司地狱里的管理工作真也应该加以改革，必须现代化了。如果把生死簿中的名字输入电脑，孙猴子本领再大，也无法把自己的名字勾掉了。岂不猗欤休哉！

在北京的时候，我曾多次说过，到八宝山去，要按年龄顺序排一个队，大家鱼贯而进，威仪俨然，谁也不要躐级抢先，反正我自己决不会像买稀罕的物品一样，匆匆挤上前去夹塞。我们走，要走得从容不迫，表现出高度的修养。现在到了鬼城，方知道自己既不姓孙，也不属猴，是生死簿上有名的，是阎王老爷子耀武扬威欺凌的对象。心里颇有点愤愤不平。我胆子最小，平生奉公守法，不敢越雷池一步。但是此时我却忽然一反常态，决心对阎王爷加以抵抗。不管催命鬼的帽子戴得多高，也不管"你也来了"四个字写得多大，我硬是不走，我想成为一个我生平最讨厌的钉子户。对阴司的律条我是精通的，同阎王爷辩论，我决不会输给他。

也许有人会问："你这样干，不怕阎王老子那些刀山、油锅吗？"是的，刀山、油锅当然令人害怕。但是，当我们走到填满了阴司地狱里酷刑雕塑的房间时，天已经暗了下来。我们只是隔着玻璃窗子，影影绰绰地匆匆忙忙地看到了一点儿刀山、油锅的影子，并没有怎样感到恐怖。有人说，有心脏病的人千万不要来逛鬼城，怕受不住刀山、油锅的惊吓。我看，这些话确实夸大了。我也是戴着冠心病帽子的老人，但是我看完了刀山、油锅，依然故我，兴致盎然，健步如飞，走下山来。

我性子急，上山走在最前面，下山也走在最前面。别人还没有下来，我就坐在一棵大树下的石头栏杆上休息了。陆续有人下来了，见了我都说："季老！你做得对！山你是上不去的，坐在这里休息该多好呀！"当他们知道我已经上过山时，都多少有点儿吃惊。此时有人问那个活泼可爱的导游小姐,让她猜一猜我的年龄。她像在拍卖行里一样,由六十岁起价。别人说"太低",她就逐渐提高。由六十岁经过几个步骤猜到七十岁。她迟迟疑疑,不愿意再提高,想一锤定音。经许多旁边的人多方启发、帮助,她又往上提高,几乎是一岁一步,到了八十,她无论如何也不想再提了。尽管大家嚷着说:"不行,还要高!"小女孩瞪大了眼睛,不再说话了。在惊愕之余,巧笑倩兮。

这一小小的插曲颇为有趣,它结束了我的鬼城之游。

我们辞别了鬼城,辞别了导游小姐,回到船上,立即整装,参加总结酒会。接着是大宴会,觥筹交错,笑语连声,灯光闪耀,有如白日。仅在半点钟前的鬼城之游,早已成为回忆中的一点儿影子。如果此时站在鬼城上下望我们的游轮,这一艘正在漫漫的长江中徐徐开动的游轮,一定像一团焀焀焜耀的光辉。

1992 年 10 月 17 日

我的书斋

最近身体不太好,内外夹攻,头绪纷繁,我这已届耄耋之年的神经有点吃不消了。于是下定决心,暂且封笔。乔福山同志打来电话,约我写点什么。我遵照自己的决心,婉转拒绝。但一听说题目是《我的书斋》,于我心有戚戚焉,立即精神振奋,暂停决心,拿起笔来。

我确实有个书斋,我十分喜爱我的书斋。这个书斋是相当大的,大小房间,加上过厅、厨房,还有封了顶的阳台,大大小小,共有八个单元。册数从来没有统计过,总有几万册吧。在北大教授中,"藏书状元"我恐怕是当之无愧的。而且在梵文和西文书籍中,有一些堪称海内孤本。我从来不以藏书家自命,然而坐拥如此大的书城,心里能不沾沾自喜吗?

我的藏书都像是我的朋友,而且是密友。我虽然对它们并不是每一本都认识,它们中的每一本却都认识我。我每一走进我的书斋,书籍们立即活跃起来,我仿佛能听到它们向我问好的声音,我仿佛能看到它们向我招手的情景,倘若有人问我,书籍的嘴在什么地方?而手又在什么地方呢?我只能说:"你的根器太浅,努力修持吧。有朝一日,你会明白的。"

我兀坐在书城中,忘记了尘世的一切不愉快的事情,怡然自得。以世界之广,宇宙之大,此时却仿佛只有我和我的书友存在。窗外粼粼碧水,丝丝垂柳,阳光照在玉兰花的肥大的绿叶子上,这都是我平常最喜爱的东西,现在也都视而不见了。连平常我喜欢听的鸟鸣声"光棍儿好过",也听而不闻了。

我的书友每一本都蕴含着无量的智慧。我只读过其中的一小部分。这智慧我是能深深体会到的。没有读过的那一些,好像也不甘落后,它们不知道是施展一种什么神秘的力量,把自己的智慧放了出来,像波浪似涌向我来。可惜我还没有修炼到能有"天眼通"和"天耳通"的水平,我还无法接受这些智慧之流。如果能接受的话,我将成为世界上古往今来最聪明的人。我自己也去努力修持吧。

我的书友有时候也让我窘态毕露。我并不是一个不爱清洁和秩序的人,但是,因为事情头绪太多,脑袋里考虑的学术问题和写作问题也不少,而且每天都收到大量的寄来的书籍和报刊杂志以及信件,转瞬之间就摞成一摞。在这样的情况下,如果我需要一本书,往往是遍寻不得。"只在此屋中,书深不知处",急得满头大汗,也是枉然。只好到图书馆去借。

等我把文章写好，把书送还图书馆后，无意之间，在一摞书中，竟找到了我原来要找的书，"得来全不费工夫"。然而晚了，工夫早已费过了。我啼笑皆非，无可奈何。等到用另外一本书时，再重演一次这出喜剧。我知道，我要寻找的书友，看到我急得那般模样，会大声给我打招呼的；但是喊破了嗓子，也无济于事，我还没有修持到能听懂书的语言的水平。我还要加倍努力去修持。我有信心，将来一定能获得真正的"天眼通"和"天耳通"。只要我想要哪一本书，那一本书就会自己报出所在之处，我一伸手，便可拿到，如探囊取物。这样一来，文思就会像泉水般地喷涌，我的笔变成了生花妙笔，写出来的文章会成为天下之至文。到了那时，我的书斋里会充满了没有声音的声音，布满了没有形象的形象。我同我的书友们能够自由地互通思想，交流感情。我的书斋会成为宇宙间第一神奇的书斋。岂不猗欤休哉！

我盼望有这样一个书斋。

1993 年 6 月 22 日

新年抒怀

除夕之夜,半夜醒来,一看表,是一点半钟,心里轻轻地一颤:又过去一年了。

小的时候,总希望时光快快流逝,盼过节,盼过年,盼迅速长大成人。然而,时光却偏偏好像停滞不前,小小的心灵里溢满了愤愤不平之气。

但是,一过中年,人生之车好像是从高坡上滑下,时光流逝得像电光一般。它不饶人,不了解人的心情,愣是狂奔不已。一转眼间,"两岸猿声啼不住,轻舟已过万重山",滑过了花甲,滑过了古稀,少数幸运者或者什么者,滑到了耄耋之年。人到了这个境界,对时光的流逝更加敏感。年轻的时候考虑问题是以年计,以月计。到了此时,是以日计,以小时计了。

我是一个幸运者或者什么者,眼前正处在耄耋之年。我的心情不同于青年,也不同于中年,纷纭万端,绝不是三两句就能说清楚的。我自己也理不出一个头绪来。

过去的一年，可以说是我一生最辉煌的年份之一。求全之毁根本没有，不虞之誉却多得不得了，压到我身上，使我无法消化，使我感到沉重。有一些称号，初戴到头上时，自己都感到吃惊，感到很不习惯。就在除夕的前一天，也就是前天，在解放后第一次全国性国家图书奖会议上，在改革开放以来十几年的，包括文理法农工医以及军事等方面的五十一万多种图书中，在中宣部和财政部的关怀和新闻出版署的直接领导下，经过全国七十多位专家的认真细致的评审，共评出国家图书奖四十五种。只要看一看这个比例数字，就能够了解获奖之困难。我自始至终参加了评选工作。至于自己同获奖有份，一开始时，我连做梦都没有梦到。然而结果我却有两部书获奖。在小组会上，我曾要求撤出我那一本书，评委不同意。我只能以不投自己的票的办法来处理此事。对这个结果，要说自己不高兴，那是矫情，那是虚伪，为我所不取。我更多地感觉到的是惶恐不安，感觉到惭愧。许多非常有价值的图书，由于种种原因，没有评上，自己却一再滥竽。这也算是一种机遇，也是一种幸运吧。我在这里还要补上一句：在旧年的最后一天的《光明日报》上，我读到老友邓广铭教授对我的评价，我也是既感且愧。

我过去曾多次说到，自己向无大志，我的志是一步步提高的，有如水涨船高。自己绝非什么天才，我自己评估是一个中人之才。如果自己身上还有什么可取之处的话，那就是，自己是勤奋的，这一点差堪自慰。我是一个富于感情的人，是一个自知文明超过需要的人,是一个思维不懒惰,脑筋永远不停地转动的人。我得利之处,恐怕也在这里。过去一年中,在我走的道路上,撒满了玫瑰花;到处是笑脸,到处是赞誉。我成为一个"很可接触者"。要了解我过去一年的心情,必须把我的处境同我的性格,同我内心的感情联系在一起。

现在写"新年抒怀",我的"怀",也就是我的心情,在过去一年我的心情是什么样子的呢?

首先是,我并没有被鲜花和赞誉冲昏了头脑,我的头脑是颇为清醒的。一位年轻的朋友说我似乎忘记了自己的年龄。这只是一个表面现象。尽管从表面上来看,我似乎是朝气蓬勃,在学术上野心勃勃,我揽的工作远远超过一个耄耋老人所能承担的,我每天的工作量在同辈人中恐怕也居上乘。但是我没有忘乎所以,我并没有忘记自己的年龄。在朋友欢笑之中,在家庭聚乐之中,在灯红酒绿之时,在奖誉纷至沓来之时,我满面含笑,心旷神怡,却蓦地会在心灵中一闪念:"这一出戏快结束了!"我像撞客的人一样,这一闪念紧紧跟随着我,我摆脱不掉。

是我怕死吗?不,不,绝不是的。我曾多次讲过:我的性命本应该在十年浩劫中结束的。在比一根头发丝还细的偶然性中,我侥幸活了下来。从那以后,我所有的寿命都是白捡来的;多活一天,也算是"赚了"。而且对于死,我近来也已形成了一套完整的看法:"应尽便须尽,无复独多虑。"死是自然规律,谁也违抗不得。用不着自己操心,操心也无用。

那么我那种快煞戏的想法是怎样来的呢?记得在大学读书

时，读过俞平伯先生的一篇散文：《重过西园码头》，时隔六十余年，至今记忆犹新。其中有一句话："从现在起我们要仔仔细细地过日子了。"这就说明，过去日子过得不仔细，甚至太马虎。俞平伯先生这样，别的人也是这样，我当然也不例外。日子当前，总过得马虎。时间一过，回忆又复甜蜜。宋词中有一句话："当时只道是寻常。"真是千古名句，道出了人们的这种心情。我希望，现在能够把当前的日子过得仔细一点儿，认为不寻常一点儿。特别是在走上了人生最后一段路程时，更应该这样。因此，我的快煞戏的感觉，完全是积极的，没有消极的东西，更与怕死没有牵连。

在这样的心情的指导下，我想得很多很多，我想到了很多的人。首先是想到了老朋友。清华时代的老朋友胡乔木，最近几年曾几次对我说，他想要看一看年轻时候的老朋友。他说："见一面少一面了！"初听时，我还觉得他过于感伤。后来逐渐品味出他这一句话的分量。可惜他前年就离开了我们，走了。去年我用实际行动响应了他的话，我邀请了六七位有五六十年友谊的老友聚了一次。大家都白发苍苍了，但都兴会淋漓。我认为自己干了一件好事。我哪里会想到，参加聚会的吴组缃现已病卧医院中。我听了心中一阵颤动。今年元旦，我潜心默祷，祝他早日康复，参加我今年准备的聚会。没有参加会的老友还有几位。我都一一想到了，我在这里也为他们的健康长寿祷祝。

我想到的不只有老年朋友，年轻的朋友，包括我的第一代、第二代、第三代的学生，无论是在国内，还是在国外，我也都

——想到了。我最近颇接触了一些青年学生，我认为他们是我的小友。不知道为什么我对这一群小友的感情越来越深，几乎可以同我的年龄成正比。他们朝气蓬勃，前程似锦。我发现他们是动脑筋的一代，他们思考着许许多多的问题。淳朴，直爽，处处感动着我。俗话说："长江后浪推前浪，世上新人换旧人。"我们祖国的希望和前途就寄托在他们身上，全人类的希望和前途也寄托在他们身上。对待这一批青年，唯一正确的做法是理解和爱护，诱导与教育，同时还要向他们学习。这是就公而言。在私的方面，我同这些生龙活虎般的青年们在一起，他们身上那一股朝气，充盈洋溢，仿佛能冲刷掉我身上这一股暮气，我顿时觉得自己年轻了若干年。同青年们接触真能延长我的寿命。古诗说："服食求神仙，多为药所误。"我一不服食，二不求神。青年学生就是我的药石，就是我的神仙。我企图延长寿命，并不是为了想多吃人间几顿饭。我现在吃的饭并不特别好吃，多吃若干顿饭是毫无意义的。我现在计划要做的学术工作还很多，好像一个人在日落西山的时分，前面还有颇长的路要走。我现在只希望多活上几年，再多走几程路，在学术上再多做点工作，如此而已。

　　在家庭中，我这种煞戏的感觉更加浓烈。原因也很简单，必然是因为我认为这一出戏很有看头，才不希望它立刻就煞住，因而才有这种浓烈的感觉。如果我认为这一出戏不值一看，它煞不煞与己无干，淡然处之，这种感觉从何而来？过去几年，我们家屡遭大故。老祖离开我们，走了。女儿也先我而去。这在我的感情上留下了永远无法弥补的伤痕。尽管如此，我仍然有一个温馨的家。我的老伴、儿子和外孙媳妇仍然在我的周围。我们和睦相处，相亲相敬。每一个人都是一个最可爱的人。除了人以外，家庭成员还有两只波斯猫，一只顽皮，一只温顺，也都是最可爱的猫。家庭的空气怡然，盎然。可是，前不久，老伴突患脑溢血，住进医院。在她没病的时候，她已经不良于行，整天坐在床上。我们平常没有多少话好说。可是我每天从大图书馆走回家来，好像总嫌路长，希望早一点到家。到了家里，在破藤椅上一坐，两只波斯猫立即跳到我的怀里，让我搂它们睡觉。我也眯上眼睛，小憩一会儿。睁眼就看到从窗外流进来的阳光，在地毯上流成一条光带，慢慢地移动，在百静中，万念俱息，怡然自得。此乐实不足为外人道也。然而老伴却突然病倒了。在那些严重的日子里，我在从大图书馆走回家来，我在下意识中，总嫌路太短，我希望它长，更长，让我永远走不到家。家里缺少一个虽然坐在床上不说话却散发着光与热的人。我感到冷清，我感到寂寞，我不想进这个家门。在这样的情况下，我心里就更加频繁地出现那一句话："这一出戏快煞戏了！"但是，就目前的情况来看，老伴虽然仍然住在医院里，病情已经有了好转。我在盼望着，她能很快回到家来，家里再有一个虽然不说话但却能发光发热的人，使我再能静悄悄地享受沉静之美，让这一出早晚要煞戏的戏再继续下去演上几幕。

按世俗算法，从今天起，我已经达到八十三岁的高龄了，几乎快到一个世纪了。我虽然不爱出游，但也到过三十个国家，应该说是见多识广。在国内将近半个世纪,经历过峰回路转,经历过柳暗花明,快乐与苦难并列,顺利与打击杂陈。我脑袋里的回忆太多了,过于多了。眼前的工作又是头绪万端,谁也说不清我究竟有多少名誉职称,说是打破纪录,也不见得是夸大,但是,在精神上和身体上的负担太重了。我真有点儿承受不住了。尽管正如我上面所说的,我一不悲观,二不厌世,可是我真想休息了。古人说:"夫大块劳我以生,息我以死。"德国伟大诗人歌德晚年有一首脍炙人口的诗,最后一句是"你也休息",仿佛也表达了我的心情,我真想休息一下了。

心情是心情,活还是要活下去的。自己身后的道路越来越长,眼前的道路越来越短,因此前面剩下的这短短的道路,更弥加珍贵。我现在过日子是以天计,以小时计。每一天每一个小时都是可贵的。我希望真正能够仔仔细细地过,认认真真地过,细细品味每一分钟每一秒钟,我认为每一分每一秒都不"寻常"。我希望千万不要等到以后再感到"当时只道是寻常",空吃后悔药,徒唤奈何。对待自己是这样,对待别人,也是这样。我希望尽上自己最大的努力,使我的老朋友,我的小朋友,我的年轻的学生,当然也有我的家人,都能得到愉快。我也决不会忘掉自己的祖国,只要我能为她做到的事情,不管多么微末,我一定竭尽全力去做。只有这样,我心里才能获得宁静,才能获得安慰。"这一出戏就要煞戏了",它愿意什么时候煞,就什么时候煞吧。

现在正是严冬。室内春意融融,窗外万里冰封。正对着窗子的那一棵玉兰花，现在枝干光秃秃的一点儿生气都没有。但是枯枝上长出的骨朵儿却象征着生命，蕴含着希望。花朵正蜷缩在骨朵儿内心里，春天一到，东风一吹，会立即能绽开白玉似的花。池塘里，眼前只有残留的枯叶在寒风中在层冰上摇曳。但是，我也知道，只等春天一到，坚冰立即化为粼粼的春水。现在蜷缩在黑泥中的叶子和花朵，在春天和夏天里都会蹿出水面。在春天里，"莲叶何田田"。到了夏天，"接天莲叶无穷碧，映日荷花别样红"，那将是何等光华烂漫的景色啊。"既然冬天到了，春天还会远吗？"我现在一方面脑筋里仍然会不时闪过一个念头："这一出戏快煞戏了。"这丝毫也不含糊；但是，另一方面我又觉得这一出戏的高潮还没有到，恐怕在煞戏前的那一刹那才是真正的高潮，这一点也绝不含糊。

1994年1月1日

听雨（一）

从一大早就下起雨来。下雨，本来不是什么稀罕事儿，但这是春雨，俗话说："春雨贵似油。"而且又在罕见的大旱之中，其珍贵就可想而知了。

"润物细无声"，春雨本来是声音极小极小的，小到了"无"的程度。但是，我现在坐在隔成了一间小房子的阳台上，顶上有块大铁皮。楼上滴下来的檐溜就打在这铁皮上，打出声音来，于是就不"细无声"了。按常理说，我坐在那里，同一种死文字拼命，本来应该需要极静极静的环境，极静极静的心情，才能安下心来，进入角色，来解读这天书般的玩意儿。这种雨敲铁皮的声音应该是极为讨厌的，是必欲去之而后快的。

然而，事实却正相反。我静静地坐在那里，听到头顶上的雨滴声，此时有声胜无声，我心里感到无量的喜悦，仿佛饮了仙露，吸了醍醐，大有飘飘欲仙之慨了。这声音时慢时急，时高时低,时响时沉,时断时续,有时如金声玉振,有时如黄钟大吕,有时如大珠小珠落玉盘,有时如红珊白瑚沉海里,有时如弹素琴,有时如舞霓裳,有时如百鸟争鸣,有时如兔起鹘落,我浮想联翩,不能自已,心花怒放,风生笔底。死文字仿佛活了起来,我也仿佛又溢满了青春活力。我平生很少有这样的精神境界,更难为外人道也。

在中国,听雨本来是雅人的事。我虽然自认还不是完全的俗人,但能否就算是雅人,却还很难说。我大概是介乎雅俗之间的一种动物吧。中国古代诗词中,关于听雨的作品是颇有一些的。顺便说上一句:外国诗词中似乎少见。我的朋友章用回忆表弟的诗中有:"频梦春池添秀句,每闻夜雨忆联床。"是颇有一点儿诗意的。连《红楼梦》中的林妹妹都喜欢李义山的"留得残荷听雨声"之句。最有名的一首听雨的词当然是宋蒋捷的《虞美人》,词不长,我索性抄它一下:

少年听雨歌楼上,
红烛昏罗帐。
壮年听雨客舟中,
江阔云低,断雁叫西风。

而今听雨僧庐下,
鬓已星星也。
悲欢离合总无情,

一任阶前，点滴到天明。

蒋捷听雨时的心情，是颇为复杂的。他是用听雨这一件事来概括自己的一生的，从少年、壮年一直到老年，达到了"悲欢离合总无情"的境界。但是，古今对老的概念，有相当大的悬殊。他是"鬓已星星也"，有一些白发，看来最老也不过五十岁左右。用今天的眼光看，他不过是介乎中老之间，用我自己比起来，我已经到了望九之年，鬓边早已不是"星星也"，顶上已是"童山濯濯"了。要讲达到"悲欢离合总无情"的境界，我比他有资格。我已经能够"纵浪大化中，不喜亦不惧"了。

可我为什么今天听雨竟也兴高采烈呢？这里面并没有多少雅味，我在这里完全是一个"俗人"。我想到的主要是麦子，是那辽阔原野上的青春的麦苗。我生在乡下，虽然六岁就离开，谈不上干什么农活，但是我拾过麦子，捡过豆子，割过青草，劈过高粱叶。我血管里流的是农民的血，一直到今天垂暮之年，毕生对农民和农村怀着深厚的感情。农民最高希望是多打粮食。天一旱，就威胁着庄稼的成长。即使我长期住在城里，下雨一少，我就望云霓，自谓焦急之情，绝不下于农民。北方春天，十年九旱。今年似乎又旱得邪行。我天天听天气预报，时时观察天上的云气。忧心如焚，徒唤奈何。在梦中也看到的是细雨蒙蒙。

今天早晨，我的梦竟实现了。我坐在这长宽不过几尺的阳台上，听到头顶上的雨声，不禁神驰千里，心旷神怡。在大大小小、高高低低，有的方正、有的歪斜的麦田里，每一个叶片都仿佛张开了小嘴，尽情地吮吸着甜甜的雨滴，有如天降甘露，本来有点儿黄萎的，现在变青了。本来是青的，现在更青了。宇宙间凭空添了一片温馨，一片祥和。

我的心又收了回来，收回到了燕园，收回到了我楼旁的小山上，收回到了门前的荷塘内。我最爱的二月兰正在开着花。它们拼命从泥土中挣扎出来，顶住了干旱，无可奈何地开出了红色的、白色的小花，颜色如故，而鲜亮无踪，看了给人以孤苦伶仃的感觉。在荷塘中，冬眠刚醒的荷花，正准备力量向水面冲击。水当然是不缺的。但是，细雨滴在水面上，画成了一个个的小圆圈，方逝方生，方生方逝。这本来是人类中的诗人所欣赏的东西，小荷花看了也高兴起来，劲头更大了，肯定会很快地钻出水面。

我的心又收近了一层，收到了这个阳台上，收到了自己的腔子里，头顶上叮当如故，我的心情怡悦有加。但我时时担心，它会突然停下来。我潜心默祷，祝愿雨声长久响下去，响下去，永远也不停。

              1995 年 4 月 13 日

听雨（二）

我大概对雨声情有独钟，我曾写过一篇《听雨》，现在又写《听雨》。

从凌晨起，外面就下起小雨来。我本来有几张桌子，供我写作之用；我却偏偏选了阳台上铁皮封顶下的一张。雨滴和檐溜敲在上面，叮当作响。小保姆劝我到屋里面另一张临窗的大桌旁去写作，说是那里安静。焉知我觉得在阳台上，在雨声中更安静。王籍诗"鸟鸣山更幽。"有人以为奇怪：鸟不鸣不是比鸣更为幽静吗？山中这样的经验我没有，雨中这样的经验我却是有的。我觉得"雨响室更幽"，眼前就是这样。

我伏在桌旁，奋笔疾书，上面铁皮上雨点和檐溜敲打得叮叮当当，宛如白居易《琵琶行》的琵琶声，"大珠小珠落玉盘"，其声清越，缓急有节，敲打不停，似有间歇。其声不像贝多芬的音乐，不像肖邦的音乐，不像莫扎特的音乐，不像任何大音乐家的音乐；然而谛听起来，却真又像贝多芬，像肖邦，像莫扎特。我听而乐之，心旷神怡，心灵中特别幽静，文思如泉水涌起，深深地享受着写作的情趣。

  悠然抬头：看到窗外，浓绿一片，雨丝像玉帘一般，在这一片浓绿中画上了线。新荷初露田田叶，垂柳摇曳丝丝烟，几疑置身非人间。

  我当然会想到小山上我那些野草间花的植物朋友们，它们当然也决不会轻易放过这样天赐良机；尽量张大了嘴，吮吸这些从天上滴下来的甘露，为来日抵抗炎阳做好准备。

  我头顶上滴声未息，而阳台上幽静有加，我仿佛离开了嘈杂的尘寰，与天地万物合为一体。

1997 年 6 月 3 日

时间

一抬头，就看到书桌上座钟的秒针在一跳一跳地向前走动。它那里一跳，我的心就一跳。孔子说："逝者如斯夫，不舍昼夜！"这里指的是水。水永远不停地流逝，让孔夫子吃惊兴叹。我的心跳，跳的是时间。水是能看得见，摸得着的。时间却看不见，摸不着的，它的流逝你感觉不到，然而确实是在流逝。现在我眼前摆上了座钟，它的秒针一跳一跳，让我再清楚不过地看到了时间的流逝，焉能不心跳？焉能不兴叹呢？

远古的人大概是很幸福的。他们日出而作，日入而息，根据太阳的出没来规定自己的活动。即使能感到时间的流逝，也只在依稀隐约之间。后来，他们聪明了，根据太阳光和阴影的推移，把时间称作光阴。再后来，人们的聪明才智更提高了，用铜壶滴漏的办法来显示和测定时间的推移，这是用人工来抓住看不见摸不着的时间的尝试。到了近几百年，人类发明了钟表，把时间的存在与流逝清清楚楚地摆在每一个人的面前。这是人类文明进步的表现。但是，正如人们常说的那样，"有一利必有一弊"，人类成了时间的奴隶，成了手表的奴隶。现在各种各样的会极多，开会必须规定时间，几点几分，不能任意伸缩。如果参加重要的会而路上偏偏赶上堵车，任你怎样焦急，怎样频频看手表，都是白搭。这不是典型的时间的奴隶又是什么呢？然而，话又说了回来，在今天头绪纷纭杂乱有章的社会里，开会不定时间，还像古人那样"日出而作，日入而息"，优哉游哉，顺帝之则，今天的社会还能运转吗？不管你愿意不愿意，成为时间的奴隶就正是文明的表现。

不管你意识到还是没有意识到，大自然还是把虚无缥缈的时间用具体的东西暗示给了人们。比如用日出日落标志出一天，用月亮的圆缺标志出一月，用四季（在印度是六季或者两季）标志出一年。农民最关心这些问题，一年二十四个节气对他们种庄稼有重要意义。在自然科学家和哲学家眼中，时间具有另外的意义。他们说，大千世界，人类万物，都生长在时间和空间内，而时间是无头无尾的，空间是无边无际的。我既不是自然科学家，也不是哲学家，对无头无尾和无边无际实在难以理解。可是不这样又能怎样呢？如果时间有了头尾，头以前尾以后又是什么呢？因此，难以理解也只得理解，此外更没有其他途径。

生与死也属于时间范畴。一般人总是把生与死绝对对立起来。但是，中国古代的道家却主张"万物方生方死"，把生与死辩证地联系在一起，而且准确无误地道出了生即是死的关系。

随着座钟秒针的一跳，我自己就长了无法用言语表达出来的那么一点点。同时也就是向着死亡走近了那么一点点。不但我是这样，现在正是初夏，窗外的玉兰花、垂柳和深埋在清塘里的荷花，也都长了那么一点点。不久前还是冰封的湖水，现在是"风乍起，吹皱一池夏水"，波光潋滟，水色接天。岸上的垂杨，从光秃秃的枝条上逐渐长出了小叶片，一转瞬间，出现了一片鹅黄；再一转瞬，就是一片嫩绿，现在则是接近浓绿了。小山上原来是一片枯草，"一夜东风送春暖，满山开遍二月兰"。今年是二月兰的大年，山上地下，只要有空隙，二月兰必然出现在那里，座钟的秒针再跳上多少万次，二月兰即将枯萎，也就是走向暂时的死亡了。所有这些东西，都是方生方死。这是自然的规律，不可逆转的。

  印度人是聪明的，他们把时间和死亡视为一物。梵文 hâla。既是"时间"，又是"死亡或死神"。《罗摩衍那》的主人公罗摩，在活了极长的时间以后，hâla 走上门来，这表示他就要死亡了。罗摩泰然处之，既不"饮恨"，也不"吞声"。他知道这是自然规律，人类是无能为力的。我们今天知道，不但人类是这样，世界上万事万物都有始有终，无一例外。"顺其自然"是最好的办法。我在这里顺便说一下。在梵文里，动词"死"的字根是 mn；但是此字不用 manati 来表示现在时，而是用被动式 mniyati（ti），这表示，印度人认为"死"是被动的，主动自杀者究属少数。

  同印度人比较起来，中国人大概希望争取长生。越是有钱有势的人越希望活下去，在旧社会里生活在水深火热中的小百姓，决不会愿意长远活下去的。而富有天下的天子则热切希望

浣溪沙 苏东坡

游蕲水清泉寺 寺临兰溪 溪水西流

山下兰芽短浸溪 松间沙路净无泥 萧萧暮雨子规啼

谁道人生无再少 门前流水尚能西 休将白发唱黄鸡

季羡林

季羡林先生书法作品《浣溪沙（苏轼作）》

长生。中国历史上几位有名的英主,莫不如此。秦始皇和汉武帝都寻求不死之药或者仙丹什么的。连唐太宗都是服用了印度婆罗门的"仙药"而中毒身亡的。老百姓书呆子中也有寻求肉身升天的,而且连鸡犬都带了上去。我这个木头脑袋瓜真想也想不通。如果真有那么一个"天"的话,人数也不会太多。升到那里去干些什么呢?那里不会有官僚衙门,想走后门靠贿赂来谋求升官,没有这个可能。那里也不会有什么市场,什么WTO,想发财也英雄无用武之地。想打麻将,唱卡拉OK,唱几天,打几天,还是会有兴趣的,但让你一月月一年年永远打下去,你受得了吗?养鸡喂狗,永远喂下去,你也受不了。"不为无益之事,何以遣有涯之生!"无益之事天上没有。在天上待长了,你一定会自杀的。苏东坡说"起舞弄清影,何似在人间!"是有见地之言。我们还是老老实实待在人间吧。

要待在人间,就必须受时间的制约。在时间面前,人人平等。如果想不通我在上面说的那一些并不深奥的道理,时间就变成了枷锁,让你处处感到不舒服。但是,如果真想通了,则戴着枷锁跳舞反而更能增加一些意想不到的兴趣。我自认是想通了。现在照样一抬头就看到书桌上座钟的秒针一跳一跳地向前走动,但是我的心却不跳了。我觉得这是时间给我提醒儿,让我知道时间的价值。"一寸光阴不可轻",朱子这一句诗对我这个年过九十的老头儿也是适用的。

2002年3月31日

笑着走

走者，离开这个世界之谓也。赵朴初老先生，在他生前曾对我说过一些预言式的话。比如，1986年，朴老和我奉命陪班禅大师乘空军专机赴尼泊尔公干。专机机场在大机场的后面。当我同李玉洁女士走进专机候机大厅时，朴老对他的夫人说："这两个人是一股气。"后来又听说，朴老说：别人都是哭着走，独独季羡林是笑着走。这一句话给我留下了很深的印象。我认为，他是十分了解我的。

现在就来分析一下我对这一句话的看法。应该分两个层次来分析：逻辑分析和思想感情分析。

先谈逻辑分析。

江淹的《恨赋》最后两句是："自古皆有死，莫不饮恨而吞声。"第一句话是说，死是不可避免的。对待不可避免的事情，最聪明的办法是，以不可避视之，然后随遇而安，甚至逆来顺受,使不可避免的危害性降至最低点。如果对生死之类的不可避免性进行挑战,则必然遇大灾难。"服食求神仙,多为药所误。"秦皇、汉武、唐宗等是典型的例子。既然非走不行,哭又有什么意义呢?反不如笑着走更使自己洒脱,满意,愉快。这个道理并不深奥,一说就明白的。我想把江淹的文章改一下:既然自古皆有死,何必饮恨而吞声呢?

总之,从逻辑上来分析,达到了上面的认识,我能笑着走,是不成问题的。

但是,人不仅有逻辑,他还有思想感情。逻辑上能想得通的,思想感情未必能接受。而且思想感情的特点是变动不居。一时冲动,往往是靠不住的。因此,想在思想感情上承认自己能笑着走,必须有长期的磨炼。

在这里,我想,我必须讲几句关于赵朴老的话。不是介绍朴老这个人。"天下谁人不识君"。朴老是用不着介绍的。我想讲的是朴老的"特异功能"。很多人都知道,朴老一生吃素,不近女色,他有特异功能,是理所当然的。他是虔诚的佛教徒,一生不妄言。他说我会笑着走,我是深信不疑的。

我虽然已经九十五岁,但自觉现在讨论走的问题,为时尚早。再过十年,庶几近之。

2006 年 3 月 19 日